U0146095

诗经消息

黄德海 著

作家出版社

黄德海

1977 年生,《思南文学选刊》副主编,《上海文化》编辑,中国现代文学馆特聘研究员。著有评论集《驯养生活》《若将飞而未翔》,随笔集《书到今生读已迟》《泥手赠来》《个人底本》等,翻译有《小胡椒成长记》,编选有《知堂两梦抄》《书读完了》《野味读书》等。曾获"《南方文坛》2015 年度优秀论文奖","2015 年度青年批评家"奖。

"唐棣之华,偏其反而。岂不尔思,室是远而。"子曰:"未之思也,夫何远之有。"

——《论语·子罕》

孔子并非不见国史,其所以特笔褒之者,止是借当时之事做一样子,其事之合与不合、备与不备,本所不计。孔子是为万世作经而立法以垂教,非为一代作史而纪实以征信也。

——皮锡瑞《经学通论》

在柏拉图的对话中,没有什么是偶然的;任何东西在其发生的地方都是必然的。在对话之外任何可能是偶然的东西,在对话里都是有其意义的。在所有现实的交谈中,偶然拥有相当重的分量:柏拉图的所有对话〔因此〕都是彻底虚构的。柏拉图对话建基于一种根本的似谬性(falsehood),一种美丽的或说能起美化作用的似谬性,也就是说,建基于对偶然性的否定。

——列奥·施特劳斯《城邦与人》

目录

小　引

　　已经是二十多年前的事了。那时我在一座滨海城市上学，大一元旦前日离校访友，没有提前通知，希望能给对方个惊喜。不料朋友没像过往那样悠闲地待在宿舍，他已经提前一天去登泰山，我那点可怜的旅费也不足以支撑自己一起去小天下，只好买了当天的车票返回。回程开始下雪，车慢得让我在路上完成了一次跨年，手指冰冷的感觉在心房边缘锯子一样拉动，从车上下来，我双脚早已冻得发麻。时间已是凌晨，街头的旅店都抬高了价钱，我看看自己的钱包，只好背起行李，独自往学校走去。去学校的路环海，正是涨潮时候，浪花翻卷着浸湿铺雪的路，在大雪的映衬下，海显得愈加沉晦，啸声远远而清晰地传来，我忽然觉得天地无限寥落。

　　沉酣一觉醒来，桌上早已放着几个朋友寄来的他们所在大学的中文系阅读参考书目，是我此前几天写信索要的。那时身心的恢复速度快，我几乎已经忘记了晚上的经历，迫不及待地翻开书目读了起来，要选定几本接下来准备精读的书，《诗经》就在最初选定的几本里。当时的书目中，并没有《诗经》的版本说明，或许是列书目的人觉得无法取舍，或许跟胡适的认识一样，"必须撇开一切《毛传》《郑笺》《朱注》等等，自己去细细涵咏原文"。无论出于什么原因，我最初读的《诗经》，是从一个小书店里买来的白话注本，并且花了不长的时间一首首读完，凭感觉选定了七八十篇自己认为特别好的（主要是国风），作为一段时间的背诵篇目，然后就丢在了一边。

再读《诗经》，是离这次五六年之后了。其时张文江老师在讲《管锥编》十部书简义，我去蹭课，听完《毛诗正义》，顿觉豁然开朗，《诗经》在眼前呈现为一个精密的结构，内心有切切实实懂了点什么的踏实。因了这踏实的激励，我从书堆里找出那本大学时的《诗经》，对照陈子展的《诗经直解》，参以《管锥编》和《〈管锥编〉读解》，又完整读了一遍，把书上的空白处都密密麻麻抄上了字。贪书心切，我在读过这遍之后，虽然明知道暂时不会再看，还是去买了《毛诗正义》《诗三家义集疏》《诗集传》囤积下来，仿佛这样就拥有了深入《诗经》的依傍。

两年多前，因为有感于时事，我写了两篇跟《诗经》有关的文章，一篇解《卫风·硕人》，一篇讨论国风里的俭德，自觉对诗而经的理解略有深入，可也感到自己的那点读《诗》心得都写在两篇文章里了，暂时不会再有涉及，就把文章收入《书到今生读已迟》，心里想的是就此收手。正在这前后，因潘雨廷先生的《诗说》基本整理完毕，我有幸根据手稿核过打印件，并在发表、出版前两次担任校对，得以在不长的时间内连续通读三遍，越看越觉得实大声宏。那次在飞机上读完出版校样，我收拾起小桌板上的稿子，倚着座椅发了一会儿呆，感觉自己看到了《诗经》作为织体的内在纹理，古人的心力和精神景象有一部分涌现（aufgehen）出来，我瞥见了无限辽阔的一角，内里无比忻喜。

借着这忻喜的鼓舞，我边学边写，就有了另外十一篇跟《诗经》有关的文章。写作过程中不时遇到的发现的惊喜和对各种困难的克服，让写这些文章的过程变成了一次充满悦乐的学习之旅，我借此知道了一点古人的格局，了解了一点他们深婉的心思，也通过这些检讨到自己的诸多不足，获得了进一步校理自己的机会。至于读写过程中点点滴滴的心得，我都尽可能认真地写在文章里了，也就不再在这里照例啰嗦一遍。

现在准备出版的这本小书，把原收入《书到今生读已迟》两篇关于《诗经》的文章抽出放入，希望能略有整体之感。如果《书到今生读已迟》有机会重版，会另外补两篇文章进去，以使两者各自形成自己的面貌。对已经读过尤其是购买过《书到今生读已迟》的朋友，只好在这里郑重地表达我的歉意——如果有可能，我希望自己可以写得好一点，以便某篇文章能够达到值得重读的程度，免得过于浪费一个认真阅读者的珍贵时间。

附录所收的三篇文章，一为对当代文学的思考实验，一为讨论古代诗的阅读进路，一为讨探古今学问与为己之学的关系，加上正文中的所思所感，无意间揭示了我近年持续关注的几个问题。虽无深义，但"如虫蚀木，偶然成文"，毕竟让人开心。是为引。

南有樛木

一

　　我没有去过陕西，只在飞机上囫囵看过一次，除偶尔闪现的苍苍林木和黄绿色庄稼，目力所及是大片大片裸露的土地和植被不均的山，不免让人想起《诗经·王风》的"扬之水，不流束薪"，想起"中谷有蓷，暵其干矣"。那漂不起一捆柴禾的贫瘠河流，那在久旱不雨中渐渐枯槁的益母草，不正是当年周的辖地内尘土飞扬的日常？即便是其间生机活跃的一端，有的也不过是普通家禽家畜，"鸡栖于埘，日之夕矣，羊牛下来"。

　　周之始祖经过不断的游牧和迁徙，终于定居渭河流域的关中平原。其地土壤肥沃，灌溉便利，很大程度上解决了食的问题。据说最初"周"字的写法，正是上田下口，这块生养他们的土地，理所当然地被称作周原，《大雅·绵》所谓"周原膴膴，堇荼如饴"，地里产的苦菜都能生出甜味。

1

然而，关中毕竟处秦岭以北，雨季集中而短促，冬季则易结冰，庄稼不能一年收两季三季，也并不总是风调雨顺，时不时有"倬彼云汉，昭回于天"的大旱年岁，免不了"天降丧乱，饥馑荐臻"的感叹。

先天地理条件有足有不足，人必须以辛劳填补所缺，或许这正是周之建国者谆谆叮嘱后辈"无逸"，不可"乃逸乃谚"的原因。那时人们知道，必须择良种，除杂草，遍地种植，舂米簸糠，勤恳地于其中经之营之，"茀厥丰草，种之黄茂"，"恒之秬秠"，"恒之糜芑"，"或舂或揄，或簸或蹂"，才可能有"实方实苞，实种实褎，实发实秀，实坚实好，实颖实栗"的丰收景象，稍稍逸豫，饥馑将影子般尾随而至。

R.H. 罗维《初民社会》中讲到，非洲通加人的国王，有位负有特殊责任的传令官，"他的职责是在每日早晨站在王宫大门前，高声赞颂国王先祖的伟业，而继之以责骂现任国王的无能失德"。这个看起来姿态奇特的传令官，颇有些像《诗经》隐含的写作者，不管是美是刺，仿佛都领受着天边的第一缕晨光，对着世界说出那言辞中的城邦。人们可以用此城邦对照现实，小心翼翼地去完善那些不足的地方。我有时候想，有周一代的鼎盛期之所以成为中国文化政治的理想，或许就跟他们宽仁大度的善于聆听有关。及至厉王止谤，放逐于彘，周朝的黄金时代，也就渐渐收起了帷幕。

"天视自我民视，天听自我民听"，那时从善如流的周正蒸蒸日上，东灭商，南拓土，一路势如破竹，正是《大雅·召旻》描述的情形，"昔先王受命，有如召公，日辟国百里"。没用多长时间，雨季长、降雨量大、冬季不冰的秦岭以南，也成了周的属地。这块新开的疆土，起初由周公、召公管理，于是就有了"二南"。加之周召推广教化，"二南"之地很快与周朝的原有文化融合，出现了毛诗所谓"文王之道，被于南国"的人文地理景观。

南方诸国气候温润，品类蕃盛，《周南》和《召南》借以起兴的动植物可就多了，有雎鸠、草虫、螽斯、阜螽、鹊、鸠、𪃉，有荇菜、葛藟、卷耳、芣苢、乔木、甘棠、朴樕，可见葛之覃、梅之摽，可赏桃之夭夭，可观唐棣之花，可以采蘩、采蕨、采薇、采蘋，一派繁茂景象，与关中平原全然不同。我是看到《周南》（也是《诗经》）第四篇的《樛木》，忽然心里一动——

南有樛木，葛藟累之。乐只君子，福履绥之。
南有樛木，葛藟荒之。乐只君子，福履将之。
南有樛木，葛藟萦之。乐只君子，福履成之。

二

应该是因为早就沉浸在后世的读《诗》传统里，我颇不能体味《诗大序》所谓的"治世之音安以乐"，也不能善体《论语·阳货》称许的兴、观与群，心里只装着"乱世之音怨以怒"和"诗可以怨"，如六朝时人那样相信，"和平之音淡薄，而愁思之声要眇"。我或许早就认定，即便欢喜能让人作诗，也往往不会很好，"欢愉之辞难工，而穷苦之言易好也"。《樛木》却似乎完全违反了后世的诗歌标准，把乐和福履（禄）这样的祝颂名词，绥（安）、将（扶助）、成（成就）这样的祷祝动词，坦然地置放在一首短诗里面。

这首气氛祥和的诗，细想起来，却也有些蹊跷。《说文》释木："冒也。冒地而生，东方之行。"五行东方木，其色苍青，有淋漓的生气，《白虎通义》谓："木之为言触也。阳气动跃，触地而出也。"木体阳气，其本性该是不管不顾地往上长，《诗经》里矫矫不群的乔木，才显得是木的本来面目，鸟儿也才会"出自幽谷，迁于乔木"。樛木呢，按之毛传，"木下曲曰樛"，似乎有违木的本性，隐约有那么点不够进取的意思。

"南有樛木，葛藟累之"之下，毛诗注曰："兴也。"朱熹弟子辅广则说，"此诗虽是兴体，然也兼比意"。辅说虽有点首鼠两端，却也说明首句颇难断定是兴还是比——如果是兴，此句与下句的联系，似乎应该更疏远一点，所谓"诗之兴体，起句绝无意味"；如果是比，则联系应该更紧密一点，不该像现在这样，无法直接看出与"乐只君子，福履绥之"的比拟关系。

既然下不了判断，那就来看郑笺，"木枝以下垂之故，故葛也藟也得累而蔓之，而上下俱盛"。我们从诗中感受到的祥和，或许根基就在这"上下俱盛"上，因为没有生机的安稳是寂灭。其实即便不用郑笺，反复读下来，也能感觉到里面绵延不尽的繁茂之意，联想到南方的草木蕃盛，人仿佛就在这氤氲的兴盛里福禄安康——这不正是物、人相接时似无却有的破空之感，不正是"全无巴鼻"的"兴"该有的样子？

《易经》中有一泰卦，下乾上坤，象为天在下，地在上，《象传》谓："天地交而万物通也，上下交而其志同也。"泰卦之所以"吉亨"，正由于能天地上下交通而志同。樛木下曲，葛藟上附，不就是上下交通而志同的泰卦之象？这样看下来，似乎与木之本性相悖的樛木，还略胜一味参天的乔木一筹，如宋人张纲《经筵诗讲义》中所言："木上竦曰乔，下曲曰樛。乔则与物绝，故曰'南有乔木，不可休息'；樛则与物接，故曰'南有樛木，葛藟累之'。葛藟，在下之物也，以木之樛，故得附丽以上。"

这里有个小小的插曲，三家诗的韩诗，樛木的"樛"作"朻"，按之《说文》，则"朻"为"木高"，如此一来，则"朻木"即是乔木，以上的说解要不成立了。不过，辑三家诗的王先谦，却备引各家说法，力证"纠"与"朻"音义相同，"纠缭相结，正枝曲下垂之状"。倒是维护毛诗的后儒，似乎更加纠结，非要证明"朻"非"高木"，甚至怀疑到《说文》"朻"字的解释"必后人传写之误"。我看大可不必，即便是高木，难道就不能下曲吗？甚而言之，只有高大的树木下曲，方显出就下之义，低矮的灌木，如何谈得上木枝下垂呢？天在地下为泰，山在地下为谦，如果天和山原本就不高，那就是与地并生，根本谈不上"下"交和"下"济，连卦象都难以成立对吧？你看那南国的榕树，气根悬垂，不也长成了一棵棵高大的树吗？

三

《樛木》的主旨，历来综括不同，或者这也是作为经的"诗三百"的常态。小序谓："后妃逮下也。言能逮下，而无嫉妒之心焉。"一路有郑笺、孔疏为其背书，"喻后妃能以意下逮众妾使得其次序，则众妾上附事之而礼义亦俱盛"。主张读《诗》"且置小序及旧说，只将原诗虚心徐徐玩味"的朱熹，即便把诗中的君子解为小君后妃，却也老老实实沿用小序。时代略晚于朱熹的杨简，则在《慈湖诗传》中质疑毛传，"今观是诗，殊无后妃之状，惟言君子"，因而将此诗解为君子逮下致福。后人又渐渐把君子坐实成文王，衍化出诗乃美文王屈己下人之德的意思。

明嘉靖年间，出现一本托名子贡的《诗传》，更是将《樛木》与"二南"之化联系起来，"南国诸侯慕文王之德，而归心于周"。这意思看起来周全，几几乎无懈可击，不料却引起黄道周弟子朱朝瑛的极大怀疑："《（大）序》曰：'以一国之事系一人之本谓之风，言天下之事形四方之风谓之雅。'故凡咏文王之德者皆属之雅，咏后妃之德皆属之风。风者，言化起于幽微，无形之可即也。"南国诸侯归心文王乃天下之事，是彰明较著的政治行为，谈不上什么幽微，如此解说不免乱风为雅，紫以夺朱，也就怪不得朝瑛先生直斥伪子贡《传》"揣摩最巧，最易乱真"，故"不可以不辨"。

朱朝瑛这个意思，朱熹也在批评吕祖谦时说过："东莱说诗忒煞巧，《诗》正怕如此看。古人意思自宽平，何尝如此纤细拘迫？"从宽平处来看，《樛木》中的君子，或也可以如崔述《读风偶识》所言，"未有以见其必为女子而非男子也"，扩展的范围正多，"玩其词意，颇与《南有嘉鱼》《南山有台》之诗相类，或为群臣颂祷其上之诗。文王、太姒之德固当如是，即被文王、太姒之化及沐其遗泽者，亦当有之"。

以上各家括絜诗旨，虽各有不同，却不管是后妃下逮众妾，还是君子屈己下人、诸侯归心文王、群臣祝颂其君，都有一个差序结构在里面，俱从樛木的下曲与葛藟的上附而来。只流传较毛诗为早的三家诗，与此完全不同，跳离了差序问题，直取诗的后句——《文选》收班固《幽通赋》："葛绵绵于樛木兮，咏南风以为绥。"李善注引孟坚妹班昭语，用三家诗的齐诗义，认此句所从出的《樛木》，"是安乐之象也"。此安乐之象，或许就是我们从诗中读出的祥和之感，只好像无法勾连起樛木的下曲。

兴许是因为近代以来对平等的强调吧，今人对此诗所含的差序结构，多表示了自己的不屑，如《诗经今注》就认为，该诗大旨是"作者攀附一个贵族，得到好处，因作这首诗为贵族祈福"，《诗经直解》也径言此为"奴隶颂其主子之诗"。这些话里，都隐含取消差序的意思，有当年的时代风雷之声。也有人径直把古注中涉及一国风教的意思取消，称

"这是·首祝贺新郎的诗"。

现在看，只要不把此诗的差序仅看成身份之别，而是兼观性情差异，或许就用不着如此急迫地不满。人之性情不同，各如其面，像柏拉图笔下的苏格拉底所言，"在最初的状况下每一个人并不是生来跟别人一模一样的，而是生性有差别的，各人适合干自己的行当"。有些人天生是木，有些人天生是葛，那就不用削木为葛，揠葛为木，各按其性就是。《毛诗稽古编》讲到樛木与乔木之别，就有一种"万物并作，吾以观其复"的好风姿："樛木下垂，乔木上竦，正相反，而《周南》诗俱托兴焉。一美逮下之仁，一喻立身之洁，各有当尔。"

四

对《樛木》中隐含的差序结构的反驳，只是现代解诗者对传统解经方式不满的一小部分，且远不是最激烈的。像此诗小序中的说法，自然招致了现代人的极大不满，"密意深情，多半不离寻常日用之间，体物之心未尝不深细，不过总是就自然万物本来之象而言之，这也正是《诗》的质朴处和深厚处。至于努力为自然灌注道德的内核，则全是后人的心思，如同把《樛木》之意解作'后妃逮下'一样的好笑"。意思好极，只是这样一来，"诗三百"可就结结实实地回到了"诗"，无法称其为"经"了。

近代以来，诗歌，甚至是任何文章，对人的训导几乎都已被悬为厉禁，这或许与现代文学所谓的张扬个性有关，也或许跟人应当获得更多自由的主张有关，又或许是与某一阶段的训导过苛有关。可训导自身大概没那么容易被否弃，即便真正在教育中实验过强调自由、避免压抑主张的罗素，也不得不在自己的书中承认："几乎所有的成就都需要有某种训导……成功地培养出精神上的律条，乃是高层次的传统教育的主要优点。"

中国传统经学教育，毫无疑问是在提供某种训导。《文心雕龙·论说》："圣哲彝训曰经。"既称为经，训导便是题中应有之义，诗而为经，也正与训导有关。齐诗说《关雎》："周渐将衰，康王晏起，毕公喟然，深思古道，感彼《关雎》，德不双侣，愿得周公，妃以窈窕，防微消渐，讽喻君父。"西汉经师匡衡则言："《诗》曰：'窈窕淑女，君子好逑。'言能致其贞淑，不贰其操，情欲之感无介乎容仪，晏私之意不形乎动静，夫然后可以配至尊而为宗庙主。此纲纪之首，王教之端也。"是不是可以说，诗序反复申说的敦厚之教、讽刺之道，正是它作为经书的责任？

后妃之解所从出的毛诗，于首篇即开宗明义："《关雎》，后妃之德也，风之始也，所以风天下而正夫妇也。故用之乡人焉，用之邦国焉。风，风也，教也；风以动之，教以化之。"《正义》将这一段的教化意味，解得几乎题无剩义："序以后妃乐得淑女，不淫其色，家人之细事耳，而编于《诗》首，用为歌乐，故于后妃德下即申明此意，言后妃之有美德，文于风化之始也。言文王行化，始于其妻，故用此为风教之始，所以风化天下之民，而使之皆正夫妇焉。周公制礼作乐，用之乡人焉，令乡大夫以之教其民也；又用之邦国焉，令天下诸侯以之教其臣也。欲使天子至于庶民，悉知此诗皆正夫妇也。"我们就此明白，序中所谓的《周南》"王者之风"是指用来教后妃，《召南》"诸侯之风"是指用来教诸侯夫人，所以是"正始之道，王化之基"。

诗与训导之间的跳跃，只要不是颠顸狂悖，而是体贴地精心搭建出整体思维图景，在我看来，也可以说得上是一种特别的兴体。明了了这层意思，就不必株守所谓的后妃之德是否作诗者的亲见亲闻，而确认诗序所言是理想中后妃的样子，她们承王者教化，自身也成了"天下之民"的榜样，一个社会共同体必然的立法（nomos）者。这个理想中的后妃，因为是共同体中的非凡人物，她的身位要求她必须如苏格拉底在《理想国》中说的那样（只要把他替换为她），"关心的根本就不是城邦中的某类人如何特别地过得幸福，而是如何在整个城邦中让各类人都过得幸福，用劝服和强制调和邦民们，让他们彼此分享好处，每个好处都可能带来共同福祉。礼法在城邦中造就这种人，为的不是让每个人自己想去哪里就去哪里，而是用他们将城邦凝聚起来"。

或者，不管这个解诗者心目中的非凡人物是后妃还是君子，她／他都必须知道"众妾"心性不齐，民众性情参差，她／他们所有对共同体的善意，都必须穿过纷纭的世间意见才可能实现，因而不免有着崎岖起伏的模样——如施特劳斯说的那样："少数智者的体力太弱，无法强制多数不智者，而且他们也无法彻底说服多数不智者。智慧必须经过同意（consent）的限制，必须被同意稀释，即被不智者的同意稀释。"

如此看来，无论樛木长得怎样高大，使枝干下垂竟是对它的基本要求。因为只有这样，樛木才能接引葛藟向上，一点一点显出盛大的样子来，否则，就会有"绵绵葛藟，在河之浒"的彷徨无归之失。

五

《文选》中收有一篇《寡妇赋》，出自有名的美男子潘岳，其中就用到了《樛木》："伊女子之有行兮，爰奉嫔于高族。承庆云之光覆兮，荷君子之惠渥。顾葛藟之蔓延兮，托微茎于樛木。"李善注云："葛、藟，二草名也。言二草之托樛木，喻妇人之托夫家也。《诗》曰：'南有樛木，葛藟累之。'"王先谦《诗三家义集疏》以李引此诗为释，"是古义相承如此"，与毛诗的后妃逮下说不一致。我因觉得赋中依托之意过著，有失诗的刚健质朴，原不想单独提及。不意因新材料出现，又不得不回到这个问题。

一九九四年，上海博物馆从香港文物市场购回一千二百多支盗挖的竹简，其中二十九支是对《诗经》的解说，因有一简出现了"孔子"合文，二〇〇一年出版的《上海博物馆藏战国楚竹书（一）》便称其为《孔子诗论》。此论中与《樛木》篇有关的凡三处，只"樛"写作"梂"，释读者认为两字音同，古可通用。三处文字分别是（方便起见，用陈桐生《〈孔子诗论〉研究》本）："《关雎》之改，《樛木》之时，《汉广》之知，《鹊巢》之归，《甘棠》之保，《绿衣》之思，《燕燕》之情，盖曰终而贤于其初者也。""《樛木》之时，则以其禄也。""《樛木》，福斯在君子，不……"

第一处的最后一句，各家释读意见不一，不过大体意思可知，即上面七首诗，都是经过一个（练习、行动、读诵）过程，最后的结果胜于当初。以下仍取陈桐生综合的各家说法——《关雎》是诗中主人公由好色改到礼义；《汉广》是诗人意识到追求游女的难度，理智（知）地放弃了；《鹊巢》是女子得嫁诸侯；《甘棠》是人们不再砍伐召公曾栖于其下树，用此回报（保）召公之德；《绿衣》抒写对亡妻（或出妻）的思念，《燕燕》饱含兄妹真情，思与情后来都得到了净化。《樛木》之"时"，则有释为"天时""及时""时会"的不同，不过结合后两句简文，意思也不难明白，大意是说，如葛藟依托枝干下垂的树而上行，君子要抓住跻身的时运，实现自己的福禄之求。

现在真存着点读书心思的人，看到福禄两个字，心里会有隐隐的不舒服吧？"君子固穷"，读书人不该是心思高洁，不理会进身之事吗？不过，古人大概没这么局促地非要拒斥世俗，君子的身位本来就是在社会之中的，《白虎通义·号》所谓："君之为言群也，子者丈夫之通称也。"在人群之中，又以自身行事调节社会种种，正是对君子的郑重要求。《易·节·大象》："君子以制数度，议德行。"那些将要成为立法者的君子，法圣王而上出，如葛藟托樛木而上，不正显示出胸襟的磊落光明？离群而索居，立异以为高，逆情以干誉，何以为君子？

《庄子·徐无鬼》中有个故事，讲的是相术精湛的九方歅为子綦相其子，说那个叫梱的孩子最吉利。子綦询问原因，九方歅曰："梱也将与国君同食以终其身。"子綦索然出涕，九方歅严厉地说："夫与国君同食，泽及三族，而况父母乎！今夫子闻之而泣，是御福也。子则祥矣，父则不祥。"御福，推开将至的福气也。开明通达的君子，即便身处窘迫，也不应择穷固执，消除向上可能，而应"处困而亨，无所怨悔"；在时机确认之后，更不应因御福而招致不祥，而是"当行而行，无所顾虑"。

人之一生，总会遇到某些决定性的关键时刻，并且会悄无声息地突然来临，对此必须充分留意。"据希腊人的古老传说，Καιρός［时机］为众女神之一，其角色有点像罗马人传说中的 Fortuna［命运女神］。从希腊诸神谱图中可以看到，Καιρός 身上有展开的双翅，手持天平，一副在世间主持公道的样子。奇怪的是，她前额有密发，后脑勺却光秃秃的——据说意思是：谁不会把握时机，就只会拽住这位女神的后脑勺（等于拽不住命运）。另一解释说：谁如果不把握时机，谁的头发就会被剃光（倒霉）。"

机会与时运，并非常常而有，也非强求可致，往往一闪即逝，如鸡蛋孵化时，小鸡在里边啐，母鸡在外边啄，必要啐啄同时，才会豁然脱壳。就仿佛天生樛木，也须葛藟生在树旁，且自身有向上愿望，又要待春夏草木方滋，方有援之而上的可能，稍有错失，时机将"亦莫我顾"。原本吉祥止止的一首诗，竟于此得失之际显出新发于硎的锋利。这锋利扫去了因理解偏差加于诗上的陈旧色彩，在时空中磨砺得玲珑剔透，隐隐于温润中透出跃跃而动的青光。

泛彼柏舟

一

有一阵子，我特别喜欢《红楼梦》，可连续读过三遍，就略略有些疲了，乍读时的新鲜和沉醉感消失，不少地方就显出寒素的模样来。这原因当然赖不到《红楼梦》身上，怪则怪自己无法持续停留于艺术的催眠氛围，只好不断接受好梦易醒后的清冷状态。一时呢，我却又没法从《红楼梦》的语感状态中抽身出来，似乎人在失恋之后，明知道伊人已杳，却非要找到一个人来谈谈说说，才能填补那个空落落的缺憾，于是便从图书馆借出各种红学著作来读。这一看，有分教，此前在原书上不显眼的地方，经过一番引用，竟如同山川道路被清洗过一遍，重又焕发出洁净的光彩。相似的经历，在我嗜读金庸的时候又发生过一次，那些散落在诸家文章中的原作引用，如精金润玉，虽在怎样的晦涩沉闷里，也显出其不可掩的光彩来。这里面一定有什么明确的原因，但我就是想不出来，思考过一段时间也就放下了。

有一个朋友的爸爸是武侠迷，后来因为眼花看不了书，只好想方设法听小说广播。有一次去他家玩，老人家刚在收音机里听完一回，正心下火烧火燎的没个着落。我便跟朋友说，你给老人家买个播放设备不就得了。朋友跟我说，他早就给买了播放器，能存放100G的音频，可老爷子听了一阵，不喜欢，觉得没有开始之前的广告和报幕，也没了天天留下的念想，像听一个死物，实在不舒服，就又改成了听收音机。我听了，憬然有悟，觉得踏踏实实地解释了我上面的困惑。那烦人的广告、心不在焉的报幕、每一回留下的或高明或拙劣念想，虽然嘈杂，却也是富有活力的市声，能提振人的精神。去掉了这市声，似乎干净纯粹了很多，却也往往容易流于枯寂。

本雅明在谈收藏品的时候，把上面的意思转进了一层："原作可能旧了，但是原初的思想却是新的。它具有当下性。这个当下可能还很贫弱，被视为当然的，但不管它像什么，你必须紧紧抓住它的角以便能向过去讨教。它是那头当死亡的阴影将要出现在它的周边时，血流满坑的公牛。"不只是意义渐失的收藏品，即便像《红楼梦》这样仍熠熠生辉的作品，因为时代的变化，其中不少部分也会失去生机，必须经过一次当下的刷新，陈旧的部分得以更新，潜藏的意义方彰显出来。这或许正是古人讲的损益的一部分意思。引文中熟识语言的光辉，收音机里市声的活力，大概就跟这损益有关——即便这损益有时候并不恰切，甚至南辕北辙，却也有着当下的鲜活气息。

钱锺书在《读〈拉奥孔〉》里说过这样一段话:"许多严密周全的思想和哲学系统经不起时间的推排销蚀,在整体上都垮塌了,但是它们的一些个别见解还为后世所采取而未失去时效。好比庞大的建筑物已遭破坏,住不得人,也唬不得人了,而构成它的一些木石砖瓦仍不失为可资利用的好材料。往往整个理论系统剩下来的有价值的东西只是一些片断思想。"阿伦特把打捞这种光彩片断的人称为"潜水采珠人","他不是去开掘海底,把它带进光明,而是尽力摘取奇珍异宝,摘取那些海底的珍珠和珊瑚,然后把它们带到水面之上……引导这种思考的乃是这样一种信念:虽然生命必定受时间之衰败的支配,但是衰败的过程同样也是结晶的过程,在大海的深处,曾经存活的生命沉没了、分解了,有些东西'经受了大海的变化',以新的结晶形式和模样存活下来,保持了对腐败的免疫力,仿佛它们只是等待着有一天采珠人来到这里,把它们带回到这个活生生的世界——作为'思想的碎片',作为某种'丰富而陌生'的东西,甚至可能是作为永不消失的原现象(Urphänoment)"。

有一些不是非常熟悉的古诗,经过"潜水采珠人"的采撷,放进文章中看起来不经意的地方,略加解说,便洗去了原先的暧昧模糊,豁朗朗在眼前清晰起来。比如张爱玲在《论写作》里写:"'心之忧矣,如匪浣衣。静言思之,不能奋飞。''如匪浣衣'那一个譬喻,我尤其喜欢。堆在盆边的脏衣服的气味,恐怕不是男性读者们所能领略的吧?那种杂乱不洁的，壅塞的忧伤，江南的人有一句话可以形容：心里很'雾数'。'雾数'二字，国语里似乎没有相等的名词。"我看了这话，几乎是清清楚楚地看到了写诗人那忧戚不绝的面容。

二

张爱玲用的这句诗，出自《邶风·柏舟》，是"二南"之后的第一首，其中的比、兴可不只是引到的这一个——

> 泛彼柏舟，亦泛其流。耿耿不寐，如有隐忧。微我无酒，以敖以游。
>
> 我心匪鉴，不可以茹。亦有兄弟，不可以据。薄言往愬，逢彼之怒。
>
> 我心匪石，不可转也。我心匪席，不可卷也。威仪棣棣，不可选也。
>
> 忧心悄悄，愠于群小。觏闵既多，受侮不少。静言思之，寤辟有摽。
>
> 日居月诸，胡迭而微？心之忧矣，如匪浣衣。静言思之，不能奋飞。

首句"泛彼柏舟，亦泛其流"下，毛传曰："兴也。泛泛，流貌。柏木所以宜为舟也。亦泛泛其流，不以济度也。"

郑笺："舟，载渡物者，今不用，而与物泛泛然俱流水中。兴者，喻仁人之不见用，而与群小人并列，亦犹是也。"清末方玉润则在《诗经原始》中，径自改兴为喻："借柏舟以喻国事，其泛泛靡所底极之形自见。"后来分茅设蕝的比和兴，从郑笺言兴而接喻来看，似乎区别得不是很分明，应该是后来，比和兴才渐渐有了固定的势力范围，各自不得越雷池半步的样子。

清初姚际恒在《诗经通论》中说，当时读《诗经》者习用朱熹《集传》，多以其言为区分比、兴的标准："兴者，先言他物，已引起所咏之辞也。比者，以彼物比此物也。"或许是因为当时宋明理学的地位已经开始衰落，也或许是清代重汉学而轻宋学，反正姚际恒明确说朱熹上面的话"语邻鹘突，未为定论"，意谓"先言他物"与"彼物比此物"没有明显差别，只算得上粗率的划分。其实在《朱子语类》中，朱熹已进一步讲明"他物"与"所咏之辞"的关系："诗之兴多是假他物举起，全不取义。"这斩截的二分，差不多才是姚际恒针对的主要问题，他根据自己的心得，把"兴"体立为两类："一曰'兴而比也'，一曰'兴也'。其兴而比也者，如《关雎》是也。其云'关关雎鸠'，似比矣；其云'在河之洲'，则又似兴矣。其兴也者，如《殷其雷》是也。但借雷以兴起下义，不必与雷相关也。如是，使比非全比，兴非全兴，兴或类比，比或类兴者，增其一途焉，则兴、比可以无淆乱矣。"

一位印度父亲在临死前，遗嘱三个孩子分他的十九头牛，老大得二分之一，老二得四分之一，老三得五分之一。有老人牵牛经过，见三兄弟愁眉不展，便将自己的牛借给他们来分。这样，老大分得十头，老二分得五头，老三分得四头，老人也牵回了自己的那一头。姚际恒用的方法，我老觉得跟这个有名的分牛故事有点像，看起来笨笨地加进去一个区分，却较斩截的界划有效（分牛故事里，斩截的方式得杀死一头或两头牛才行，可这在视牛为圣物的印度是不允许的，因而故事背景设置在印度，是一种有益的深思熟虑），却能把复杂的葛藤梳理个清楚，比和兴回到了它们该在的位置。

"泛彼柏舟，亦泛其流"的兴，是姚际恒所言"兴而比也"的一种，"泛彼柏舟"似比，"亦泛其流"似兴。较之古注，方玉润去掉了舟载渡物的意思，只取"泛泛靡所底极"，今人之注与方注相似，"柏舟泛泛而流，不知所止"。去掉载物之用的一叶小舟，看起来更具飘逸的美感，古注则显得有点儿憨拙，不够空灵，有些举轻若重的样子。不过，古注这种负担着什么，因而纸笔间显得郑重的情形，虽然一再遭致崇尚神韵者的不满和攻讦，却稳稳地在古代居于主流地位，如钱锺书《中国诗与中国画》所言："中国传统文艺批评对诗和画有不同的标准：评画时重视王世贞所谓'虚'以及相联系的风格，而论诗时却赏识'实'以及相联系的风格。因此，旧诗的'正宗'、'正统'以杜甫为代表。神韵派当然有异议，但不敢公开抗议，而且还口不应心地附议。"

其实神韵派的异议，或许就像方玉润这样，公然走私地渗透在笺、注、疏等地方，慢慢地渗透到阅读者的意识之中。

近代以来，因为对艺术作品"无利害性"（Disinterestedness）的重视，以及由此发展出来的"为艺术而艺术"（Art for Art's Sake），空灵洒脱成了艺术的主潮，与神韵派相似的观点就明目张胆地大行其道，流风所及，也就难免今人觉得古注拙笨了。不过我总觉得，这看起来不够漂亮的承负之感，是诗的责任之一，如《诗纬含神雾》所言："诗者，持也，以手维持，则承负之义，谓以手承下而抱负之。"就像那满载渡物的舟，正因为有了重重承负，虽似于所谓的美有所减损，却于古拙中透显出庄重的气息，后句的"耿耿不寐，如有隐忧。微我无酒，以敖以游"，才不是浪荡子一心要饮酒遨游，而是因为心系寄身之国，深忧难眠。

三

当然，并不是有神韵派倾向的人便一味只倡空灵，世间哪有聪明人会这么傻，肯被自己某一方面的倾向捆缚呢？即如方玉润的解释，虽然去掉了舟的载物之意，却在分析喻体时，又悄悄把牵连着更广人群的意思加入，在自己的解诗系统里加进了朴厚的意思——"（柏舟）以喻国也。旧说以为自喻，下即继以'耿耿不寐'，未免伤于迫切，非仁人心也。惟舟喻国，泛泛然于水中流，其势靡所底止，为此而有隐忧，乃见仁人用心所在"。

《诗经》中的邶、鄘、卫三国之风，因后来邶、鄘归卫，古注皆系之以卫事，如邶风的《柏舟》，毛序就写的是："卫顷公之时，仁人不遇，小人在侧。"方玉润认为此举大大不妥："邶自有诗，特世无可考，故诗难征实。诸家又泥古《序》，篇篇以卫事实之，致令邶诗无一存者，而乃谓徒存其名也，岂不过哉！"随着"中国"越来越成为一个泱泱大国，后世"再没有一个小国家挣扎着要生存下去，挣扎着保有自己生活方式的世界"，也早就没有了孔子"兴灭国，继绝世"的微妙心思，邶和鄘这样的小国，最终可能只是"三国同风"中被同去的那部分，连着其中真正的贤良忧心。

真得有方玉润这样善体仁人用心的人，才可能复原出当事人那委曲的心思："邶既为卫所并，其未亡也，国势必屡。君昏臣聩，金壬（奸人）满朝，忠贤受祸，然后日沦亡而不可救。当此之时，必有贤人君子，目击时事之非，心存危亡之虑，日进忠言而不见用，反遭谗潜。欲居危地而清浊无分，欲适他邦而宗国难舍。忧心如焚，'耿耿不寐'，终夜自思，惟有拊膺自痛。故作为是诗，以写其一腔忠愤，不忍弃君、不能远祸之心。古圣编《诗》，既悯其国之亡，而又不忍臣之终没而不彰，乃序此诗于一国之首，以存忠良于灰烬，亦将使后之读《诗》者知人论世，虽不能尽悉邶事，犹幸此诗之存，可以想见其国未尝无人。所谓寓存亡继绝之心者，此也。而无如说《诗》诸家不察其意，乃以为卫诗，且以为妇人作，则邶真亡矣！"

或许是有感于相同的晚清局势，小方玉润四十六岁的刘鹗，就在《老残游记》里把一叶柏舟写成了"怒海危船"：

"前后六枝桅杆，挂着六扇旧帆，又有两枝新桅，挂着一扇簇新的帆，一扇半新不旧的帆……船面上坐的人口，男男女女，不计其数，却无篷窗等件遮盖风日……面上有北风吹着，身上有浪花溅着，又湿又寒，又饥又怕……这船虽有二十三四丈长，却是破坏的地方不少：东边有一块，约有三丈长短，已经破坏，浪花直灌进去；那旁，仍在东边，又有一块，约长一丈，水波亦渐渐侵入；其余的地方，无一处没有伤痕。那八个管帆的却是认真的在那里管，只是各人管各人的帆，仿佛在八只船上似的，彼此不相关照。那（些）水手只管在那坐船的男男女女队里乱窜……方知道他（们）在那里搜他们男男女女所带的干粮，并剥那些人身上穿的衣服。"胡适在亚东版的序里，指实"那只帆船便是中国"，并把各种船上的描述比附到当时的形势，我觉得对应得非常恰切，并没有牵强附会的嫌疑。只是这艘驶过了太多岁月的老船，看着要较泛无所归的柏舟危殆多了。

"比"似乎有一样神奇的功能，可以从很远的时代直接来到现在，也能让过去时代的人们彼此相通。大概因为古代的东西方，船都是载物的重要工具，触目可见，以船喻国在希腊文献中便也屡见不鲜。让我们越过太有名的荷马隐喻、索福克勒斯明喻，也越过《理想国》中无法忽视的船喻，来看受到柏拉图影响的古希腊史家波利比阿对这个比喻的使用："（在用完了自己的幸运和成功之后）雅典人反复无常的本性颠覆了它自身的命运。因为雅典人多多少少像一艘失去了船长的船。在这样一艘船上，当水手们出于对风浪的恐惧而理性地服从舵手的命令时，他们的作为将是令人羡慕的。可是，当他们由于过分自信，以至于陶醉于对上司的蔑视和彼此间的争吵时，他们就不再万众一心了；有些人决定继续航行，而有些人则催促锚手抛锚，有些人要张帆，另一些人却主张收帆。如此之喧嚷纷争不但让船上的其他人感到可耻，而且其本身更成了致所有人于危难境地的源泉。"仔细想起来，是不是跟刘鹗有异曲同工之妙？

就是这样一艘船吧，载着果敢的范蠡浮于江湖，载着散发的诗人把酒笑傲，载着奥德赛用来毁掉特洛伊的木马，载着柏拉图风尘仆仆地往返于叙拉古，载着西方诸国不怀好意的好奇，载着所有贤良者切实的汹涌心事，如一株想象中的永恒之花，在不同的时代盛开，也一路开到了我们所在的当下。

四

钱锺书在文章中提出过比喻的"两柄多边"之说——"同此事物，援为比喻，或以褒，或以贬，或示喜，或示恶，词气迥异"，此谓"两柄"；"事物一而已，然非止一性一能，遂不限于一功一效。取譬者用心或别，着眼因殊，指（denotatum）同而旨（significatum）则异；故一事物之象可以孑立应多，守常处变"，此谓"多边"。在《管锥编》里，钱锺书用释典举例："水中映月之喻常见释书，示不可捉搦也。然而喻至道于水月，乃叹其玄妙，喻浮世于水月，则斥其虚妄，誉与毁区以别焉。"从所引《鸠摩罗什法师大乘大义》"镜中象、水中月"并用来看，水中映月之喻亦为镜喻，正是钱锺书其后所谓的"释典镜喻有两柄"。同书又引我国古籍，言镜喻之有"两边"，"一者洞察：物无遁形，善辨美恶"，"二者涵容：物来斯受，不择美恶"，"前者重其明，后者重其虚，各执一边"。后者的例子，用的正是此篇《柏舟》的"我心匪鉴，不可以茹"。

钱锺书取镜之"涵容"义，用来反对古注。毛传："鉴，所以察形也。茹，度也。"郑笺："鉴之察形，但知方圆白黑，不能度其真伪。我心非如是鉴，我于众人之善恶外内，心度知之。"按之郑笺，"则石可转而我心不可转，席可卷而我心不可卷，鉴不可度而我心可度"，"'不可以茹'承'鉴'而'不可以转、卷'则承'我心'，律以修辞，岨峿不安矣"。极重修辞的钱锺书，遂取《诗三家义集疏》释茹为容，"乃引《小雅》'柔则茹之'，《释文》引《广雅》：'茹，食也'，谓影在鉴中，若食之入口，无不容者"。如此，则将毛诗所谓的度视为"度量宽宏"，正是镜喻"虚而能受"一边之义。

韩诗在此句下另有一义，引出近人别解："从镜可茹设想，是否说镜可用口哈气，使昏暗不明呢？那末茹字就可能借为洳，《说文》作渐湿也。镜面被水气渐湿则不能照。《韩诗外传》：'一曰故新沐者必弹冠，新浴者必振衣。莫能以己之皭皭，容人之混污然。'《诗》曰：'我心匪鉴，不可以茹。'茹即是混污。"此解从日常可见的镜哈气则昏之现象着手，释茹为渐湿混污之义，跟后面的"如匪浣衣"有些照应的意思，自有其妙处。

一个比喻既然引起这么多争论，并且贯穿古今，一定是哪里有点问题。不妨来看镜喻后面的一节："我心匪石，不可转也。我心匪席，不可卷也。威仪棣棣，不可选也。"《正义》承毛传郑笺，把这两个连续的比喻解得非常清晰："仁人既不遇，故又陈己德以怨于君。言我心非如石然，石虽坚，尚可转，我心坚，不可转也。我心又非如席然，席虽平，尚可卷，我心平，不可卷也。非有心志坚平过于石席，又有俨然之威，俯仰之仪，棣棣然富备，其容状不可具数。内外之称，其德如此。今不见用，故己所以怨。"后两个比喻之所以争议少，盖因内则"我心"坚逾石、平胜席，外则威仪富盛，不可胜数（选），取义都根据喻体的本性，且"我心"皆过于石、席，为向上比较。由此看"度其真伪"与镜易混污之释，脱离了喻体的本性，有外加成分，或许可以用奥卡姆剃刀剃去。"虚而能受"虽用镜的本性，喻义却是"我心"不如镜，为向下比较，也无法跟下面的比喻同向同功。

另外，如诗中人果能"于众人之善恶外内，心度知之"，那怎么会有后面的"亦有兄弟，不可以据。薄言往愬，逢彼之怒"呢？作为国君的同姓，急迫地去诉说自己的所见，碰上了国君正在发怒，不知收敛，反而继续，能算是"度知内外之善恶真伪"吗？还是此仁人仅能度知奸人之善恶真伪，却连国君是否正在发怒都看不清楚？无论怎么细心推绎，这镜子的比喻，似乎总是不能妥帖地放在仁人身上。如此无论怎样排比琢磨都参差难安的情形，一定是因为有什么关键地方被我们忽视了。

五

这首《柏舟》的诗旨，历来有两解，上引毛传，以为卫顷公时仁人不遇之诗；三家诗的鲁诗，则以为卫宣（后有据史实改为"寡"者）姜夫人不得于夫而作。两造各有强有力的支持者，前者历来影响毋绝，后者则有朱熹为之张目。看诗的后面两节："忧心悄悄，愠于群小。觏闵既多，受侮不少。静言思之，寤辟有摽。／日居月诸，胡迭而微？心之忧矣，如匪浣衣。静言思之，不能奋飞。"见怒于群小，受到的痛苦太多，不免捶胸拊心，感叹日月有时而蚀，心里的忧伤像没洗的衣服，却不能如鸟儿般自由飞去——从这些话里，着实很难推断出是仁人还是女子口吻，有争论再正常不过。

还是方玉润说得通达："大凡忠臣义士不见谅于其君，或遭谗间远逐殊方，必有一番冤抑难于显诉，不得不托为夫妇词，以写其无罪见逐之状。则虽卑辞巽语中时露忠贞郁勃气。"这不就是后来古诗绵延不绝的"以男女喻君臣"传统？屈原的香草美人，也正是这意思的延伸吧？东汉王逸《离骚经序》，已经挑明了这层关系："《离骚》之文，依《诗》取兴，引类譬喻，故善鸟香草，以配忠贞；恶禽臭物，以比谗佞；灵修美人，以媲于君；宓妃佚女，以譬贤臣；虬龙鸾凤，以托君子；飘风云霓，以为小人。"相比起来，屈原的写法铺张扬厉（也因为有了署名），已明确到不会让人觉得需要争论是出于仁人还是女子之口。

宋李樗、黄櫄《毛诗集解》，更进一步把《离骚》和《柏舟》联系起来："欲观诸《柏舟》，当观屈原之《离骚》。其言忧国之将亡，徬徨不忍去之辞，使人读之者，皆有忧戚之容。知《离骚》则知《柏舟》矣。"清人牛运震于《诗志》中，则几乎定《柏舟》为《离骚》之滥觞："骚愁满纸，语语平心厚道，却自凄婉欲绝，柔媚出幽怨，一部《离骚》之旨都括其内。"是这样没错吧，此处的"不能奋飞"，不就是彼处的"蜷局顾而不行"？

更早的，淮南王刘安《离骚传》，就把屈原跟《诗经》牵扯了起来："《国风》好色而不淫，《小雅》怨悱而不乱，若《离骚》者，可谓兼之。蝉蜕浊秽之中，浮游尘埃之外，皭然泥而不滓，推此志，虽与日月争光可也。"引这段话的班固，却对刘安的说法颇不以为然，直言"斯论似过其真"，其后是一大段论证："君子道穷，命矣，故潜龙不见，是而无闷。《关雎》哀周道而不伤，蘧瑗持可怀之智，宁武保如愚之性，咸以全命避害，不受世患，故《大雅》曰：'既明且哲，以保其身。'斯为贵矣。今若屈原，露才扬己，竞乎危国群小之间，以离谗贼。然责数怀王，怨恶椒兰，愁神苦思，强非其人，忿怼不容，沈江而死，亦贬絜狂狷景行之士。"刘安以《国风》和《小雅》比《离骚》，班固以《大雅》与《易经》驳，孰是孰非，颇难一言而决，从中倒是可以看出两人评价系统的截然不同，也提示了我们解决前论镜喻问题的可能。

《庄子·徐无鬼》讲过一个故事，从鲍叔牙受惠良多的管仲病笃，齐桓公问谁可以代替他辅助自己，管仲问齐桓属意于谁，答曰鲍叔牙。管仲斩钉截铁地回答"不可"，说鲍叔牙"为人洁廉，善士也。其于不己若者不比之，又一闻人之过，终身不忘。使之治国，上且钩乎君，下且逆乎民。其得罪于君也，将弗久矣"。鲍叔牙是个廉洁的人，不和不如自己的人交往，听到某人的过错，总是忘不了。用他来治国，上要违抗君命，下则抵触民人，得罪君主是早晚的事。在《庄子》的书写中，管鲍一生之谊，结于管仲阻止鲍叔牙上位，以行保护之实，显示出管仲堪称独步的知人之明。

以此来观，《柏舟》中的仁人也好，皭然不滓的屈原也罢，似乎都缺了一点涵容之量，并非如镜子般"虚而能受"，也就无法在镜喻层面向上比较——于是，毛诗显示了注解的宽厚，却忽视了修辞的一致；钱解虽在修辞上更胜一筹，却显得让仁人失去了本分。从二者的缝隙里，我们看到的是，较之"二南"温煦的以上化下，此时上已"王道衰，礼义废，政教失，国异政，家殊俗"，温柔敦厚的仁人君子也于此露出了小小的破绽，多了些怨怼，有了点讽喻，诗也就此"变化下之名为刺上之什"——履霜坚冰至，变风于此始焉。

巧笑倩兮

一

是不是每个人都记得自己知慕少艾时的情形呢？胸中情意万千，眉间愁思百结，却因为不知道心念波动的根源，也没有纾解的经验和途径，只好眼望着浅黄上衣绿色罗裙，每日在振奋和颓唐里反复，私底下暗暗给自己鼓劲，往往就把这恼人千千结误会成郁郁不得志。有时找出古人的诗来读，"噫吁嚱，危乎高哉！蜀道之难，难于上青天"，"对案不能食，拔剑击柱长叹息。丈夫生世会几时，安能蹀躞垂羽翼"，似乎如此便足以解得胸中千岁忧，万古愁。直到有一天，读到"盈盈楼上女，皎皎当窗牖。娥娥红粉妆，纤纤出素手"，读到"手如柔荑，肤如凝脂，领如蝤蛴，齿如瓠犀，螓首蛾眉，巧笑倩兮，美目盼兮"，心下若有所动，内里涌动不已的潮汐，隐隐然有了归处。

在学会省思自己的念头之前，我们经常犯这种替代性混乱的错误，把此情此景错认成彼情彼景，结果差不多只能是把浮表的情绪去除，一夜乱梦之后，那个真实的由头又冒出来趁机作祟。结果呢，往往会像普鲁塔克说的那样，"谁若是用一把钥匙去劈柴而用斧头去开门，他就不但把这两种工具都弄坏，而且自己也失去了这两种工具的用处"。拿前面说的对古诗错位的求助来说，自然是既不能安慰情感，也失去了了解咏诵之诗本义的机会，只留下朦胧含混的印象。有时甚至要到足够大的年龄，偶有机会接触一些更复杂的说法，才在直觉之外，慢慢品出某些诗里暗含的深曲。

朱光潜曾分析过"手如柔荑"这章诗："前五句最呆板，它费了许多笔墨，却不能使一个美人活灵活现地现在眼前。我们无法把一些嫩草、干油、蚕蛹、瓜子之类东西凑合起来，产生一个美人的意象。但是'巧笑倩兮，美目盼兮'两句，寥寥八字，便把一个美人的姿态神韵，很生动渲染出来。这种分别就全在前五句只历数物体属性，而后两句则化静为动，所写的不是静止的'美'而是流动的'媚'。"固然，初览此诗的人，肯定记得那动人心魄的巧笑和美目，可是，虽然诗里的字都认不全，我却记得读这章的时候，并没有觉得手、肤、领、齿、头和眉呆板，甚至看到"手如柔荑"四个字，心里还莫名地悸动了一下——即便我并不知道"荑"的究竟所指。

莱辛在《拉奥孔》里谈到诗与画的差异，朱光潜《诗论》谈这章诗的时候，正是用了里面的意思："莱辛推阐诗不宜描写物体之说，以为诗对于物体美也只能间接地暗示而不能直接地描绘……暗示物体美的办法不外两种：一种是描写美所产生的影响……另一种暗示物体美的办法就是化美为'媚'（charm）。"前者的例子，用的是荷马史诗写海伦的风华绝代："这些老人们看到海伦来到城堡，都低语道：'特洛伊人和希腊人这许多年来都为这样一个女人尝尽了苦楚，也无足怪；看起来她是一位不朽的仙子。'"汉乐府《陌上桑》"但坐观罗敷"，用的也是这手法。后者的例子呢，则是"巧笑倩兮，美目盼兮"。谈论这问题的时候，不知为什么，孟实先生有意无意忽视了莱辛在《拉奥孔》草稿里提到的"绘画无法利用比喻，因而诗歌大占胜著"。锐敏的钱锺书抓住莱辛这句话，在《读〈拉奥孔〉》里就此作足了文章，前面引号中的话，就是他意译的。朱光潜批评的呆板五句，用的不正是绘画无法致力的比喻？这姚际恒称为"千古颂美人者无出其右，是为绝唱"的一章诗，难道该赞赏的只是后面两句，前面的五句，竟罗列铺陈到了呆板的地步？

二

上引《诗经·硕人》里的"手如柔荑"章，按朱光潜的说法，荑是嫩草，凝脂是干油，螓蛴是蚕蛹，瓠犀是瓜子，确实很难让人联想到美。不过，大概是为了说明写法的呆板，这释读并不十分确切，除了荑解为嫩草，油居然用干来形容，蚕竟而成蛹，言瓠瓜而择子实，似乎诗人为了突出后两句的流动之美，不但让前面一连串比喻处于静态，还不惜选择走油风干之物用为喻体，连起码的鲜活生动都顾不上。不妨先看一下对这五个比喻较为普遍的解释——手像茅草的嫩芽，皮肤像凝练的油脂，脖子像天牛的幼虫，牙齿像瓠瓜子，有类似蝉的方额头，蚕蛾触须样的眉毛。好一点了是吧，但疑问仍然免不了，用一堆动物植物来形容一个人，怪倒够怪，哪里美了？

有一次，我跟朋友去外地玩，从居住的院落走出来，对面较远的地方是一片小树林，不远处是几棵大树。朋友指着那几棵树，对我说，我们到大自然里去坐坐吧。我听了，心里一紧。我认识的对自然风物熟悉的人，他们会说，我们到那棵杨树下坐坐吧，我们到那棵柳树下坐坐吧，最多说，我们到那棵树下坐坐吧，不大会提到大自然这个词。这不免让我想到顾炎武在《日知录》里的一段话，用《诗经》用语说明"三代以上，人人皆知天文"："'七月流火'，农夫之辞也；'三星在天'，妇人之语也；'月离于毕'，戍卒之作也；'龙尾伏辰'，儿童之谣也。后世文人学士，有问之而茫然不知者矣。"

顾炎武的说法，暗含讽喻之意，"顾老前辈是明末清初人，自命遗民，自然更多今不如昔的复古之情……那时人人都知天文，不分上等下等男人女人，真正是'懿欤休哉'的盛世"。但在金克木看来，这情形另有奥妙："古人没有钟表和日历，要知道时间、季节、方位，都得仰看日月星辰……'日出而作，日入而息。'作息时间表是在天上。'人人皆知天文'，会看天象，好像看钟表，何足为奇？"这意思提示我们，有些古人熟知而我们陌生的东西，并非全因今不如昔，有时不过是认知的具体情境发生了变化。这个有益的辨析也反过来提醒我们，很多事情，不能以现在人不熟悉、不亲切来认定过去人对此也全无感觉。比如我们可以推测，"多识于鸟兽草木之名"的古人，该比我们更能体味"柔荑"的美感吧？

荑，毛诗谓"茅之始生也"，就是通常所谓的茅草的嫩芽。另一说法来自鲁诗，"茅始熟中穰也，既白且滑"。推敲起来，说手像茅草的嫩芽，多少有些不确，因为不管茅草怎样初生，其色是浅绿，而不会是白色，以之为喻，殊失精当。茅草之花刚刚抽出之时，外有一层草皮包裹，剥开来，是一长条形的嫩花，嫩、白，并且尖，以之形容人手，是不是恰好？再来看"凝脂"，朱熹注为"脂寒而凝者，亦言白也"。凝脂之白，不用多说，否则人们也不会把白得恰好的玉唤作"羊脂"。只是前面刚刚以柔荑为喻说了手白，接下来又用凝脂来言肤白，仿佛作诗者穷于想象，只好接二连三地重复不休。桓宽《盐铁论·刑德》谓："昔秦法繁于秋荼，而网密于凝脂。"由此可见，凝脂另有严密之义，用于皮肤，在白之外，还有细密紧致的意思——不正是年轻女性皮肤的样子？

不一一考索下去了，有心人可以根据历代笺释，择善而从。要指出的只是，天牛的幼虫乳白色、半透明，瓠瓜的子洁白而整齐，蚕蛾的触须细长而弯曲。抛开喻体不讲，只看形容，即使在现今的女性里，也算得上美不是？不太引起我们美好联想的那些比拟，在当时，却都是人们日常习见。他们熟悉这些事物，识得这些事物的具体，用来比喻便觉切身，且几乎人人可以领会。我们无法领略这些事物的美，很可能是因为不再经常觌面遇到，对它们的感受度降低了，只看到佶屈聱牙的孤零零名字。于是，我们笼统地把它们称为动物植物，甚至径直说它们是某些东西。

对了，忘记说螓首。螓似蝉而小，额头宽广方正。人之额头宽，则眉心间距大，这个特征，古称"广颡"，东西方皆以为美，钱锺书在《管锥编》里便提到过。具备这个特征的人，还往往心胸开阔，古人认为是富贵之相，所谓"卫青方颡，黥徒明其富贵"。这首《硕人》，写的是卫庄公的夫人，小序所谓"庄姜贤而不答"，可见螓首牵连着所咏之人的心胸。回过头来看"巧笑倩兮，美目盼兮"，"倩"是含笑的样子；"盼"，有说为流盼，另有解释是黑白分明。流盼，即朱光潜所谓"流动的美"。身为国君夫人的庄姜，在为人所见的地方烟视媚行，有些"非"礼了吧？是不是只写到眼珠黑白分明，也即朱光潜所说静态的美，更符合她的身份？

三

写庄姜的仪容，只是此诗的第二章。既然已经说到她的身份，是时候把全文引出来了：

硕人其颀，衣锦褧衣。齐侯之子，卫侯之妻。
东宫之妹，邢侯之姨，谭公维私。

　　手如柔荑，肤如凝脂，领如蝤蛴，齿如瓠犀，
螓首蛾眉，巧笑倩兮，美目盼兮。

　　硕人敖敖，说于农郊。四牡有骄，朱幩镳镳，
翟茀以朝。大夫夙退，无使君劳。

　　河水洋洋，北流活活。施罛濊濊，鱣鲔发发，
葭菼揭揭，庶姜孽孽，庶士有朅。

　　不参照注释，我至今仍有许多字不会念。那就暂且不去
管它，先从方玉润《诗经原始》，确定每章义旨——第一章
写庄姜"阀阅之尊"，第二章叹其"仪容之美"，第三章言其
"车马之盛"，第四章表其所从来的齐"邦国之富"，陪嫁的
"妾媵之多"。对全诗之意，方玉润则断为"卫人颂庄姜美而
能贤"。生年早于方玉润的姚际恒，也引用明代人语，确认
了诗的主题，"此当是庄姜初至卫时，国人美之而作者"。把
吟颂庄姜之美（之贤）申为诗的主旨，可见不只是经过新文
化运动的朱光潜，自明代以来，就是一个较为明显的趋势了。

　　作为这趋势对照的，正是历来相传的毛诗小序："闵庄
姜也。庄公惑于嬖妾，使骄上僭。庄姜贤而不答。终以无
子，国人闵而忧之。"朱熹虽反对小序"篇篇刺上"，认为如
此"必使《诗》无一篇不为美刺时君国政而作，固已不切于
情性之自然"，但此诗朱熹仍袭用毛诗，只重心发生了转移：

"重叹庄公之昏惑也。"自东汉郑玄为《诗诂训传》作笺，属古文经学的毛诗渐成后世诵习《诗经》的主要读本，及唐代孔颖达奉敕修定五经，以毛诗郑笺为据纂成《正义》，毛诗地位遂不可动摇。后之解经者，多遵毛氏意旨，即便有所疑问，也只好设法弥补罅隙或只能暗暗指出。

在毛诗地位巩固以前，古传之说《诗》另有属今文的齐、鲁、韩三家。此三家自汉武帝时置立博士，终两汉之世，地位与影响均大大超过毛诗。及至毛诗盛行，三家诗流传转衰，于汉魏、晋、唐宋间渐次散佚。我们现在见到的，是自宋开始历代学人辑佚的本子，而尤以王先谦的《诗三家义集疏》后出转精。我是读到这集疏里关于庄姜的本事，不禁大惊。这本事出于《列女传》，更溯其源，则来于鲁诗。毛诗所言闵庄姜，虽与诗中显见的美、颂有所参差，但不过一念之转，我们不就常说有人美得让人心疼吗？而按《列女传》的说法，初嫁的庄姜竟至于是"冶容诲淫"了："傅母者，齐女之傅母也。女为卫庄公夫人，号曰庄姜。姜交（同姣）好。始往，操行衰惰，有冶容之行，淫洗之心。傅母见其妇道不正，谕之云：'子之家，世世尊荣，当为民法则。子之质，聪达于事，当为人表式。仪貌壮丽，不可不自修整。衣锦䌹裳，饰在舆马，是不贵德也。'乃作诗曰：'硕人其颀，衣锦䌹衣，齐侯之子，卫侯之妻，东宫之妹，邢侯之姨，谭公维私。'砥厉女之心以高节，以为人君之子弟，为国君之夫人，尤不可有邪僻之行焉。女遂感而自修。君子善傅母之防未然也。"照此说法，《硕人》非但不是对庄姜的美、颂，竟而是对其过分行为的劝谕。

姚际恒曾攻击毛诗："小序谓'闵庄姜'，诗中无闵意。此徒以庄姜后事论耳。安知庄姜初嫁时，何尝不盛，何尝不美？又安知庄公何尝不相得，而谓之闵乎？"按照这个辩难逻辑，鲁诗的劝谕说也难逃其咎——不也是多言诗外事，而于诗中找不到根据吗？有人曾引《孔丛子》"臧三耳"故事，嘲笑过这种于诗无凭的说辞——公孙龙言臧（奴婢）有三耳，非常雄辩，显得确有其事。平原君问孔子高："先生实以为何如？"答曰："然，几能臧三耳矣；虽然，实难。仆愿得又问于君：今为臧三耳，甚难，而实非也；为臧两耳，甚易，而实是也。不知君将从易而是者乎，其亦从难而非者乎？"

问题来了，把这个质疑反推过去，人们禁不住要问，如此明显的思维误区，竟让近两千年来说《诗》的好头脑都纷纷落入彀中吗？今古文学家臧三耳式的解经思路，究竟是无意的错失，还是有意的考量？

四

毛诗小序其来有自，《左传·隐公三年》："卫庄公娶于齐东宫得臣之妹，曰庄姜，美而无子，卫人所为赋《硕人》也。又娶于陈曰厉妫，生孝伯，早死。其娣戴妫，生桓公，庄姜以为己子。公子州吁，嬖人之子也。有宠而好兵，公弗禁。庄姜恶之。"这段文字既足证此诗第一章班班可考，又可以说明《左传》或小序的逻辑。本来戴妫生桓公之后，庄姜视为己子，解决了君位继承上立嫡的问题。卫庄公却宠爱嬖人之子州吁，并任由其嗜好武事，不加禁止，终于在身后酿成州吁弑桓公的大祸。因此，这首《硕人》，就不妨看成卫人在州吁得宠之后，见其国乱几已萌，追怀庄姜初嫁时的盛况，并细述其美，提示庄公重视庄姜和嫡子，以免此后洪水滔天。庄姜本人，当然也因失宠而引人怜悯。

相较毛诗，源自鲁诗的《列女传》没有如此切实的历史依据，今人陈子展在《诗经直解》里，就认为据此说诗，不是出于古史佚文，就是用的民间传说。那么在经学上倾向古文的刘向，为何不径取毛诗之义，竟据今文的鲁诗立说呢？或许读这首诗时，刘向会想到西汉外戚坐大（其后有他不及见的王莽篡汉），因而会觉得在春秋时合礼的庄姜之嫁，在东汉时极其不合时宜。更据《汉书·楚元王传》："向睹俗弥奢淫，而赵、卫之属起微贱，逾礼制。向以为王教由内及外，自近者始。故采取《诗》《书》所载贤妃贞妇，兴国显家可法则，及孽嬖乱亡者，序次为《列女传》，凡八篇，以戒天子。"虽然刘向说诗，所据为本事的历史来源并不那么可靠，但从他身处的时事来看，却自有其切实之处——彰显庄姜初嫁时车马之盛、邦国之富、妾媵之多的《硕人》，在刘向所处的奢淫之世，显得太过扎眼，因而不得不有所警示。不过，刘向毕竟心思缜密，如此情势下，他仍未将庄姜列为孽嬖，而是说她"遂感而自修"，不碍人们对她此后行为的称颂。

列奥·施特劳斯在《什么是自由教育》中说："就像土壤需要其培育者，心灵需要老师。但老师的产生可没有农夫那么容易。老师自己也是且必须是学生。但这种返回不能无限进行下去：最终必须要有一些不再作为学生的老师。这些不再是学生的老师是那些伟大的心灵，或者，为了避免在一件如此重要的事情上含糊其辞，可说就是那些最伟大的心灵。"然而，就像我们在今古文学家——如果我们承认他们属于那些"最伟大的心灵"——对这首诗的解读中看到的，"最伟大的心灵在最重要的主题上并不全都告诉我们相同的东西；分歧乃至各式各样的分歧撕裂了伟大心灵们的共同体"。因而，如何以特有的小心（with the proper care）来研读那些伟大的书，是我们这些后来者始终要面对的问题。

没有疑问的是，今古文两家的说法，都非诗本身所含之义，多说的是"言外之义，盖采诗、编诗或序诗之义，非诗本义"。如定此诗是庄姜初嫁时之作，则赋（作）诗之人不当知其后来失宠之事；如定此诗是庄姜失宠后所作，又不该一语不及可闵之处；而如此诗果是傅母为劝谕而作，第二章不免有点铺张扬厉，不像防微杜渐，倒像是劝百讽一。如此，对此诗最古的两种解说，竟都有断章取义的嫌疑。这样真的可以吗？或许可以吧。采诗、编诗或序诗、说诗的各位，目睹或获知了庄姜初嫁之后的时事，甚至更看到了庄姜过世之后的时代变迁，从来就不是一个空我。他们有自己独特的判断，也对编定后的《诗经》有自己的整体认知，让他们假装不知道此后发生的这一切，只株守诗的字句和本义，是不是有些迂阔？

五

现在我们能看到经完整编辑，有总序有小序的《诗》，只是毛诗，不妨就来看毛诗确认的《硕人》在整部《诗经》中的位置。

《诗经》开篇即《周南》《召南》。古公亶父将中心之城由豳迁岐，建立周国。其孙文王徙都于丰，分岐为周公旦、召公奭之采邑，使周公为政于国中，使召公宣布于诸侯。由是，德化由北而南，而岐地之诗，也就成为《周南》《召南》。紧接着"二南"的，是《邶风》《鄘风》和《卫风》。邶、鄘、卫原为三国，分纣城朝歌以北为邶，南为鄘，东为卫。其后，邶、鄘属卫，也因此，王先谦《集疏》合《邶风》《鄘风》和《卫风》为一卷，既复三家诗二十八卷之旧观，又见三国之间的承继关系。

传统上，《周南》《召南》称为"正风"，呈现出身修、家齐、国治的温柔敦厚气象。迨自《邶风》，时事错杂，时风变乱，怨气渗透进诗里，"变风"始作，终至于每况愈下。《硕人》属《卫风》第三篇，其前为《淇奥》，为《考槃》。《淇奥》美卫武公，"有匪君子，如切如磋，如琢如磨"，雕琢复朴，大有盛世之象。然而好景不长，至其子庄公之时，在朝者歌《考槃》，对政事避之惟恐不远，隐之惟恐不密；

在宫者庄姜，尊而美，庄公却对"贤而不答"。至此，卫之内外皆失其则，积极向上之气消散，怨言难免遍布国内。现在来看《诗大序》，所言及的"风"，不正是以上图景吗："上以风化下，下以风刺上。主文而谲谏，言之者无罪，闻之者足以戒，故曰风。至于王道衰，礼义废，政教失，国异政，家殊俗，而'变风''变雅'作矣。"

如此看来，起码对毛诗作者来说，《诗》确实是一幅完整的时空图景，并可进而借此表达自己的社会理想。如此，这部《诗经》大可以是一整个时代的总谱，小可以是某个具体国家，甚至是某个人的生存具体。这个总体的图景，却也因此得以脱离它从中产生的任何一个具体，"从任一个特定时空、从人的历史抽离出来拯救出来，不让它遭受人的干扰和污染，甚至也无须人为它辩护"。以此推测，前人所说的"自从删后更无诗"，是否就是指这个从无限繁复中产生，又脱离了每一个具体繁复的整体景象呢？

在我们身处的这个时代，对今古文学家的诸多说法，最大的疑问，应该还不是解说的歧路万千，而是他们解诗的旨归，竟都是政治。或许是因为近代以来人们对政治的理解过于狭隘了，只要提到政治，往往所指就是上层的混乱争斗，携带着让人无奈的龌龊和肮脏。也因此，人们往往会忘记，政治在本质上是人人皆须经历之事。人无法离开具体的时空存在，而是必须生活在人群之中，亚里士多德所谓"人是政治的动物"，其中的政治，也即城邦，就道出了人群体性生活的本质。

《诗纬含神雾》训诗为持，即承负。诗，甚至所有的文学作品，都不免要有所承负，以期于世道人心有益。只关心一己之私或着力于抽象的概念，放弃对人群中人具体而深切的关注，或许也可以暂时引起注意吧，但发展下去，难免会像奥威尔说的那样，让作品失掉生机："写出来的是华而不实的空洞文章，尽是没有意义的句子、辞藻的堆砌和通篇的假话。"读诗之法，也不该离开那人人置身的生活，包括苦难重重，包括忧心悄悄，包括孔子一直担忧的礼崩乐坏——

子夏问曰："'巧笑倩兮，美目盼兮，素以为绚兮。'何谓也？"子曰："绘事后素。"曰："礼后乎？"子曰："起予者商也，始可与言《诗》已矣。"

彼黍离离

——关于《王风》

一

　　1966 年，香港《海光文艺》上发表一篇署名佟硕之的《金庸梁羽生合论》，中谓："梁羽生的名士气味甚浓（中国式的），而金庸则是现代的'洋才子'。梁羽生受中国传统文化（包括诗词、小说、历史等等）的影响较深，而金庸接受西方文艺（包括电影）的影响较重。虽然二人都是'兼通中外'（当然通的程度也有深浅不同），梁羽生也有受到西方文化影响之处，如《七剑下天山》之模拟《牛虻》（英国女作家伏尼契之作），以及近代心理学的运用等等，但大体说来，'洋味'是远远不及金庸之浓的。"这佟硕之后来证实即是梁羽生本人，可见梁对自己古典修养的信心。

　　前些年，我因为经不住改编电影铺天盖地的宣传攻势，便把梁著《七剑下天山》找出来看。匆匆翻过一遍，心得有限，即便是为人称赞的大量诗词，我也多没有特殊的感受，只读到其中纳兰性德的《采桑子·塞上咏雪花》时，心里暗暗一振："非关癖爱轻模样，冷处偏佳。别有根芽，不是人间富贵花。"或许我的性情偏于梁羽生后文所说的"一般读者"，多是"抱着追求刺激的心理"，因而读金庸的小说，往往得到更大的满足——即便是关涉古典的部分。我实在不知道是因为爱屋及乌的心理定势，还是因为金庸作品里的古典"别有根芽"，居然能让过往的词句生出新光。

其实更可能的原因，是我疏于古典阅读，不知金庸使用作品的来处，易被小说营造的情景带进去。比如学着人家感慨流年已逝、祸福相依，会想到去念《倚天屠龙记》中小昭唱的曲子："世情推物理，人生贵适意，想人间造物搬兴废。吉藏凶，凶藏吉，富贵哪能长富贵？日盈昃，月满亏蚀。地下东南，天高西北，天地尚无完体。展放愁眉，休争闲气。今日容颜，老于昨日。古往今来，尽须如此，管他贤的愚的，贫的和富的。到头这一身，难逃那一日。受用了一朝，一朝便宜。百岁光阴，七十者稀。急急流年，滔滔逝水。"慕少艾而不得，总觉得是什么外在原因阻碍了自己，就会不切题地想起《射雕英雄传》中瑛姑吟的词："四张机，鸳鸯织就欲双飞。可怜未老头先白，春波碧草，晓寒深处，相对浴红衣。"要为自己的躁急多动找理由，就会用《九阴真经》的总诀来牵强地辩护："人徒知枯坐息思为进德之功，殊不知上达之士，圆通定慧，体用双修，即动而静，虽攒而宁。"

后来呢，渐渐也就知道了，这些当年流连的词句，大多有其出处，比如上面小昭唱的曲子，是关汉卿的《双调·乔牌儿》，瑛姑吟咏的，则来于宋朝失名词人的《九张机》。《九阴真经》总诀虽无明确出处，我很怀疑"圆通定慧，体用双修，即动而静"出自后人总结《维摩诘所说经》的"动寂不二"，"虽撄而宁"则明显是来于《庄子·大宗师》："撄宁者，撄而后成者也。"撄是干扰，宁是安静，不是在别的地方安静，就在干扰中安静下来。这句话里有一种随顺通达的力量，怪不得洪七公听郭靖念过之后，"身子忽然一颤，'啊'了一声"，"把那几句话揣摩了良久"。

当时读金庸，最让自己觉得知识严重不足的，是《射雕英雄传》的第三十章。黄蓉被裘千仞打了一掌，命在旦夕，只好上山求一灯大师疗伤。大师渔樵耕读四大弟子阻拦，及至遇到书生朱子柳，黄蓉与其展开知识与才智竞赛，一时让人眼花缭乱，目不暇接。曾被点为状元的饱学朱子柳，完败于随文武全才的黄药师读过书的精灵黄蓉，无奈放行。华山论剑之前，二人重又聚首，一灯大师率众先行离开，临走前，朱子柳用"隰有苌楚，猗傩其枝"取笑黄蓉的少女情怀，黄蓉回以"鸡栖于埘，日之夕矣"。书生大笑，一揖而别，留下黄蓉独自品味这个来回所用的两句诗——

　　"他引的那两句诗经，下面有'乐子之无知，乐子之无家，乐子之无室'三句，本是少女爱慕一个未婚男子的情歌，用在靖哥哥身上，倒也十分合适，说他这冒冒失失的傻小子，还没成家娶妻，我很是欢喜。"想到此处，突然轻轻叫声："啊哟！"

郭靖忙问："怎么？"黄蓉微笑道："我引这两句诗经，下面接着是'羊牛下来，羊牛下括'，说是时候不早，羊与牛下山坡回羊圈、牛栏去啦，本是骂状元公为牲畜。但这可将一灯大师也一并骂进去啦！"

这里引的诗，朱子柳用的两句，来于《桧风·隰有苌楚》，黄蓉用的两句，出自《王风·君子于役》。

二

我虽然自初中时就已经在学校住宿，但每周末可以回家；上了高中，则每月得回家一次；加上其时一心想着长大，没有明确的思家之念，觉得家反正总是在那里的，想回就能回，用不到装模作样地呼天抢地。上大学的时候，因路途稍远，变成了每半年回家一次，到第三个月的时候，忽然如染病疾，开始想念家里的热汤热饭热茶，开始梦见村头那棵大树皲裂的树皮和每年新发的叶子，开始想知道那个跟自己一起长大的女孩现在去了何处，开始幻听到从小养大的那只渐呈老态的狗惫惫的汪汪声，开始在眼前浮现满地飞跑的鸡日落时飞上门口那棵矮树，开始看到那个脊背弯曲的老人在晚霞中牵着老牛慢慢走回家……因此，当在一个清晨背到这首《君子于役》的时候，黄蓉用来调侃朱子柳的事淡去，只觉得里面写的，就是我的心事——

君子于役，不知其期，曷至哉。鸡栖于埘，日之夕矣，羊牛下来。君子于役，如之何勿思。

君子于役，不日不月，曷其有佸。鸡栖于桀，日之夕矣，羊牛下括。君子于役，苟无饥渴。

鸡钻进墙壁上挖出的鸡窝（埘），跳进门前拴在木桩（桀，榤之俗字）上的鸡笼——王先谦《诗三家义集疏》："就地树橛，桀然特立，故谓之榤。但榤非可栖者，盖乡里贫家编竹木为鸡栖之具，四无根据，系之于橛，以防攘窃，故云'栖于榤'耳。"——正是向晦时候，或许人家的炊烟也正袅袅，牛羊从放牧地方的丘陵或小山上缓缓下来，将要走进（括，至也）围栏。

这日常可见的景致，最容易款动乡思对吧？不过按历来注解，此情此景却不是思乡，而是写诗者的当下所见。《正义》承毛序"君子行役无期，大夫思其危难以风焉"，言此诗是"在家之大夫思君子僚友在外之危难"。朱熹《集传》则照例把小序的政事移为男女之事："大夫久役于外，其室家思而赋之。"清许瑶光《雪门诗抄·再读〈诗经〉四十二首》中有："鸡栖于桀下牛羊，饥渴萦怀对夕阳。已启唐人闺怨句，最难消遣是昏黄。"落实此诗为室家之思，认为开了唐诗闺怨的先河，钱锺书称其"大是解人"。吴闿生《诗义会通》引马其昶《毛诗学》"其词托为室家之忧念，非室家所自为也"，谓其"调停序说，亦尚言之成理"，则双方意见可以两行矣。

　　无论大夫还是妇人，反正写诗者心里的人是行役在外的君子，思念在于此，忧虑在于此。朱熹《集传》于首节曰："君子于役，不知其返还之期，且今亦何所至哉。鸡则栖于埘矣，日则夕矣，羊牛则下来矣。是则畜产出入，尚有旦暮之节，而行役之君子乃无休息之时，使我如何而不思也。"又于次节曰："君子行役之久，不可计以日月，而又不知其何时可以来会也，亦庶几其免于饥渴而已矣。此忧之深而思之切也。"

　　这思念中流露出的幽怨，差不多就是王风的特征，有时候，甚至不是幽怨，而是显而易见的抱怨，比如《扬之水》——

　　　　扬之水，不流束薪。彼其之子，不与我戍申。
　　怀哉怀哉，曷月予还归哉。
　　　　扬之水，不流束楚。彼其之子，不与我戍甫。
　　怀哉怀哉，曷月予还归哉。
　　　　扬之水，不流束蒲。彼其之子，不与我戍许。
　　怀哉怀哉，曷月予还归哉。

　　欧阳修《诗本义》解此诗曰："激扬之水，其力弱不能流移于束薪，犹东周政衰，不能召发诸侯，独使周人远戍（申、甫、许均地名），久而不得代尔。"《正义》罕见地用了较感性的语言，来揣摩作诗者心思："自我之来，日月已久，此在家者今日安否哉？安否哉？何月得还归见之哉？羡其得在家，思愿早归见之。久不得归，所以为怨。"是这样没错，《小雅·采薇》"昔我往矣，杨柳依依。今我来思，雨雪霏霏"那样忧役者之忧，《出车》《杕杜》"执讯获丑，薄言还归""会言近止，征夫迩止"那样的劳还之诗，再也不能见了。王风中的戍、役之人，不管是自叹还是亲友苦思，仿佛都被置于孤绝的情景中，看不到归还的日子，无量的怨尤才是他们的"思无邪"。

三

鲁迅《〈呐喊〉自序》有一段名文："有谁从小康人家而坠入困顿的么，我以为在这途路中，大概可以看见世人的真面目。"如果一个人从繁盛之世坠入衰败之时，会看见些什么，又会是怎样的坏心情呢？不幸，王风《兔爰》的作者，恐怕就是经历了这样的情形——

　　有兔爰爰，雉离于罗。我生之初，尚无为。我生之后，逢此百罹。尚寐无吪。
　　有兔爰爰，雉离于罦。我生之初，尚无造。我生之后，逢此百忧。尚寐无觉。
　　有兔爰爰，雉离于罿。我生之初，尚无庸。我生之后，逢此百凶。尚寐无聪。

朱熹《集传》："言张罗本以取兔，今兔狡得脱（有兔爰爰），而雉以耿介，反离（罹）于罗（罗网），以比小人致乱，而以巧计幸免；君子无辜，而以忠直受祸也。为此诗者，盖犹见西周之盛。故曰我生之初，天下尚无事（无为、无造、无庸）。及我生之后而逢时之多难如此。"方玉润《诗经原始》："彼苍（天）梦梦，有如聋聩，人又何言？不惟无言，且并不欲耳闻而目见之，故不如长眠不醒（尚寐无吪、无觉、无聪）之为愈耳。迨至长睡不醒，一无闻见，而思愈苦。古之伤心人能无为我同声一痛哭哉？"

陈寅恪《读莺莺传》中有一段话，差不多可以补足此诗的心理背景，写出了诗人见兔爰爰而雉离罗的叹息："纵览史乘，凡士大夫阶级之转移升降，往往与道德标准及社会风习之变迁有关。当其新旧蜕嬗之间际，常呈一纷纭综错之情态，即新道德标准与旧道德标准，新社会风习与旧社会风习并存杂用。各是其是，而互非其非也。斯诚亦事实之无可如何者。虽然，值此道德标准社会风习纷乱变易之时，此转移升降之士大夫阶级之人，有贤不肖拙巧之分别，而其贤者拙者，常感受苦痛，终于消灭而后已。其不肖者巧者，则多享受欢乐，往往富贵荣显，身泰名遂。其何故也？由于善利用或不善利用此两种以上不同之标准及习俗，以应付此环境而已。"

这段话里暗含着陈寅恪对自己所处时代的深重讽喻，差不多可以直接说是他自己的心声。相形之下，《兔爰》的作者或许更为绝望，他要面对的，还不只是一己的升沉起伏，更是一个庞大的王朝已经完全无力振作，只能眼睁睁看着它慢慢垮塌下去。这也就怪不得随宋室偏安的朱熹，会特重毛序中"君子不乐其生"的意思，认为只此句得之，其余的解释都是多余："既无如之何，则但庶几寐而不动以死耳。"这话的意思，几乎等于"睡死算了"。一向敦厚如朱熹者，忽然撂出轻生的意思，想是心里堆积的忧愤太多，不得不趁解诗的机会稍稍宣泄一下。

大人君子生当衰世，差不多都是这样的心境吧。易地则皆然，易时则皆然，他们只能眼睁睁看着时代越来越陷入泥沼里去，看着人世流离，看着贤人不在其位，看着曾经的美好一去不返——

　　绵绵葛藟，在河之浒。终远兄弟，谓他人父。
谓他人父，亦莫我顾。
　　绵绵葛藟，在河之涘。终远兄弟，谓他人母。
谓他人母，亦莫我有。
　　绵绵葛藟，在河之漘。终远兄弟，谓他人昆。
谓他人昆，亦莫我闻。

毛序照自己的政教解诗系统，谓："《葛藟》，王族刺平王也。周室道衰，弃其九族焉。"朱熹《集传》散王族为万民，说这首诗是"世衰民散，有去其乡里家族而流离失所者，作此诗以自叹"。方玉润《诗经原始》则通解全诗，绾二者而一之："葛藟本蔓生，必有所依而后附。今乃在河之浒与涘与漘（浒、涘、漘均水边义），无乔木高枝以引其条叶，虽足自庇本根，而本根已失，奈之何哉！故人一去乡里，远其兄弟，则举目无亲，谁可因依？虽欲谓他人之父以为父，而其父反愕然而不之顾……民情如此，世道可知。谁则使之然哉？当必有任其咎者，即谓平王之弃其九族，而民因无九族之亲者，亦奚不可？"彷徨无归，流离失所，足够让人心酸了吧，可能够把这一切重新振起的人，却早已不在朝内，只留下好样子供人怀想——

丘中有麻，彼留子嗟。彼留子嗟，将其来施施。

丘中有麦，彼留子国。彼留子国，将其来食。

丘中有李，彼留之子。彼留之子，贻我佩玖。

还是先引诗序："《丘中有麻》，思贤也。庄王不明，贤人放逐，国人思之而作是诗也。"毛传释首节曰："留，大夫氏。子嗟，字也。丘中墝埆（瘠薄）之处，尽有麻麦草木，乃彼子嗟之所治。施施，难进之意。"释次节曰："子国，子嗟父。（郑笺：子国使丘中有麦，著其世贤。）子国复来，我乃得食。"释第三节则曰："言能遗我美宝。"郑笺申首节之义："子嗟放逐于朝，去治卑贱之职而有功，所在则治理，所以为贤。"《说文》："贤，多才也。"贤人多才，本应当其时而有其位，繁盛则持盈保泰，衰世则挽澜既倒，现在却只能"治卑贱之职而有功"而已。民人望其归正时位，"若大旱之望云霓也"，然而盼来的却是"将其来施施"，难免失望复又失望。

四

王风的十首诗，在我看来，不下于四首，如果不是放在周东迁之后的特殊情势里，几乎读不出古注中所谓的王政衰废、民不聊生之义。即便是充满嗟叹的《中谷有蓷》，也仿佛只跟具体的人事有关，牵扯不到更远的地方去——

> 中谷有蓷，暵其干矣。有女仳离，慨其叹矣。
> 慨其叹矣，遇人之艰难矣。
> 中谷有蓷，暵其修矣。有女仳离，条其歗矣。
> 条其歗矣，遇人之不淑矣。
> 中谷有蓷，暵其湿矣。有女仳离，啜其泣矣。
> 啜其泣矣，何嗟及矣。

山谷中的益母草，被水濡湿而后干（修、湿均为干义，湿为曝之假借），有女性被遗弃，叹息号（歗）哭，感叹遇人之难。从诗里只能看出序"夫妇日以衰薄"的意思，却看不出所谓的"凶年饥馑，室家相弃"对吧？《正义》先是足成小序之义，"'夫妇日以衰薄'，三章章首二句是也；'凶年饥馑，室家相弃'，下四句是也"，接下来的解释却似乎集中在"夫妇日以衰薄"："夫妇衰薄，以凶年相弃，假陆草遇水而伤，以喻夫恩薄厚。菼之伤于水，始则湿，中则修，久而干，犹夫之于妇，初已衰，稍而薄，久而甚，甚乃至于相弃。妇既见弃，先举其重，然后倒本其初，故章首二句先言干，次言修，后言湿，见夫之遇己，用凶年深浅为薄厚也。下四句言妇既被弃，怨恨以渐而甚，初而叹，次而歔，后而泣。慨叹而后乃歔，艰难亦轻于不淑，'何嗟及矣'，是决绝之语，故以为篇终。"

除了菼的先湿后干可能推出"凶年饥馑"的意思，全诗几乎再无与此有关的词句（"艰难"应是言遇人之难）。即便是有可能引起凶年联想的"中谷有菼，暵其干矣"，用来兴起日益衰薄的夫妻之情，不是更为直接恰切？王国维《与友人论〈诗〉〈书〉中成语书》，虽主要驳古注释义，我看对这诗的理解，也是集中在夫妇关系上："遇人之不淑，犹言遇人之艰难。不责其夫之见弃，而但言其遭际之不幸，亦诗人之厚也。毛、郑胥以不善释之，失其旨矣。"王风中与男女之事有关的另外一首《大车》，口吻就不是这样收敛了——

> 大车槛槛，毳衣如菼。岂不尔思，畏子不敢。
> 大车啍啍，毳衣如璊。岂不尔思，畏子不奔。
> 谷则异室，死则同穴。谓予不信，有如皎日。

迟重（啍啍）的大车槛槛驶过，车中人穿的绣袍，青色像芦苇秆（菼），红色如赤色玉（璊），怎么会不想你呢（岂不尔思），就是怕你不敢（有所行动）。（如果）活着不能同房（谷则异室），那就死了一起埋葬（死则同穴），要是我说话不作准，皎然白日可以作证。

毛序谓此诗："刺周大夫也。礼义陵迟，男女淫奔，故陈古以刺今，大夫不能听男女之讼。"姚际恒《诗经通论》不满序说，认为这解释"颇为迂折"，我觉得他评第三节点出的"（男女）誓词之始"，差不多可以说是诗的本义。把诗中人看成淫奔也好，暗恋也罢，其核心都是赌咒发誓，愿意生死以之，如此则不用像《正义》那样曲折地弥缝："有女欲奔者，谓男子云：我岂不于汝思为无礼之交与？畏子大夫之政，必将罪我，故不敢也。古之大夫使民畏之若此。今之大夫不能然，故陈古以刺也。"为了足成毛序之义，《正义》无端在诗中加进了"子大夫"，又多出来一个过去时，实在有些增义解经的嫌疑。诗既为经，解诗寓含教化本是题中应有之义，只是最好能得"微加晓告，殷勤诲示"的自然，一旦教化之义绝难从诗中体会，往往会引起强加、强命的抵触感，很容易导致失败甚至反弹。

五

《中谷有蓷》和《大车》的古注，虽然有添加的成分，但因为诗中本就有不同程度的怨愤流露，连类引申出另外的意思还勉强算得上事出有因，那《君子阳阳》和《采葛》的注解，则简直可以说是无中生有了。《君子阳阳》——

> 君子阳阳，左执簧，右招我由房。其乐只且。
> 君子陶陶，左执翿，右招我由敖。其乐只且。

诗中的君子，一副无所用心（阳阳，陶陶）的样子，拿着笙簧，执着羽毛做成的舞具（翿），招我用房中（由房，人君燕息时所用之乐）或燕游之乐（由敖），看起来非常快乐（其乐只且）。毛诗的出人意表之处，在于由此快乐引出君子全身远害之义："《君子阳阳》，闵周也。君子遭乱，相招为禄仕，全身远害而已。"我觉得如果可以牵连到这意思，那君子的表现看起来起码有点轻微的高兴过头，诗与其说是对他的肯定，倒不如说是告诫——如今天下大乱，不要这么意气洋洋，兴致陶陶，还是收敛一下的好。好吧，我承认自己有点任性了，还是接着来看《采葛》——

> 彼采葛兮。一日不见，如三月兮。
> 彼采萧兮。一日不见，如三秋兮。
> 彼采艾兮。一日不见，如三岁兮。

反复读这首诗，我觉得意思应该像陈子展《诗经直解》说的那样，"只是极言相思迫切一种情绪之比喻诗"，可以解为思友，也可以解为思所恋。因为诗有兴味，读之可以缓释某一类型的强烈心事，起到如亚里士多德所谓净化

（katharsis）的作用。只是这诗历来的解释，可并不是这么简单。毛序定诗旨为"惧谗也"，郑笺引申为桓王之时，"政事不明，臣无大小，使出者则为谗人所毁，故惧之"。朱熹《集传》保持一贯的淫奔思路，"采葛所以为絺绤，盖淫奔者托以行也。故因以指其人，而言思念之深，未久而似久也"。

清人姚际恒对这两种思路，都颇不以为然："小序谓'惧谗'，无据。且谓'一日不见，便如三月以至三岁'，夫人君远处深宫，而人臣各有职事，不得常见君者亦多矣；必欲日日见君，方免于谗，则人臣之不被谗者几何？岂为通论。《集传》谓'淫奔'，尤可恨。即谓妇人思夫，亦奚不可，何必淫奔！"读到"尤可恨"三个字，我险些笑出声来，感觉姚先生大约是被晦庵老人雷到了，几乎要爆粗口的样子。或许是这不满情绪的刺激启开了思路，其通讲全诗，尤为通达："'葛''月''萧''秋''艾''岁'，本取协韵。而后人解之，谓葛生于初夏，采于盛夏，故言'三月'；萧采于秋，故言'三秋'；艾必三年方可治病，故言'三岁'。虽诗人之意未必如此，然亦巧合，大有思致。'岁''月'，一定字样，四时而独言秋，秋风萧瑟，最易怀人，亦见诗人之善言也。"知类通达，善体人言，允为解诗的好文字。

抛开原诗不论，解诗中的有些见解，因其洞识，即使背离诗义，仍可以有其深意。钱锺书就明知毛传"非即合乎诗旨，似将情侣之思慕曲解为朝士之疑惧"，却肯定其"于世道人事，犁然有当，亦如笔误因以成绳、墨污亦堪作鼋（黄毛黑唇牛）也"。《管锥编》沿毛传"一日不见于君，忧惧于谗矣"，引曹丕《典论》"容刀生于身疏，积爱出于近习"，复引《晋书》阎缵上疏之辞，"一朝不朝，其间容刀"，意谓"苟离君侧，谗间即入，理固然矣"。又言古来权臣得君者恋位不去，"亦以深虑去位而身与君疏"，身疏则如刀之谗言入矣。此段刻画人间某一部分的阴暗真相，读之令人生出怖畏之心。如此解诗情形，很像是不小心歧入旁门，却于旁门里偏得正果。

六

前面已经零星说到了，王风里的诗，起码在编诗者的心目中，是平王东迁之后所作，其时东周政衰，无力振作，连带着其地的诗也被迫降格。周王室最盛的时候，文王居丰、武王居镐，成王时，周公经营洛邑为会诸侯之所，自此谓丰镐为西都，洛邑为东都。及至西周乱萌，平王"徙居东都王城，于是王室遂卑"。照《诗大序》的说法，"言天下之事，形四方之风，谓之雅"，王风里写到的时代，周家已经没有王室的样子，政令几乎无法在王畿六百里之外通行，像是卫国和郑国之间的一个诸侯，于是在《诗经》的序列里便由雅降而为风；又因不能如"二南"正风一样温柔敦厚，"风以动之，教以化之"，而是处"王道衰，礼义废，政教失"之世，百姓怨声载道，于是不继"二南"正风而入于变风。

从这一整个的时代图景来看，就差不多能理解毛序的用意了。十首诗里，四首是"闵"，四首是"刺"，一首是"惧谗"，一首是"思贤"，具体起来，则是王室失信，大夫无尊，行役者苦，君子嘉遁，民思贤明，几乎是集衰世特征之大成，也就难怪朱熹动辄用淫奔来标明世间乱象。《论语·子张》子贡曰："纣之不善，不如是之甚也。是以君子恶居下流，天下之恶皆归焉。"即使像殷纣这样的恶人，怕也没有那么不善，只因身有污贱之实，恶事就聚集在他身上。近代中国国势积弱，连带着整个政教系统都遭了猛烈抨击，不也是众恶归焉的表现？东周即使再卑弱，偶尔的君子阳阳、男女欢爱也总是有的吧，可怀揣着东周衰废全景的解诗者，要把所有的诗都指向一个让人感受到痛疼的方向，从而凝聚成一种企图振作的力量，如王风第一首《黍离》中那个忧心忡忡的行人——

彼黍离离，彼稷之苗。行迈靡靡，中心摇摇。知我者谓我心忧，不知我者谓我何求。悠悠苍天，此何人哉。

彼黍离离，彼稷之穗。行迈靡靡，中心如醉。知我者谓我心忧，不知我者谓我何求。悠悠苍天，此何人哉。

彼黍离离，彼稷之实。行迈靡靡，中心如噎。知我者谓我心忧，不知我者谓我何求。悠悠苍天，此何人哉。

对此诗的意思，当然也不免有些异议，我看还是毛传解得切实："《黍离》，闵宗周也。周大夫行役于宗周，过故宗庙宫室，尽为禾黍。闵宗室之颠覆，彷徨不忍去，而作是诗也。"

王风其余三首的闵，俱为"闵周"，唯这第一首闵的却是"宗周"，郑笺云："宗周，镐京也，谓之西周。周王城也，谓之东周。幽王之乱而宗周灭，平王东迁，政遂微弱，下列于诸侯，其诗不能雅，而同于国风焉。"《正义》述首节之义："镐京宫室毁坏，其地尽为禾黍。大夫行役，见而伤之，言彼宗庙宫室之地，有黍离离而秀，彼宗庙宫室之地，又有稷之苗矣。大夫见之，在道而行，不忍速去，迟迟然而安舒，中心忧思，摇摇然而无所告诉。大夫乃言，人有知我之情者，则谓我为心忧，不知我之情者……见我久留不去，谓我有何所求索。知我者希，无所告语，乃诉之于天。悠悠而远者，彼苍苍之上天，此亡国之君，是何等人哉！而使宗庙丘墟至此也？疾之太甚，故云'此何人哉'！"又述每节首二句："诗人以黍秀时至，稷则尚苗，六月时也。未得还归，遂至于稷之穗，七月时也。又至于稷之实，八月时也。是故三章历道其所更见，稷则穗、实改易，黍则常云离离，欲记其初至，故不变黍文。"

解诗时常有奇特想象的程颐，则由诗中的"稷"字一下跳到了周的先祖后稷，说"彼黍者，我后稷之苗也"，致被后人断为穿凿附会，徒逞臆说。我倒是觉得，大概程子读到这首诗的时候，脑子里是整个周朝的情形，甚至也牵连到自己置身的时代，忽而跳到后稷身上，甚至忽而跳到当朝的太祖身上，都没什么不可能对吧？按宋人王柏《诗疑》中的说法，此诗"感慨深而言不迫切，初不言其宗国倾覆之事，反复歌咏之，自见其悽怆追恨之意"。或许正因为有这藏于深心的追恨和忧患之感，才让卑弱的东周仍然维持了五百余年吧？

就是这样的诗："彼黍离离，彼稷之苗。行迈靡靡，中心摇摇。知我者谓我心忧，不知我者谓我何求。悠悠苍天，此何人哉。"就是这样一个人，感叹着繁盛时代的落幕，中心先则摇摇，次则如醉，后则如噎（忧深气逆，不能呼吸），"心忧愈逼愈紧"，却无由告于解人知，故"未尝不呼天也"。恍惚中，我仿佛看到历代内心吟诵过此诗的人们，穿过了迢递的时光，忧心忡忡却也无比坚韧地站立在我们当下。

蒹葭苍苍

一

初二的时候，我们的英语老师被紧急抽调去了毕业班，换了一个年轻的女教师来。大约是因为刚从学校毕业，这新来的瘦高挑女老师，明显的学生气息还带在身上，及肩厚密长发，无袖红白 T 恤，黑色及膝短裙，脚上是一双半高跟镂空皮凉鞋。在尘土飞扬的乡镇中学，这差不多就是标准的洋气了。待到这洋气开口读课文，竟是我们在上个老师经常携带的大喇叭录放机里的发音，禁不住心里又是一阵骚动。那天晚上的男生宿舍，一改往日的闹嚷不休，安静到只能听到各自不停的翻身声。

其时，班里有一个颇为粗豪的男生，平日以对同学恶谑为乐。自从来了这女老师，便忽然不安分起来，停止了跟同学的恶谑，每日里在班级无目的地进进出出，仿佛就此怀上了心事。如此一周左右，他忽然得了什么启示似的，故态复萌，截然终止了出出进进，每到英语课前，便在教室外戏弄弱小同学。一当女老师的裙裾在转角出现，他的声音便尽力提上去，动作也变得更加激烈。如此过了一段时间，他并没有引起老师的任何正面注意，甚至还得了几个不甚分明的白眼。三鼓而竭，他放弃了如此作为，却又不知从哪里找来一方女同学随身携带的小圆镜，每到英语课上，便把镜子置于脚面，老师走过时，他的脚就不安分地试探着伸向她的裙底。

后来我才渐渐明白，无论怎样一往情深，人也很难违拗性情来表达自己的情感，惯性的做事方式会把人拖进奇怪的窠臼，即便明明知道对方不喜欢甚至讨厌，却一不小心就回到了自己习常的方式。从那个粗豪的同学嘴里，我们听到最多的是女老师里衣的颜色和花样，她小腿上的汗毛和毛孔，而他，自始至终也没有得到过一个正眼。嗯，即使青春期的事情，也不耽误我们忘记，如果不是那天上午第一节是英语课，如果不是我们走进教室的时候，正好抬眼看到了写在黑板上的鬼画符样的字——

> 绿草苍苍，白雾茫茫，有位佳人，在水一方。
> 绿草萋萋，白雾迷离，有位佳人，靠水而居。
> 我愿逆流而上，依偎在她身旁。无奈前有险滩，道路又远又长。我愿顺流而下，找寻她的方向。却见依稀仿佛，她在水的中央。
> 我愿逆流而上，与她轻言细语。无奈前有险

滩，道路曲折无已。我愿顺流而下，找寻她的踪迹。却见仿佛依稀，她在水中伫立。

　　绿草苍苍，白雾茫茫，有位佳人，在水一方。

　　尽管用尽了认真模仿黑板报上的仿宋体，可那字仍丑得乖乖去认领了自己的主人，我们也就都转头向着早就被排在角落里的粗豪仔发笑，约略领会到了关西大汉执铜琵铁绰唱柳三变的感觉。现在我想来想去，实在记不起那天是谁上去擦了黑板，也忘记了洋气女教师看到这些字后的反应——一颦？一嗔？一笑？只记得不久之后，我们又换了一位英语老师，那女教师带着她动人的风姿，结婚进城去了。学校生活随之归于平静，如果不是这次偶然想起，我都不记得人生中有这样一段插曲了，也忘了那句"有位佳人，在水一方"，曾在脑海中回荡了很多很多年。

二

　　那首写在黑板上的歌，是琼瑶（笔名，出自《诗经·卫风·木瓜》"投我以木桃，报之以琼瑶"）为根据她同名小说改编的电视剧《在水一方》写的插曲，曾经风靡一时，不会唱歌如我，都对其中的旋律耳熟能详。当然，有点古典修养的人到眼即辨，这歌是对《秦风·蒹葭》全文有漏有余的现代翻译，从诗旨到对字词的理解——

蒹葭苍苍，白露为霜。所谓伊人，在水一方。
溯洄从之，道阻且长。溯游从之，宛在水中央。

蒹葭萋萋，白露未晞。所谓伊人，在水之湄。
溯洄从之，道阻且跻。溯游从之，宛在水中坻。

蒹葭采采，白露未已。所谓伊人，在水之涘。
溯洄从之，道阻且右。溯游从之，宛在水中沚。

歌词有意无意去掉了围绕这首诗的题旨争论，忽视了容易引起歧义的字词，把这诗坐实为情诗，又大胆地将"伊人"对应成了"佳人"。琼瑶所跟从的"五四"之后的解诗者，即便抛开旧解，把这首诗看成"相爱者之词"，却也保持着清醒的分寸，并未确定歌诗者是男是女，如余冠英《诗经选》："这篇似是爱情诗。男或女词。诗中所写的是：一个秋天的早晨，芦苇上露水还未曾干，诗人来寻所谓'伊人'。伊人所在的地方有流水环绕，好像藏身洲岛之上，可望而不可即。"

在给向熹《诗经词典》写的序里，王力有个有益的提醒："关于《诗经》的词义，当以毛传、郑笺为主；毛郑不同者，当以朱熹《诗集传》为断。《诗集传》与毛郑不同者当以《诗集传》为准（这是指一般情况而言，容许有例外）。参以王引之《经义述闻》和《经传释词》，则'思过半矣'。孔疏与毛郑龃龉之处，当从毛郑。马瑞辰《毛诗传笺通释》颇有新义，也可以略予采用。其他各家新说，采用时应十分谨慎，以免遗误后学。"我很想说，这看起来卑之无甚高论的话，却是一个人读过很多书之后执简驭繁的独到心得，可与他得自赵元任并奉行终身的口诀式领悟"说有易，说无难"并传。

即如这里的"伊人"，不管是毛是郑是朱，从来就没有说是特指女性（甚至更倾向于男性）。毛传："伊，维也。"郑笺："伊，当作繄，繄犹是也。"《诗集传》："伊人，犹言彼人也。"是人彼人，这人或那人，无非是闻一多所谓"其人"，那个心目中的人。转过来，对比勘验王力《古代汉语》此诗的题解："这是一首怀念人的诗。诗中写追寻所怀念的人，但终于是可望而不可即。"较之余冠英的说法，此解似乎显得更为犹豫，既不像古代说是怀念贤人，也不像今人断为男女之思，乍看有那么一点首鼠两端，许是因为对古注的尊重而不能率尔论定。我其实很喜欢这种不爽利中透出的诚恳，甚至因此很怀疑，今人解诗时显示出的自信满满，比如断定此诗为爱情诗，或从民俗学角度定为祭祀水神之作，大部分是因为对古注无缘由的轻视，同时对现代学术勇于敢的轻信所致。

尽信古注则不如无注，反正朱熹老先生是这么说的："古今诸家说尽用记取，闲时将起思量，这一家说得那字是，那字不是；那一家说得那字是，那字不是；那家说得全是，那家说得全非；所以是者是如何，所以非者是如何。只管思量，少间，这正当道理自然光明灿烂，存心目间，如指诸掌。"不妨就挑对其中一句诗的解释，来看看朱子是如何示范"如指诸掌"的。

"白露为霜"是《蒹葭》的关键之一，离开这句，只看"白露未晞（干）""白露未已（止）"，则古人所谓"画秋妙手，千古搁笔""秋水伊人"的秋就都失了依托。像上面所引琼瑶歌词，把"露"径解为"雾"，则秋的清肃之感流失殆尽，不免减了些况味，少了些思致。毛传于此句有释："兴也。白露凝戾为霜，然后岁事成。"郑玄遵其笺《诗》之旨，"以宗毛为主，毛义若隐略，则更表明。如有不同，即下己意，使可识别也"，于此毛义隐略处更加表明，或竟是即下己意为："蒹葭在众草之中苍苍然强盛，至白露凝戾为霜则成而黄。"这是直认白露已成霜，如此则毛传所谓"苍苍"的"盛也"之义就不能成立——经霜而叶色变黄的蒹葭，怎么还会是繁盛之姿呢？

　　朱熹于毛郑间斟酌去取，解此句为："蒹葭未败，而露始为霜。秋水时至，百川灌河之时也。"推求一下，"白露为霜"不是露变成了霜，而是后人所谓"露至秋而白也"，"蒹葭苍苍而老色，白露既寒而为霜，此晚秋时也"。《说文》："苍，草色也。"段注："引申为凡青黑色之称。"晚秋蒹葭的老色之青，正是盛壮的表现，可与炉火纯青之青同参。如此，则"为霜"的"为"，也就不是常被误认的"成为"之义，而应从王念孙所云："为，犹如也，假设之词也。"如此来看整首诗，则是深秋之时，太阳尚未升起，白露凝于深青色的蒹葭之叶上，其白如霜（白露为霜）；随着太阳渐出，凝结的露珠遇日晒而开始变干（白露未晞）；太阳又升高了一些，清晨时光即将结束，露珠散开，即将化为水汽，却还点点地滴挂在叶尖（白露未已）。

三

"苍苍"而下，毛传释"萋萋，犹苍苍也"，"采采，犹萋萋也"，是三章叠字同义，俱状兼葭之盛。虽然后人有将萋萋解为颜色鲜艳，采采解为颜色鲜明者，义则兼葭在晨光里颜色由深青而转为鲜艳、鲜明，但我觉得训注间转折太多，深青、鲜艳、鲜明的递进关系过于分明，有点失于机巧，不如毛传将三者均解为"盛也"正大——在重章叠句里显出兼葭的壮茂，至于再二再三，生机可以由此来得盛大些不是吗？

说起来，我当年读这首《兼葭》，不管是"白露为霜"，还是"萋萋采采"，都只顾着混沌感受其中的美，未曾觉得有什么特别的疑惑，倒是对其中的"遡洄从之，道阻且长。遡游从之，宛在水中央"多有不解。按毛传也即大部分注解的疏释，"逆流而上曰遡洄，顺流而涉曰遡游"，那么疑问来了，逆流而上可喻求之不得，顺流而涉也同样艰难吗？这恐怕就是宋人改动旧注，说"遡洄、遡游，皆逆也"的原因，只是很可惜没有给出充分理由。另外，宛在水中央的那个人，看起来绰约似仙子，那个对其追怀不已的歌诗者，竟要大失优雅地跳进水中，一身湿透甚或浪里白条吗？

及至清末，俞樾在《群经平议》中截断众流，铸旧解为新说："溯（引按，古与遡通），《说文》作遡，水部。遡，逆流而上曰溯洄。溯，向也。水欲下，违之而上也。是溯字只可为逆流之名。其字本从屰得声，屰，不顺也。若使逆流、顺流同谓之溯，义不可通……两溯字皆从下而上之意，两句之异，全在洄字、游字。《尔雅·释水》：'溯辟流川，过辩回川。'郭璞解上句曰'通流'，解下句曰'旋流'。此经洄字即彼回字，游字即彼流字，回乃洄之省，游与流古字通。溯洄、溯游其为溯也不异，然溯之于回川则道阻且长，溯之于流川则宛然在水中央。"也就是说，按照俞樾的理解，溯洄、溯游俱是逆流而上，其间的差别只是水为旋流还是通流。

俞樾的说法消除了我的第一个疑问，却没能解决第二个——那个水边的怀人者，真的要在深秋里跳进冰凉的河水吗？闻一多在俞樾的基础上，进一步解溯字："古作￥，象倒人形，故逆流而行曰溯，逆行水中曰溯，旁水而逆行亦曰溯。《诗》则谓旁水而行。"又在另处强调说："在水中逆流而行曰遡，在陆上傍水边逆流而行亦曰遡，此处指陆行。洄是回旋盘纡的水道，流是直达的水道。"尤其是看到下面这幅图（我怀疑是擅画的闻一多手绘）的时候，顿觉自己当年的疑问涣然冰释，第二只靴子安然落了地——

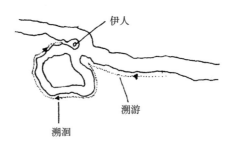

伊人

溯游

溯洄

图中箭头所示，是诗作者陆地行走的路线，水流方向正与之相反。伊人所在之处，沿旋流而上，则道阻（艰）且长，且跻（高而陡），且右（曲折），欲至而行难；沿通流而上，则宛在水中央，水中坻（小块陆地），水中沚（小洲），可望而不可即。

毛传于"所谓伊人，在水一方"下注为："伊，维也。一方，难至也。"郑笺于此隐略处引申曰："所谓是知礼之贤人，乃在大水之一边。假喻以言远。"则伊人即知礼之贤人。又有解者谓此伊人为西周圣王，连带着"在水一方"的水也落到了实处："谓文武。文王都丰，武王都镐。丰依沣水，镐依镐水。文武神灵，实式凭之。故曰在水一方。"吕祖谦则更是直承小序，把文武抽象为周礼："所谓伊人，犹曰所谓此理也，盖指周礼也。"又有人谓此伊人是一空间："其民东望河洛（引按，西周盛时所都），有游从宛在之思。"当然，还有现代伊人，则是窈窕淑女或乐只君子。除了少数几个把伊人当作讽刺的对象，古今大部分注解里，伊人都是倾心的对象，倾心者"望对岸而伸手向往"，而全诗所赋，正钱锺书所谓"西洋浪漫主义所谓企慕（Sehnsucht）之情境也"。

四

那个终身细研古典学问，"以一种独特的方式集哲人和学者迥然相异的品质于一身"的莱辛（Gotthold Ephraim

Lessing，1729—1781），同时是一位极其优秀的剧作家。他在晚年的《恩斯特与法尔克——写给共济会员的谈话（1778—1780）》一剧中，曾借恩斯特之口说过这样一段话："人之间的联盟可能来自互相抵牾的个人性情，也可能引发个人性情的相互抵牾——然而这些抵牾可能自有用处。"如果把这段话移用来看历代对《诗经》题旨的理解，我们不妨这样说，那些看起来互相抵牾甚或扞格难通的（来自伟大心灵的）说法，可能来自释经者个人性情的显著差异，那些别有会心之处，或许自有它在具体（甚至超出具体）时空中的用处，并非只有如上面那样解到（自我感觉中的）怡然理顺才具备唯一的合法性——"好学深思，心知其意"者留下的漏洞，说不定也可以成为我们认知上的蹊径。

《蒹葭》的诗旨，历来多从小序："刺襄公也。未能用周礼，将无以固其国焉。"毛传谓："秦处周之旧土，其人被周之德教日久矣。今襄公新为诸侯，未习周之礼法，故国人未服焉。"从这个意思再来看毛传"蒹葭苍苍，白露为霜"的解释，则上引白露为霜而岁事成，比的是"国家待礼然后兴"。《正义》足成其义："蒹葭之草苍苍然虽盛，未堪家用，必待白露凝戾为霜，然后坚实中用，岁事得成，以兴秦国之民虽众，而未顺德教，必待周礼以教之，然后服从上命，国乃得兴。今襄公未用周礼，其国未得兴也。由未能用周礼，故未得人服也。"习今文经的晚清魏源，于此诗之旨，与小序略同，却对"白露为霜"的解释有异："毛诗刺襄公不用周礼，大旨得之。幽、邠皆公刘、太王遗民，久习礼教，一且为秦所有，不以周道变戎俗，反以戎俗变周民，如苍苍之葭，遇霜而黄，肃杀之政行，忠厚之风尽。"

各家解说中提到的秦处周之旧土，需要从秦的发展历史来看。襄公远祖非子受周孝王之封，居今甘肃东南天水、陇南一带，地不足五十里，只能附于诸侯而"邑之秦"，其时称这类小地方为"附庸"。周厉王时，西戎反王室，与之相邻的秦首当其冲，重要性大大提高。至周宣王时，封秦仲为大夫，令攻伐西戎。在与西戎的战争中，秦国土地不断扩大，统治力明显增强。后周王室东迁，因护卫有功，秦襄公被封为公爵，"于是始国，与诸侯通使聘享之礼"，地位大大提升。此后，秦国大举进攻西戎，不断攻城略地，其发展重心也从甘东南逐渐移至陕西中部的渭河平原，而这里，正是所谓的西周旧土。至是，秦已由附庸蔚为大国，成为一股不可忽视的政治力量。

秦既为周之封国，自然勉力熟悉周礼，从秦风小序，即可见秦习礼之勤——"《车邻》，美秦仲也。秦仲始大，有车马礼乐侍御之好焉。""《小戎》，美襄公也。备其兵甲，以讨西戎。""《终南》，戒襄公也。能取周地，始为诸侯，受显服，大夫美之，故作是诗以戒劝之。"然而，在与西戎密集的接触中，秦也不可能不受其影响，就像一个人长期身处同一境地，即使与此境地敌对，也不可能不受到影响和侵扰——像这首《蒹葭》，魏源揣摩的意思是："襄公初有岐西之地，以戎俗变周民。"像《无衣》，朱熹言可见"秦人之俗，大抵尚气概、先勇力、忘生轻死"，言外之意，是离温文的周礼还有点儿远。写三良从葬穆公的《黄鸟》，姚际恒就指认为"从死乃秦戎狄之俗"。不妨把话挑明了讲，凡小序称美的对象，都是因为秦用周礼；凡刺的对象，都是因为秦被戎俗。

我很怀疑这样的解释跟古代所谓的夷夏之辨有关，甚至跟政治哲学中所谓的"划分敌友"有关——无论把夷夏之辨讲得怎样天花乱坠，其核心则是，任何共同体都必须清醒地辨认自己实际的敌人。对当时的秦，进而是一整个周来说，彪悍的西戎，可不是虚构的对立面，而是实实在在的威胁，秦不得不秣马厉兵以待。长期处此境地，民心不免乐战，甚至于"妇人而矜言其兵甲之盛"，正是《汉书·地理志》所谓："秦迫近戎狄，修习战备，高上气力，以射猎为先。"或许正是因为这种迫不得已的政治情景，解诗者从这首看起来没什么兵戈之声的诗，居然也听出了激越的对立意味。

无论你同意还是反对，支持还是打压，这看起来既新又旧的秦，已然完成了自己的豹变，显出某种勃勃的兴起迹象。积渐日久，白露为霜，蒹葭或已坚实中用矣？

五

在整个《诗经》的变风系列里，诸国之风均有渐转渐衰的趋向，唯独秦风反有勃然振起的势头，"有车邻邻，有马白颠"，不正是意气洋洋的阳生之景？从历史记载看，襄公九传之后，后代穆公明确表明了自己文化认同和礼乐自觉："中国以诗书礼乐法度为政。"自穆公又过一百年，审音知政的季札如此评价秦乐："此之谓夏声。夫能夏则大，大之至也，其周之旧乎。"杜预谓："去戎狄之音而有诸夏之声。"或许是那个用为表征的周礼，慢慢在秦完成了自己的渗透，秦得其要而生成了自己的王霸气象。

其时，秦自身的盛壮强大，诸国的警惕抵制，都颇类美国之于现代世界。即便现下看起来令人吃惊的特朗普移民新政，秦不也施行过吗？否则，就不会有李斯写给当时，也像是写给无数关心共同体发展的现代人的《谏逐客书》对吧："臣闻吏议逐客，窃以为过矣……泰山不让土壤，故能成其大；河海不择细流，故能就其深；王者不却众庶，故能明其德。是以地无四方，民无异国，四时充美，鬼神降福，此五帝三王之所以无敌也。今乃弃黔首以资敌国，却宾客以业诸侯，使天下之士退而不敢西向，裹足不入秦，此所谓'藉寇兵而赍盗粮'者也。夫物不产于秦，可宝者多；士不产于秦，而愿忠者众。今逐客以资敌国，损民以益雠，内自虚而外树怨于诸侯，求国之无危，不可得也。"为渊驱鱼，为丛驱雀，终免不了沦胥以败吧。

部分风标绝世的人，或许觉得美国已是全面"文化"（用阿城义，以文化之）的世界，早就远离了"武化"，但很多人对美国的感受，差不多跟当时人对秦差不多吧？既不能否认秦是一个不断庞大的国家，又隐隐觉得有哪里不妥、不对，仿佛调弦的时候，有什么音老是校不太准。我很怀疑，

"孔子西行不到秦"并非真的中了楚人的阳谋或暗算，而是这隐隐的担心在起作用。及至秦二世而亡，人们那隐隐的担心终于变而为明确的认知，比如再读这首《无衣》，就从中看出了明显的杀伐之气——

> 岂曰无衣，与子同袍。王于兴师，修我戈矛，
> 与子同仇。
> 岂曰无衣，与子同泽。王于兴师，修我矛戟，
> 与子偕作。
> 岂曰无衣，与子同裳。王于兴师，修我甲兵，
> 与子偕行。

后来者不是带着一个空我来看"诗三百"的，他们在编列简册的时候，当然记得秦政的肃杀，没那么快就抛诸脑后，因此尽管从原诗一点儿也看不出不满，小序却明目张胆地把劝诫的意思放了进去："《无衣》，刺用兵也。秦人刺其君好攻战，亟用兵，而不与民同欲焉。"或许是因为感应到了迫近的帝国困局，晚清崔述在《读风偶识》里，几几乎把秦风当成了诗谶："东周以后，王者不作，诸侯地丑德齐，莫能相胜，则惟以力争之；而兵凶战危，人情多惮而不肯前。独秦俗乐于战斗，视若日用寻常之事，天下之必折而入于秦者，势也。虽然，既以力争之，则亦必以力守之，是以所务者惟治其甲兵，扼其险要，峻其法令，以弱天下之民。"以《易》观诗的潘雨廷先生，更是在《诗说》中比较秦兴与

周兴之不同，指出《大雅·绵》中，文王"有疏附"（率下以亲上，承上以化下），"有先后"（老老幼幼，修齐治平），"有奔奏"（宣文德），"有御侮"（扬武威），政德全备，秦得其一（"有御侮"）而忘其三，故其势则霸而非王，其象则姤而非复，似于兴时已埋下了二世而亡的种子。

王夫之在《诗广传》里，转而从人群的性情趋向分析秦之得失："情欲，阴也；杀伐，亦阴也。阴之域，血气之所乐趋也。善治民者，思其启闭而消息之，弗能尽闭也，犹其弗能尽启也。秦人遂闭之于情欲，而启之于杀伐，于是其民驺戾复作，而忘其惽淫。"脑子跑野马，我忽然就想到了古希腊的血气（thymos）——"即对何为正确、何种东西带来尊严与荣誉的精神感受。""人类共同体在一定程度上有赖于凭借血气捍卫财富与名誉的分配。没有这种秩序，生活就是一片混沌的沼泽、意义的空白，人不过是诸神的玩物，不过是生活的匆匆过客，犹如森林里的落叶飘零。"与此同时，"血气对正义或合法性的要求从来不能得到满足。因此，在人类事务中，捍卫应得之物时有必要适度（a moderation，节制）"。在王夫之看来，中原诸侯之衰、秦之旋灭，都是不善启闭情欲和杀伐之故，用希腊话说，都来于他们缺乏必要的适度。

还是从杀伐之音回到《蒹葭》吧，如方玉润所说："此诗在秦风中，气味绝不相类。以好战乐斗之邦，忽遇高超远举之作，可谓鹤立鸡群，翛然自异者矣。"秦人属阴的血气在这首诗里净化，如蒹葭之得自然之生机，显露出兴起时的一股朝气。老子西出函谷，所观的就是这兴起时的生生之机吗？解诗者的所谓思、所谓怀、所谓求，所谓圣哲、所谓贤人、所谓男女，其实可分可合，只那引颈翘首的虔敬企慕者，在溯洄和溯游的过程中，慢慢去掉了褒慢浮躁之气，结成了一个洁静精微的过程，在岁月里越来越磨洗得玲珑剔透。

如集于木

子贡曰："贫而无谄，富而无骄，何如？"子曰："可也。未若贫而乐，富而好礼者也。"子贡曰："《诗》云：如切如磋，如琢如磨，其斯之谓与？"子曰："赐也，始可与言《诗》已矣，告诸往而知来者。"

——《论语·学而》

一

我有个朋友，为人爽朗正派，始终生机勃勃的样子。有一天，他忽然很沮丧地跟我说，人的本性真是太难改变了。原来，他自小被亲生父母舍弃，送给了养父母。养父母明睿节制，给了他很好的身教，为他提供了完善的教育支持，并一直让他跟亲生父母保持着良好关系。工作后，他还会不时拿出一笔钱交给生父母。可随着自己带大的子女生活逐渐陷入窘迫，生父母竟变得无比贪婪，对钱的要求越来越变本加厉。更有甚者，等确认了他的丁克意图后，他们竟开始惦记起他在上海的房产。朋友跟我说，房产问题提出的时候，引起了他的强烈反弹，自己从小接受的教育全部失效，明睿和节制不再起作用，他对亲生父母埋藏甚深的恨意探出头来，计较，凶狠，富有攻击性，内心也逐渐变成了他们的样子。"在鄙视和对抗他们的贪婪和无耻时，我也变成了贪婪和无耻的一部分"，喜欢文学的他这样结束了那次谈话。

看着朋友失魂落魄的样子，我想不出什么话安慰他，因为他的问题，也一直困扰着我。或许，这情形可以转化成一个更明确的提问——美德可以教吗？一个稍有反省精神的人能够意识到的不容置疑的美德，比如智慧、正义、勇气、明智和虔敬，可以通过传授而得吗？具体到朋友身上，当他意识到自己成为贪婪和无耻一部分的时候，是不是恰恰证明了养父母美德教育的失效，从而坐实了人最终不得不屈从于某种遗传的本能？如此，则或许是教育最精华部分的美德授受将以失败定谳，所有前贤累累若丧家狗一样苦心孤诣的育才努力，到最后不是都败给了本能，变成了虚无？

照列奥·施特劳斯的说法，对重要到这种程度（甚至几乎是少数真正值得关心）的问题，我们应该去问那些"不再是学生的老师"，也就是那些"最伟大的心灵"。然而，伟大的心灵实属凤毛麟角，"我们在任何课堂都不可能遇到他们，我们也不可能在任何其他地方遇到，一个时代有一位这样的人活着就已经是一种幸运了"，因此，要接近他们，最可能的方式，是"以特有的小心"（with the proper care）阅读那些"伟大的书"（the Great Books）。可是，接下来的问题更加让人无措，"最伟大的心灵在最重要的主题上并不都告诉我们相同的事情；他们的共存状况被彼此的分歧，甚至是极大量的分歧所占据"。即便是同一颗伟大的心灵，在不同的场合有时也会显得自相矛盾，比如关于美德是否可教的问题，柏拉图笔下的苏格拉底，就有两种截然不同的态度。

苏格拉底在《理想国》中提出过美德传授的计划，严密，非凡，差不多足以让人信以为真（否则也不会有人认为柏拉图真的要在地上建成理想国不是）。而在《美诺》的开篇，美诺便问道："你能不能告诉我，苏格拉底呀，美德可教呢，还是不可教，要靠锻炼习得呢？如果既不能练，又不能学，那是天生分给每一个人呢，还是要通过什么别的方式？"经过一番似乎答非所问（美诺问美德是否可教，苏格拉底反问美德是什么）的复杂程序，苏格拉底的结论仍然模棱两可："（美德）可教吗，或者像我们上面讲的那样，美德可以回忆吗？"也就是说，在本篇临近结尾的时候，跟在《普罗塔戈拉》中一样，苏格拉底并未就美德是否可教给出自己的确定意见，也即，那个悬而未决的问题，即便在最伟大的心灵这里，也没有现成的答案。

似乎总是这样，在那些最重要的问题上，高手们永远含糊其辞，就如苏格拉底说出美德传授的非凡计划时，潜台词却是，这计划只有"在全面正义的条件下"才可行。你得小心再小心，才能看出有些话背后的深意。你有时甚至会有点绝望地推测，是否在这些人眼里，"美德的获得纯属偶然，得益于某次幸运的相遇，或某一自我的发展"？对这个视之不见、抟之不得、没个拿捏处的美德问题，或许可以表述为——"美德不可思议地可学（learnable），却并非必然明显地可教。我们能够获取美德，甚至似乎能够学习（learn）美德，却很难证明，我们彼此能够传授或教授美德"。没错，人在这样的困窘中往往无能为力，却又不得不试探着做些什么。那老婆心切的教受情景，会不会像《诗经》里写的那样："中原有菽，庶民采之。螟蛉有子，蜾蠃负之。教诲尔子，式谷似之。"

<h2 style="text-align:center">二</h2>

上面的诗句出自《小雅·小宛》，因为螟蛉和蜾蠃的关系问题，章义历代争论毋绝。影响最大的，当然是传笺，也是现在看来错得最离谱的。毛传："螟蛉，桑虫也。蜾蠃，蒲卢也。负，持也。"笺云："蒲卢取桑虫之子，负持而去，熙妪养之，以成其子。"把传诗前后人们就蜾蠃开的脑洞连起来，差不多情形是这样的——因生物可以转化（《礼记·月令》："雀入大水为蛤。田鼠化为鴽。"），纯雄无雌、无法生育的蜾蠃（《说文》："蜾蠃，蒲卢，细腰土蜂也。天地之性，细腰，纯雄无子。"）便取螟蛉之子悉心抚育（《乐记》注：

"以体曰妪，以气曰姁。谓负而以体，暖之以气，煦之而令变为己子也。"），并加类似咒语的祝祷，而后螟蛉化为蜾蠃（扬雄《法言》："螟蛉之子殪（死）而逢果蠃，祝之曰'类我类我'，久则肖之矣。"）。

周作人曾谈到过乾隆年间李元的《蠕范》："中国博物学向来又原是文人的余技，除了《诗经》《离骚》《尔雅》《本草》的注疏以外没有什么动植物的学问，所以这部书仍然跳不出这窠臼，一方面虽然可以称之曰生物概说，实在也可以叫作造化奇谈，因为里边满装着变化奇怪的传说和故事。二千多年前亚列士多德著《动物志》，凡经其实验者纪录都很精密，至今学者无异言，所未见者乃以传说为据，有极离奇者，我们著者则专取这些，有的含有哲理，有的富于诗趣，这都很有意思，所缺少的便只是科学的真实。"周作人后来"伦理之自然化"的主张，或许就萌蘖于对人类生物性的自觉观照："我不信世上有一部经典，可以千百年来当做人类的教训的，只有记载生物的生活现象的 biologie（生物学），才可供我们参考，定人类行为的标准。"因此，他下面的主张也就不足为怪："读一本《昆虫记》，胜过一堆圣经贤传远矣，我之称赞生物学为最有益的青年必读书盖以此也。"

《蠕范》关于蜾蠃螟蛉这段，取的是扬雄一路的话，所谓"蜾蠃善咒"，正是周作人不喜欢的圣经贤传一路。于此路之外，古代另有《本草》学者，"说得较为切实"，比如《证类本草》引陶弘景云："今一种（蜂），黑色，腰甚细，衔泥于人屋及器物边，作房如并竹管者是也。其生子如粟米大。置中，乃捕取草上青蜘蛛十余枚满中，仍塞口，以拟其子大为粮也。其一种入芦管中者，亦取草上青虫（蠋蝓），一名螟蠃。《诗》人云，螟蛉有子，蜾蠃负之，言细腰之物无雌，皆取青虫教祝，便变成己子，斯为谬矣。造诗者乃可不详，未审夫子何为因其僻耶？岂圣人有缺，多皆类此？"把蜾蠃螟蛉神话直接点破的，该是宋代车若水《脚气集》："蜾蠃取螟蛉，产子于其身上，借其膏血以为养，蜾蠃大，螟蛉枯，非变化也。"

话说到这里，已经变得不那么好玩了对吧，此前温情脉脉的伦理面纱，现在变成了赤裸裸的杀戮。不过，古人对经传的偏信，有时会催生出一些奇特的东西，就像牛顿，虽然开启了科学主导的现代世界，但他自己却"不赞同日后盛行的观点，亦即认为科学探索的新时代将杜绝迷信、解放人类的心灵。牛顿所有的研究都试图让人类更加虔敬，恭敬地面对上帝的创造"。即便面对由观测而来的事实，人仍然可以选择站在另外一边，"正因为荒谬，所以我相信"，从而在解释的过程中，于缝隙里生出些绝好的意思。

清人程瑶田《释虫小记》，第一条即为"螟蛉蜾蠃异闻记"，详细记载了他对蜾蠃螟蛉的观察认识过程，断定扬雄的祝化说"乃想当然之词"，而由螟蛉生而蜘蛛枯，则得出一个别出心裁的结论："可知是物（蜾蠃）有子，其必以蜘蛛实之者，岂取其生气？若鸟之伏卵，以其母之气；养蚕者纳蚕子于当胸之衣间，取暖气乃出焉。"不知道让堂先生写下这句话的时候，是否意识到了生气传递之间一荣一枯的残酷现象，从而较为含蓄地指出呢（温厚，而不是兴高采烈地指出残酷的问题，应该算是有良好儒家修养的人的标志之一吧）？或者，他只是不想轻易推翻圣经贤传，而要说明："余岂敢谓今之所知，必胜于前人，亦不敢谓今人口中古老相受之言之必为传伪也。夫百姓日用而不知，余更不敢谓余能知之也。相与观乎天地之化而已矣。"

三

对圣经贤传的疑问从来没有间断，更不用说现代以来，科学方法已经成为人文学科的最佳范式。周作人推崇的法布尔《昆虫记》，里面就记载着蜾蠃螟蛉弱肉强食的花样，看后几乎要对经传产生重大的幻灭感："赤条蜂（蜾蠃）对毛毛虫（螟蛉）所做的麻醉工作，目的就是在为未来的婴儿预备食物。它把毛毛虫拖到洞里，在它身上产一个卵。等到幼虫从卵里孵化出来，就可以把毛毛虫当做食物。当然，毛毛虫现在是不会动了。可是它又不能完全死掉，因为如果它死了，尸体很快就会腐烂，就不适宜做赤条蜂幼虫的食物了。所以赤条蜂用它的毒刺，刺进毛毛虫的每一节神经中枢，使它失去运动的能力，只能苟延残喘，自动地充当'保鲜'食物。赤条蜂高超的麻醉技巧实在令人折服。它清楚地知道，从哪里下针能够起到麻痹作用，又不会导致俘虏死亡，它的麻醉技巧甚至连医学专家都自叹不如。"

科学求真，不管你愿不愿意承认，想不想接受，事实就是事实，看破了这个局，并深知其不可违忤的人，当然不会逆势而为，而是选择顺势而行。比如孙中山在《建国方略》中，就吸收了螺蠃螟蛉之事的科学思路，并自加损益，以证成其"知难行易"之说："螺蠃之取螟蛉，蔽而殪之是也，幽而养之非也。蔽而殪之之后，螺蠃则生卵于螟蛉之体中，及螺蠃之子长，则以螟蛉之体为粮。所谓幽而养之者，即幽螟蛉以养螺蠃之子也。是螺蠃并未变螟蛉为己子也，不过以螟蛉之肉，为己子之粮耳。由此事之发明，令吾人证明一医学之妙术，为螺蠃行之在人类之先，即用蒙（麻醉）药是也。夫螺蠃之蔽螟蛉于泥窝之中，即用其蜂螫以灌其毒于螟蛉之脑髓而蒙之，使之醉而不死，活而不动也。若螟蛉立死，则其体即成腐败，不适于为粮矣。若尚生而能动，则必破泥窝而出，而螺蠃之卵亦必因而破坏，难以保存以待长矣。是故为螺蠃者，为需要所迫，而创蒙药之术以施之于螟蛉。夫蒙药之术，西医用之以治病者尚不满百年，而不期螺蠃之用之，已不知几何年代矣。由此观之，凡为需要所迫，不独人类能应运而出，创造发明，即物类亦有此良能也。是行之易，知之难，人类有之，物类亦然。惟人类则终有觉悟之希望，而物类则永无能知之期也。"

在科学研究的过程中，有一个被托马斯·库恩称为"范式"的存在，用来指由定律、学说、实验工具和方法形成的具体范例，通过与这些范例接触，形成了科学传统中多数深造有得者"未可言明的知识"（或者可以称为"必备的常识"）。当范式遭遇挑战甚至颠覆，"科学家们面对的是一个不同的世界"，"革命之前科学家世界中的鸭子，在革命之后就变成了兔子……在一些熟悉的情况中，他必须学习去看一种新的格式塔（Gestalt）。在这样做了之后，他研究的世界在各处看来将与他以前居住的世界彼此不可通约（incommensurable）"。也就是说，在范式革命之后，新的世界观必将形成，人们观看世界的背景发生了重大的变化，此前的观看方式必须调整——螟蛉蜾蠃的科学事实一经发现，鸭子就乖乖地变成了兔子。

与此同时，在范式转移的过程中，不光新的发现有其重大作用，"甚至阻碍变化的力量也是有用的"，"这种阻力将保证范式不会太轻易地被抛弃，科学家将不会轻易地被反常烦扰，因而导致范式改变的反常必须对现存知识体系的核心提出挑战"。仔细想想，大概不只是科学领域如此，传统教授中的所谓学脉，恐怕也是起了这样的范式作用，即如在《诗经》的阐释系统里，范式的阻碍力量一直都在，新的发现不只是对现存范式的核心提出挑战，有时更像是加深对此的理解和体会。

王夫之《诗经稗疏》中也写到过蜾蠃，并曾"自于纸卷中展看"孵化过程，因而赞同陶弘景的意见，"盖果蠃之负螟蛉，与蜜蜂采花酿蜜以食子同。物之初生，必待饲于母。胎生者乳，卵生者哺。细腰之属，则储物以使其自食，计日食尽而能飞，一造化之巧也"。然后结合此章解为："似字乃似续之似（按嗣续义）……诗之取兴，盖言果蠃辛勤，攫他子以饲其子，兴人之取善于他以教其子。亦如中原之菽，采之者不吝劳而得有获也。释诗者因下有'似之'之文，遂依附虫声以取义。虫非能知文言六艺者，人之听之，仿佛相似耳。彼果蠃者，何尝知何以谓之似，何者谓之我乎？物理不审，而穿凿立说，释诗者之过，非诗之过也。"如此一来，则圣经、贤传也可析之为二，是则是之，非则非之，不必强求一贯，正《齐物论》所谓两行之道也。

四

　　整部《诗经》，雅凡一百一十一篇，分小大。小雅八十篇，分四节，第一节自《鹿鸣》至《杕杜》九篇，述文武之事，为创业；第二节自《鱼丽》至《菁菁者莪》十三篇，内含六首笙诗，述成康之事，为守业；第三节自《六月》至《无羊》十四篇，述宣王之事，短暂中兴；第四节自《节南山》至《何草不黄》四十四篇，述幽王及其后，礼崩乐坏。一、二两节为正小雅，凡二十二篇，三、四两节为变小雅，凡五十八篇。

　　正小雅的时代，阔大，丰盈，坦荡无邪，真让人倾慕不置。即便是"猃狁孔棘""王事靡盬"，君亦知之而劳之，仍然可以"我有嘉宾，鼓瑟吹笙"，"燕笑语兮，是以有誉处兮"，"厌厌夜饮，不醉无归"。上既厚下，下乃报上，故虽"我心伤悲""忧心忡忡"，仍能歌"乐只君子，邦家之基。

乐只君子，万寿无期"。还有归于正小雅的六首笙诗（《南陔》《白华》《华黍》《由庚》《崇丘》《由仪》），小序申述其义，言自然则曰"万物得由其道也"，"万物得极其高大也"，"万物之生各得其宜也"；言人世则曰"时和岁丰宜黍稷也"；言伦常则曰"孝子相戒以养也"，"孝子之洁白也"。或许正因为阙辞，小序借此表达的理想更趋完美，似乎要把所有最善的心志都藏放在这里，在言辞的城邦里又再造了一个理想的城邦。是以此回应尘世中最无奈的部分？

想想就有点心凉，虽然有诸多的善好意愿，却总是抵不住事实上的阳一阴二。数量上，正小雅几乎只占变小雅的三分之一；时间上，好的东西总是短暂，而坏的却更为长久，似乎只是一闪念间，时代已经变了，盛大的夏天瞬间过去，凋零的秋天甚至迫人的寒冬已经来临。属于变小雅的《小宛》，已经是幽王（或厉王）之时，非复当年景象——

　　宛彼鸣鸠，翰飞戾天。我心忧伤，念昔先人。
明发不寐，有怀二人。

宛，小貌。鸣鸠，斑鸠。翰，羽。戾，至。明发，将旦而光明开发。朱子谓："此大夫遭时之乱，而兄弟相戒以免祸之诗。故言宛然之小鸟，亦翰飞而至于天矣，则我心之忧伤，岂能不念昔之先人哉。是以明发不寐，而有怀乎父母也。言此以为相戒之端。"有怀的二人，有解为祖先者，有解为文武者，也有如朱子解为父母者，要之，皆为追怀之事。"积善之家，必有余庆"，有祖德可供人追述，在乱世里，已经堪称幸运了不是？

在《法律篇》中，柏拉图借人物之口，把追述祖德用另一形式表达出来："不管怎么说，我们整个政治制度的建设，都是对一种最好和最高尚的生活的模仿。如今，你们是诗人，我们也是同一种类型的诗人，作为最好的戏剧的艺术家和表演者，我们是你们的对手，这种戏剧，只有真正的法律才能使其臻于完善。"这种用不同形式，甚至几乎截然不同的名相表达相似见识的现象，不妨看成东西方差异巨大却有可能深入沟通的提示。

把上面的意思再说明明确一些吧，好的诗（制作，包括歌曲、故事、论说等）其实是为一个共同体的生活方式奠定基础，或用来整顿人们灵魂的秩序，不妨再郑重一些吧，即为一个共同体谨慎地立法。就像荷马，是全希腊的立法者，人们在管理生活和灵魂方面向他学习，"应当按照他的教导来安排我们的全部生活"；或者像柏拉图传说中的身世那样——"柏拉图的母亲叫珀里克提娥涅（Perictione），是立法者梭伦的后代，柏拉图写《理想国》和《法律篇》时，正是在模仿梭伦。"——"故事、诗由此成了城邦政治教育的更好甚至最好的方式（诗教）。当故事'口头相传'地'流传下去'，当'子孙后代迟早相信了故事'，一种（新的、'最好和最高尚的'）习俗或宗法（nomos）就可能依此被塑造或建立起来。"

或许正因为怀有"立法"的心志，起码《诗经》和《诗经》汉代前后的古注，都有一种庄重的粗朴大度。这粗朴大度并非草率，而是人世的大信，是立法者对洞见无比朴素的传达——"如果丧失了大度，深刻无往不堕落成尖刻"。《小宛》的作者，或正是一个无比谦逊的立法者，怀着万分小心追溯着祖辈的伟业，要把他们的尊荣和外形教给后代人，意图让读诗者有所振拔。当诗人吁请先人的时候，他也同时在提请自己的读者（听众）——尤其可能是自己至亲并负有严肃政治责任的读者，必得在人世中先好好确认自己的样子。

五

鲁昭公元年，即公元前541年，由晋赵武推动、鲁襄公二十七年（前546）召开的弭兵大会召开了第二次会议。与第一次相比，晋楚两大国作为主导的形势没有变，只是楚国的令尹由屈建变成了公子围（后来的楚灵王），其着衣用礼，俨然同于国君，篡夺之意已经写在脸上。与会的老江湖当然都看明白了他的心思，以致叔孙豹非常明确地讲："楚公子美矣，君哉。"本来盟会可以在公子围的盛装表演和大家的观看中结束，没想到，接着就来了一段插曲。

盟会举行之前，鲁国季武子攻打莒国，占取郓地，莒国人便向盟会控告。正想在国际舞台上一展拳脚的公子围，当然不会放过这次机会，于是告于晋曰："寻盟（重温旧盟）未退，而鲁伐莒，请戮其使。"当时鲁国的使者，正是刚刚判断完公子围的叔孙豹。赵武确认过叔孙豹的为人，尤其是他明白，"莒、鲁争郓，为日久矣，苟无大害于其社稷，可无亢（庇护）也。去（免除）烦宥（宽待）善，莫不竞劝（勉力）"，于是极力向楚国说情。即便是一直处于"一种长不大的幼态持续，一种永恒的年轻，也带着年轻特有的唯我、狂暴、嗜血和抒情"，永远是"无辜的天真"的公子围，也清楚知道赵武的分量，因此结果还算不错，"楚人许之，乃免叔孙"。

当然，按公子围的性格，他不会白白送这么个大人情，是非要立刻找回来不可的——"令尹享赵孟，赋《大明》之首章。"没错，是大雅里的篇章："明明在下，赫赫在上。天难忱斯，不易维王。天位殷适，使不挟四方。"忱，信也。不易，难也。天位，天子之位也。殷适，殷之适嗣也。挟，有也。此段言天意难测，王不易做，天位本属殷商，其教令却难以达于四方（不免为周所取）。杜预注《左传》："《大明》，诗大雅。首章言文王明明照于下，故能赫赫然盛于上。令尹意在首章，故特称首章，以自广大。"意思再明确不过了，仿佛周代商一样，公子围已经把楚的天命归到自己身上。更有甚者，楚虽大国，毕竟是诸侯，适合用表现君臣相合的小雅，没资格赋当时只能用来明周德的大雅。不过，飞扬跋扈的公子围管不了那么多，他几乎是明明白白地宣示，我就准备这样实质和名义上的双重篡夺，你们能拿我怎么样呢？

老于世务、始终温如冬日的赵武，当然不会拂袖而去，他知道自己的身位，也明白这时候要做什么，因此，他非常恰当地引用了《小雅·小宛》的第二章："人之齐圣，饮酒温克。彼昏不知，壹醉日富。各敬尔仪，天命不又。"杜预在此段后注曰："二章取其各敬（敬谨）尔仪（威仪），天命不又，言天命一去，不可复还，以戒令尹。""天命不又"，杜预从前人之说，解为天命不复，也有注释认为该是天命不佑的意思，不管哪种，其大义，均是告诫人要恭敬地对待天命。按照通常的推理，赵武似乎违背了自己谨慎的天性，也忘记了弭兵之会的主题，显得有那么点挑衅意味。不过，再回过头来细想一下，如此劝诫在公子围这样性格的人听来，差不多也可以是说，现任楚王天命已尽，该轮到他握住权柄了对吧？

总是这样的，所有谨慎的劝告，最后都可能会变成放肆的鼓励。赵武这个程度的人，我相信他肯定想到了赋诗可能的副作用，并且，再深心一点，可能连公子围的反应都考虑在内了。他甚至会想得更加长远——即便公子围听不懂，后世的博雅君子，总归有听懂的可能吧？沿着这方向，再来看这第二章，就觉得赵武几乎把残酷的事实和可能的对治方案，都用这诗表达了出来。事实是，天命不可能一直钟情在一朝一代一个人身上，它就是那样浩浩荡荡而过，才不管人的喜怒哀惧。而具体到每个活生生的人，则需要万分谨慎，提防那原本钟情于自己的天命，从罅隙里悄悄溜走。

没错，在我看来，诗的前面两句，是谨慎的对治方案——"人之齐圣，饮酒温克。彼昏不知，壹醉日富。"齐，正。克，胜。郑笺："中正诵言之人，饮酒虽醉，犹能温藉以胜。"富，甚。《集传》："彼昏然而不知者，则一于醉而日甚矣。"严粲《诗辑》："或疑饮酒小节，未必系天命之去留。殊不知荡心败德，纵欲荒政，疏君子而狎近幸，玩寇仇而忘忧患，皆自饮酒启之。"周在开国之初，即有《酒诰》，乃有鉴于殷以酒亡国："（纣）惟荒腆于酒，不惟自息（停息）乃（他的）逸（放纵）。""弗惟德馨香祀登闻于天，诞（助词）惟民怨、庶群（群臣）自酒（私自饮酒），腥闻在上；故天降丧于殷，罔爱于殷，惟逸。天非虐，惟民自速辜（罪）。"

当然，酒不是不可以喝，只是需要注意时机，比如"厥（其）父母庆（高兴），自洗腆（洁治丰盛的膳食），致（得以）用酒"，比如"饮惟祀（祭祀）"，告诫的是"无彝（经常）酒"，尤其需要"德将无醉（以酒德自助，不至于醉）"。也就是说，此段是以饮酒喻节制，告诫不可肆心——"一个是天生的对诸快乐的欲望，另一个是习得的、趋向最好的东西的意见。这两种型相在我们身上有时一心一意，有时又反目内讧；有时这个掌权，有时那个掌权。当趋向最好的东西的意见凭靠理性引领和掌权时，这种权力的名称就叫节制。可是，若欲望毫无理性地拖曳我们追求种种快乐，并在我们身上施行统治，这种统治就被叫做肆心。"柏拉图笔下的苏格拉底就是这么说的，"肆心有多种名称，因为它多手多脚、形象多样"，饮酒不能温克，就是"在醉饮方面有僭越的欲望"，会被神话中的百头怪攫走节制，培育肆心。

我觉得就是这样，赵武虽然温和，但在重大的外交场合，并不会放弃原则去谄媚。他的话里，始终有大义，也有微言，硬朗的骨头全含在温和的外表下，却又揣测着接受方的心思，不致因冒犯而把郑重的外交场合变成轻浮的秀场。用赋诗的方式，赵武既提示了节制的重要，也用自己的行动，谨慎地显现了节制在世间的风姿。

六

接下来，就是螟蛉蜾蠃一章了。郑笺于"中原有菽，庶民采之"句下注曰："藿（菽）生原中，非有主也，以喻王位无常家也，勤于德者则得之。"没错，跟上引王夫之的意思非常一致："果蠃辛勤，攫他子以饲其子，兴人之取善于他以教其子。亦如中原之菽，采之者不吝劳而得有获也。"船山话说得温厚，可不知是不是因为想到了自己身处易代之际的情形，不免含着些对鼎革的感叹在里面。中原之菽需劳而得获，蜾蠃之子需辛勤抚育，乃逸乃谚者，天命不予焉。天命不会单单钟情于一家一姓、一朝一代，父兄也未必能够顺利移至子弟，否则，就不会有禅让之道、传灯之理，也不会有中原逐鹿、汤武革命，体天命者，不得不深相诫也——

题彼脊令，载飞载鸣。我日斯迈，而月斯征。
夙兴夜寐，毋忝尔所生。

题，视。脊令，鸟名。载，则。忝，辱。"视彼脊令，则且飞而且鸣矣。我既日斯迈（迈进），则汝亦月斯征（前行）矣。言当各务努力，不可暇逸取祸，恐不及相救恤也。夙兴夜寐，各求无辱于父母而已。"无辱于父母，牵扯到朱熹对此诗主旨的理解，所谓兄弟相诫。其实这告诫人夙兴夜寐、朝乾夕惕的意思，也不妨看成天命垂顾的家族长者对后代的嘱托。即如周公还政于成王，"恐成王壮，治有所淫逸"，故作《无逸》以告诫："君子所（居官），其（命令副词）无逸。先知稼穑之艰难，乃逸，则知小人之依（隐，痛也）。相（看）小人，厥（他们的）父母勤劳稼穑，厥子乃不知稼穑之艰难，乃逸乃谚（欣乐）。既诞（时间长了），否则（于是）侮厥父母曰：'昔之人无闻知。'"

"君子之泽，五世而斩"，再好的身教和言教，后人哪里就真的会诚恳地学习和遵从呢？担忧着天下后世的周公，也就只好拳拳谆谆，舌敝唇焦。他先是列举历代殷王由无逸到耽乐的过程，并其享国之时间长短，反复指出无逸的重要性。接着就是有周一代的事了，从太王一路数到文王，"自朝至于日中昃，不遑暇食，用咸（和）和万民"。讲完这些，忽然话头一转，我们似乎看到周公板起了脸："呜呼！继自今（从今以后）嗣王（继位君王），则其无淫（过度）于观（观赏）、于逸、于游（嬉游）、于田（田猎）。"不谨慎对待这些，擅自变动先王的政治法度，非如老辈人从善如流，"则若时（就会像这样）：不永念厥辟（法度），不宽绰厥心，乱罚无罪，杀无辜。怨有（尤）同（会同），是丛（聚集）

于厥身"。结尾，则是又一次提请式告诫："呜呼！嗣王其监（鉴戒）于兹（这些）。"从周公反复到有点啰嗦的嘱咐不难看出，为政之事是难的，一个不小心，"民否则（于是）厥心违（恨）怨，否则厥口诅祝（诅咒）"。对诅咒也不理睬，生民就将面对更大的灾难——

　　交交桑扈，率场啄粟。哀我填寡，宜岸宜狱。
　握粟出卜，自何能谷。

　　交交，小貌。桑扈，鸟名，食肉，因常窃人脯肉脂及膏，故称窃脂，俗呼青雀。率，循。填，尽。寡，寡财。岸，讼也。自，从。谷，生也。"握粟出卜"，义为用粟抵卜资，《日知录》："古时用钱未广，《诗》《书》皆无货泉之文，而问卜者亦用粟。汉初犹然。"郑笺云："窃脂肉食，今无肉而循场啄粟，失其天性，不能以自活。可哀哉！我穷尽寡财之人，仍有狱讼之事，无可以自救，但持粟行卜，求其胜负，从何能得生？"或者，仍然把此章看作相诫之辞——作为兄弟或亲属的我，本是高贵的天性，现在却不得不面临牢狱之灾，如食粟之窃脂，不在该在的位置上，必将备受欺凌吧。那个自先祖一直维持到现在的天命，还会继续下去吗？

七

文章拖得有点长，从头再来看一看诗中每章的意思或许是必要的——首章言追念先人，思继祖德，所谓"虽无老成人，尚有典刑"。二章以饮酒喻节制，言不可放纵肆心，以免天命不佑。三章言天命无亲，常与善人，诚人须以善好教诲子弟。四章敦促忧劳，毋辱及自己的出身。五章言逸豫肆心导致或将导致的后果，引发怵惕之心。无论此诗主题是兄弟相诚，还是一篇家箴，或者是自警之语，内在的意思，都是反复提醒要无逸，要节制，要以善好为目的，不可罔顾天命，逸豫亡身。

然而，仍然有很多问题没解决——美德到底可教不可教？即便有先祖善好的典型，每一个具体的活人，要怎样才能把那些学到自己身上？或者如小序所言，诗写的是幽王在位的黑暗时代，一个人该怎样处理自己跟当世的关系才好呢？现在，诗只剩下了最后一章，能回答以上复杂的疑问吗？会不会看完这最后一章，我们前面的推测都变成了治丝益棼的臆想？或者换个问法，最后一章要提供怎样强悍的内容，才能收束这首诗看起来并不怎么集中的主题？

温温恭人，如集于木。惴惴小心，如临于谷。

战战兢兢，如履薄冰。

温温，和柔貌。恭人，谦逊谨慎的人。如集于木，恐坠也。如临于谷，恐陨也。"如集于木"算得上是妙手偶得，前面三用飞鸟作为兴辞（鸣鸠、脊令、桑扈），此处自然联想到其集（栖止），所谓"群鸟在木上也"。然而，现下那集于木的，却不是飞鸟，而是人。人不能飞，其本性是立于地，现下却只得改变自性，如同居于树木之上，一不小心就会坠落下来，因此必须时刻保持警惕。这是贤者自我警惕的样子吧？

郑笺于此章曰："衰乱之世，贤人君子虽无罪犹恐惧。"那意思真是无奈——既处如此之世，贤者虽明知"王臣蹇蹇，匪躬之故"，也得结结实实地闭上自己的嘴，把自己好好收拾起来，以期免于大祸。照方玉润的说法，这首诗乃所谓"贤者自箴也"："首章欲承先志，次章慨世多嗜酒失仪，三教子，四勖弟，五、六则卜善自警，无非座右铭……观次章特提'饮酒'为戒，则必因过量无德，恐致于祸，乃为此以自警；且并勖子弟共相敦勉，'各敬尔仪'、无忝所生，而时凛薄冰之惧也……总之，圣贤悔过自箴，特因一端以警其余，规小过而全大德，是以愈推而愈广耳。"问题是，贤者如此戒慎恐惧，最后不是沉默就是遯退，那将置祖德于何地呢？那些颂传了无数时代的善好，要这样在贤者的沉默或遯退中流散吗？

坤卦第四爻居位不中（䷁），象当天下否闭之时，无法施展才能，只有谨言慎行，韬光养晦，"括囊"（束紧囊口），信息完全封闭。如此，则能量自然在内部集聚，外在就灰扑扑的看不出异样，则几乎可以无咎无誉。接下来差不多是例行的质疑，即，一个人只知道保护自己，不是太自私了吗？先不说身处幽厉那样的时代，能够不害人且自保，已经非常高明了。即便考虑到外界因素，这个认识已经到达自保级别的人，在括囊过程中，用来调理己身的内在标准，或许恰恰是先祖的善好样子。他们得小心谨慎地把这些好样子想清楚，甚至把他们认识到的所有善好人的样子想清楚，然后用一种特殊的方式留在这个世界上。比如这首《小宛》的作者，已经惴惴小心、战战兢兢地把自己清晰看到的善好，谨慎地传递到现在了不是？

我没有忘记最初也是最后的问题，美德是不是可教？嗯，大概没有人能给出答案。或者，认识这个问题，得像苏格拉底确认过的那样，行善本身已经是幸福，此外没有别的幸福。或者，改动一下维特根斯坦的话已足够——就改善你自己好了，那是你为美德传授能做的一切。可能是这样，世上只有一种美德可能的传授方式，那就是改善你自己，不期待，不绝望，就是踏踏实实地去做眼前的事。

说得明确一点吧，这诗的最后一章，用节制谨慎的形象本身，提供了自足的美德授受方案——就这样一直谨慎下去，行为本身即结果，不用问此外的任何结果。取消了答案，问题本身也就不复存在。就像开头提到的那个朋友，当他意识到自己有可能变得贪婪和无耻的时候，其实已经在远离困扰自己的本能魔咒了。就像读这首诗，真心的服膺，非关批评，不用辨析，诚恳地好好体会，老老实实多念几遍就是了——

　　温温恭人，如集于木。惴惴小心，如临于谷。
战战兢兢，如履薄冰。

绵绵瓜瓞

一

二十多年前，确切的时间我记不准了，或许是因为什么事情的影响吧，学校里特别盛行辩论，每到课间，滔滔不绝的辩论之声就响彻在耳边。其时一位尤善辩论的同学，连上厕所的时间也不忘找人为质，有一次他隔坑辩走了三拨人马，站起来的时候腿部发麻，险些没栽下粪池。我自己也在那时候练就了一副伶牙俐齿，颇为自己的所谓口才得意，有一次还梦见自己在台上舌战群英，结束后收嘴四顾，为之踌躇满志。当年盛名日隆的王元化写过一篇《说辩》，从先秦古希腊的辩才无碍一直讲到意在求胜的各路辩论赛，其义有赞有弹，我因为里面的劝诫意味心有所动。

当时的辩题中，有一个给我留下了深刻印象——人是自私的吗？因为这题目你无论站在哪一方，除非对方因为拙嘴笨腮而住口，都不会迅速取胜，甚至课间见缝插针地旷日持久辩难也得不出什么结果，并且时不时还会陷入道德的选边困境。这些类似佛教所谓"十四无记"的题目——人性本善，人性本恶；人生有意义，人生无意义；时势造英雄，英雄造时势……遇到得多，辩而胜之的心劲儿一过，意兴便不免阑珊。其实我现在也不是很清楚，当时几乎是瞬间消失的辩论热情，到底是因为这类题目引起的，还是青春期的躁火已经熄灭，对这种口舌之争失去了兴趣。不过后遗症算是留下了，我后来只要看到谁想讨论人是不是自私的问题，差不多总是望而却走，避之唯恐不及。

后来，这次是十多年之后的后来，我偶然读到了张五常的《自私三解：论〈原富〉的重心所在》（《原富》，即《国富论》，《国民财富的性质和原因的研究》），才重又拾起对这一问题的兴趣。照张五常的说法，自私的其中一个用法是生物学意义上的，来自道金斯《自私的基因》（下面是道金斯的话）："我们以及其他一切动物都是我们自己基因所创造的机器……成功的基因的一个突出特性是其无情的自私性。"自私的另外一种用法是现代经济学假设："在局限下争取最大的个人利益（Postulate of Constrained Maximization）。人的本质究竟是否自私毫不重要，重要的是假设任何人，在何时何地的任何行为都是以自私为出发点，没有例外。"关于假设的说法，很可能来自卡尔·波普尔的"证伪理论"："衡量一个理论的科学地位的标准是它的可证伪性或可反驳性或可检验性。"用张五常的话说，"理论的推测一定要'可能被事实推翻'。不可能被事实推翻的理论，是没有解释力的"（道金斯的自私基因说有被证伪的可能性，因而有解释力）。在这个层面，"自私假设是经济科学上的需要，人的本质究竟怎样是另一回事"，不应引起道德上的责问——就像你不能用道德来论断狭义相对论的基本假设，"光在真空中的传播速度都是一个常数，不随光源和观察者所在参考系的相对运动而改变"。

在说自私的第三解之前，容我先把话题岔开一下。当年读王元化的书，因为其中批评了林毓生，我便去找《中国传统的创造性转化》来读，没想到劈面就遇到了此前从未想到过的"比慢精神"："当你在这样的煎熬、这样的自我批评、这样坚强的精神支持之下得到一点实质性成绩的时候，得到一个突破性的学术理论的时候，你会发现，的确是一分耕耘一分收获：你的努力并没有白费，这种切实的成就感，会使你的心情变得不那么着急了，你真实地感受到只有在不栖栖遑遑的心情下才能为中国文化做一点事，今后当然要本着原来的态度继续努力，以求获得更多一点成绩。同时，这种成就感自然会使你产生一种真正虚心的态度：你知道你的能力的确有限，你花了那么多岁月与那么大的力气，才获得这么一点点成绩，你只能脚踏实地，用适合你的速度，走你所能走的路。"对，岔开来要说的意思就是，自私的第三解，是张五常用"比慢精神"，"重读又重读（《国富论》和《道德情操论》），每一次咀嚼时都得到新的启发，感到千钧之力"的产物。这个结论，并非亚当·斯密（1723—1790）直接道出，甚至可能连他自己在写作时也没有明确意识到（反正我粗心大意的阅读，没能从《国富论》和《道德情操论》里看出这结论）——

　　他（亚当·斯密）认为人的本质有同情心，但为了生存不能不自私。那是说，自私是无可避免地被逼出来的。非所欲也，不能不自私也。在整本厚厚的《原富》中，他只说过一句类似这样的话，但斯氏在《原富》之前的另一本书（按应为《道德情操论》），这第三个自私角度较为明确。三十年前我以这被逼自私的角度重读《原富》，才认为自己真的明白这伟大思想家的重心所在。

　　是这样没错吧："从假设自私的角度看，'进化论'怎样也看不出来。从基因自私的角度看，自私本身就是进化的适者生存的效果，'进化论'的大前提却也看不出来。但从被逼自私的角度看，一个伟大的脑子就可以想出'进化论'。"（或许有必要提示一下，我们熟知的"物竞天择"，按达尔文的意思，竞和择的对象，其含义较不重要的是与自然环境竞争，不同类间的竞争相对重要，而同类间的竞争则是最激烈的。从这里看，被逼自私是不是跟进化论一脉相承？）且不说这个被逼自私的思路后来又影响到了黑格尔和马克思，我从这里切实明白了一个问题，即"被逼"并不含有任何褒贬之义，而只是一个对事实的确认，就如同说"我们被逼跟书生活在一起"（因为现在教育的传习离不开书）。如果沿着这个思路追踪下去，这个被逼自私的说法，恐怕更早地隐约来源于霍布斯（1588—1679）的《论公民》——

> 在自然状态中，所有人都有加害人的意志，但它们并不是出于同样的原因，也不该同样受责备。有的人根据自然的平等，所有那些他给自己的，也允许他人有。而有的人估价自己超过别人，总想要一切都只属于他自己，要求自己得到比别人更多的荣誉。对后者而言，他加害的意志来自虚荣和对自己力量的错误估价。而对于前者来说，他加害的意志出于他反对后者而保卫其财物和自由的必然性。

我们无法确定亚当·斯密潜藏的被逼自私想法是否来自霍布斯，可以确认的是，从霍布斯这段话里可以合理推论："虚荣的人促使适度的人也不得不出于必然性（ex necessitate）来加害他人。事实上，预见到适度的人的这种'出于必然性'的加害意志，其他的人，不论他本人是否是个虚荣的人，都会完全理性地具有加害意志。"也就是说，不管你是怎样的人，在（无法根除的）虚荣者的迫使下，最终都不得不处于战争的"自然状态"。

二

在周还不叫周，而是"西土之人"的时候，就一直在不停地迁徙，宗周后也没有变化。不只是周族，照丁山《古代神话与民族》的说法，夏后氏都邑凡十迁，殷商都邑十六迁，周则亦十余迁——后稷封邰，不窋窜于戎狄，公刘自漆渡渭，庆节国豳，古公亶父居岐下，王季宅程，文王居丰，武王都镐，成王作洛邑，穆王都西郑，懿王居犬邱，平王东居洛邑……书中认为，这种迁徙不定的生活延至秦统一中国之前，盖因"部落时代之生产，农业方在萌芽，大部分生活基础仍为游牧，游牧者因水草而转徙，部落之领袖因其族类而亦转徙不定；于是政治中心所在，既无所谓都邑，更无固定可言。逮夫部落互相吞并而渐进于封建，人们生活基础渐弃游牧而尚农业，播殖有常地，耕稼有定时，芸芸众生，渐安攸居，食土之君，乃有常邑"。

从历史发展的大趋势来看，大概是如此的吧，不过，拿周的迁徙来说，具体的原因，恐怕还是跟前面所说的作为战争存在的"自然状态"有关。《国语·周语上》："及夏之衰也，弃稷不务，我先王不窋用失其官，而自窜于戎、狄之间。"周族失去了或许是自后稷起历代担任的"后稷"之职，于是自己放逐到戎狄聚居的地方，究其源，或许是因为夏"四夷背叛"，作为夏的官员，在原先的居住地无法继续待下去了，只好举族迁徙。至于公刘迁豳之因，虽书传未载，但《大雅·公刘》说"笃（忠厚）公刘"居然"弓矢斯张，干戈戚扬，爰方启行"——张弓搭箭，带上干戈斧钺才出发——可见不是和平环境下的顺利迁徙。古公亶父的迁岐，则于《后汉书》有非常明确的记载："及（殷）武乙暴虐，犬戎寇

107

边，周古公（亶父）逾梁山而避于岐下。"没有意外，一直是内忧或外患或内忧外患，战与乱从未停下它的步伐。

推定周人的迁徙路线，有说是在今山西、陕西、甘肃三省的广阔区域进行，其祖先避夏时乱而自晋迁至陕甘地区；有说始终不出渭水沿岸的陕甘地区者。无论哪一个更接近当时事实，可以确认的是，周一路迤逦而来，最终定居在今陕西中部一带，奠定了兴盛的基础。从中国王朝盛衰的地理形势来看，整个北方的重心大抵在陕西、河南两点之间徘徊，"居北可以制南，而居南者不得北则不能安"，往往建都陕西者盛而建都河南者衰，且自西北出发容易制控东南，反之则否。古公亶父由豳迁岐，虽是躲避戎狄，却也没有离开西北，自此生聚教训，周的崛起如大江横流，其势不可遏抑。

不过我很怀疑，这个在内忧外患中慢慢生长起来的周，并非只是历史的生长顺序，同时是一个有意为之的精神建立过程。这意思差不多如雅法（Harry V. Jaffa）在《分裂之家危机：对林肯－道格拉斯论辩中诸问题的阐释》中说的那样："亚里士多德认为，历史关注的是个别事项，而诗所关注的是普遍原则。在美国政治传统中，历史与诗的关系可以说明如下：即使没有林肯，我们也得造一个林肯出来！但是，要想像林肯那样生存，就必须展现他生命中的机缘要素，又显示他生命中的人为要素。"不妨这样来理解上面的话，所谓历史，并非对过往的"事实"陈述（而且几乎难以做到对吧），也不是作为思维体操的任意叙事，而是考虑到机缘（偶然）与人为（制作）的人类政治生活经历。这差不多也让我们意识到，西方有识者对希腊神话和思想的不断重述，并非只是书本上的游戏，里面可能含藏着他们对现代政治生活的深深思考。

近代以来，中国人一直耿耿于怀的文学问题之一，是黑格尔所谓的"中国没有民族史诗"，原因是中国的"观照方式基本上是散文性的，从有史以来最早的时期就已形成一种以散文形式安排的井井有条的历史实际情况，他们的宗教观点也不适宜于艺术表现，这对史诗的发展也是一个大障碍"。按之以黑格尔自己的说法，"史诗以叙事为职责，就须用一件动作（情节）的过程为对象，而这一动作在它的情境和广泛的联系上，须使人认识到它是一件于一个民族和一个时代的本身完整的世界密切相关的意义深远的事迹"，是否可以说，以上的话里有一个显而易见的自相矛盾呢？大雅中的《生民》美周始祖后稷，《公刘》叙公刘迁豳，《绵》述古公迁岐，《文王》颂文王图商，《皇矣》赞文王伐密伐崇，《大明》写武王伐纣——这（稍微宽泛一点，就远远不止这六首）后来被称为周族史诗的连番述作，已然勾勒出一个民族完整的发展路线和他们的历史决断时刻——既有历史的偶然，又必然是人为的创制，不正是黑格尔所谓"一件于一个民族和一个时代的本身完整的世界密切相关的意义深远的事迹"？或者如雅法所言，周已经造出了担当自身政治的非凡人物？

如果我们把所有人类政治生活中属人的创制去掉，只留下归于偶然机缘的所谓历史事实，古人所有的深思熟虑或深谋远虑，都将变成砖头瓦砾样的存在，生不成任何积极的意义。就像西方（18世纪末诞生）的古典学标志的那样，在偶然机缘视野下，所有人类心智的最高成就，将自此"成为死去的'古籍'，而非活着的经典"，人们"可能需要坐在图书馆里阅读拍塞尼阿斯的旅游指南，或者可能需要翻找某个古代牛粪堆中遗留的残渣。也很可能，在古典学中，这两种活动都被看作是同一件事业的组成部分"；或者如中国文学现代化的先驱所谓，"《诗经》并不是一部圣经，确实是一部古代歌谣的总集，可以做社会史的材料，可以做政治史的材料，可以做文化史的材料。万不可说它是一部神圣的经典"。经典虚无成旅游手册、一堆牛粪或某一学科的趁手材料，在这样的背景下，来读《大雅·绵》的起首三章，难免要生起诸多感慨吧——

> 绵绵瓜瓞。民之初生，自土沮漆。古公亶父，陶复陶穴，未有家室。
>
> 古公亶父，来朝走马。率西水浒，至于岐下。爰及姜女，聿来胥宇。
>
> 周原膴膴，堇荼如饴。爰始爰谋，爰契我龟。曰止曰时，筑室于兹。

三

少年时期，家里种了五六年的大片西瓜，我最喜欢看着微小细弱的叶子随着瓜蔓的绵延一点点长大，慢慢遮住了裸露的土地，显出蔚然深秀的样子来。为时不久，花期紧接着坐果期，毛茸茸的小西瓜便一个一个顶着新鲜的花朵冒了出来。每到这时候，父亲就经常在瓜地里走上几圈，把一些小西瓜摘掉。问他为什么，说是坐在根部附近的瓜通常长不大，很多还会长歪，只有摘掉，后面的瓜才长得大，长得好。但也不是每个根部的瓜都要摘，有些瓜形很好的，虽然长不太大，成熟后却往往又甜又起沙。

《绵》破空而来的这句"绵绵瓜瓞"，是不是上面的意思呢？按朱熹的解释，应该是的："绵绵，不绝貌。大曰瓜，小曰瓞。瓜之近本初生者常小，其蔓不绝，至末而后大也。"传统玉雕题材"瓜瓞绵绵"，无论雕饰的是什么瓜，通常是近穿挂点的小而远穿挂点的大，即便是两个瓜，也是近小而远大，显然取的是朱熹的这个意思。联系到前面周族的迁徙史，可以判断钟惺的话颇富见识："只'绵绵瓜瓞'四字比尽一篇旨意。"那自窑开始的漫长迁徙，一点一点积累能量，现在该到了长出大瓜的时候了吧？如朱熹之意，"首章言瓜之先小后大，以比周人始生于漆、沮之上，而古公之时居于窑灶土室（陶复陶穴）之中，其国甚小，至文王而后大也"。

不说朱熹对"陶复陶穴"的时间定位是否准确，也不提他和钟惺都一律把这句看成比，而古注以为兴（比兴之间有时差别甚微），即便是瓜瓞绵绵的本义和引申义，郑笺就另有其说："（毛传：）瓜，绍（继承）也。瓞，咇（小瓜）也。

民，周民也。白，用。土，居也。沮，水。漆，水也。笺云：瓜之本实（近本根之实），继先岁（上一年）之瓜，必小，状似匏（按此可见所谓小瓜，乃是品种，并非尺寸），故谓之瓞，绵绵然若将无长大时。兴者，喻后稷乃帝喾之胄，封于邰。其后公刘失职，迁于豳，居沮、漆之地，历世亦绵绵然。至大王而德益盛，得其民心而生王业，故本周之兴，自于沮、漆也。"本来是非常直观的近本之瓜小而远本之瓜大，为什么非要兜个大圈子绕到"先岁"上去呢？古人是脑子复杂还是别有会心？

困惑难解，便来翻《汉书》，第一篇《高帝纪》，劈头就是："高祖，沛丰邑中阳里人也，姓刘氏。母媪尝息大泽之陂，梦与神遇。是时雷电晦冥，父太公往视，则见交龙于上。已而有娠，遂产高祖。"赞的结尾，则云："是以颂高祖云：'汉帝本系，出自唐帝。降及于周，在秦作刘。涉魏而东，遂为丰公。'盖太上皇父。其迁日浅，坟墓在丰鲜焉。及高祖即位，置祠祀官，则有秦、晋、梁、荆之巫，世祠天地，缀之以祀，岂不信哉！由是推之，汉承尧运，德祚已盛，断蛇著符，旗帜上赤，协于火德，自然之应，得天统矣。"于个人强调感应神交，如《大雅·生民》之"履帝（天帝）武（足迹）敏（大拇趾）歆（心有所感）"；于家族则上绍帝尧，如周之追远帝喾。即使在这一篇中，我们就能看到汉全面模拟周的企图。较周远为激烈的是，周人还要把神话追溯到始祖后稷，汉就直接造在了刘邦个人身上。班固与郑玄相差约百年，他们面对的是共同的帝国合法性问题吗？郑

112

玄此处的绕远解释，是"学随术变"的势利选择，还是政治神学或政治哲学的自觉承担？一时颇难分辨，能够知道的只是，这些地方显现出来的抉择，标明郑玄不只是明于训诂的小学学者，而是一位善观时势的经学大师。

让人略感奇怪的是，诗从第一章的静态转到第二章的动态，都没有提古公亶父"陶复陶穴，未有家室"和"来朝（早）走马"的原因，似乎是天经地义的事。要从后世的注里，我们才知道这迁徙的缘由："文王之先，久古之公曰亶父者，避狄之难，其来以早朝之时，疾走其马，循西方水涯漆、沮之侧，东行而至于岐山之下。于是与其妃姜姓之女曰大姜者，自来相土地之可居者。言大王既得民心，避恶早而且疾，又有贤妃之助，故能克成王业。"我们或许可以这样理解，古公亶父的迁徙，当然有诸多被迫的不得已，甚至有随战争而来的仓皇，但诗中并没有设定一个战争或和平的"自然状态"，他们只是一直面对着自己切身的问题。等到周代追述先祖伟业的时候，这个狼狈的过程也会很自然地被转化为近乎自觉的选择（只要把最直接的原因取消掉就可以了对吧），甚或已获得合法性的帝国会有意去掉其中的血腥成分。后世对此事的解说，也都根据自己的切身情境，衍化出各种不同。《庄子·让王》——

　　大王亶父居邠，狄人攻之。事之以皮帛而不受，事之以犬马而不受，事之以珠玉而不受。狄人之所求者，土地也。大王亶父曰："与人之兄居而杀其弟,与人之父居而杀其子,吾不忍也。子皆勉居矣!为吾臣与为狄人臣奚以异。且吾闻之:不以所用养害所养。"因杖筴而去之。民相连而从之,遂成国于岐山之下。夫大王亶父,可谓能尊生矣。能尊生者,虽贵富不以养伤身,虽贫贱不以利累形。

那意思差不多是说,古公亶父虽然不小心成了一代明主,不过是他尊生的副产品,天下哪里值得劳费太多的心力呢?最后阐明的尊生不累形观点,大义鲜明,但发挥不留余地,没有微言可供琢磨,我有点怀疑出于庄子后学。同一件事,属今文经学的《尚书大传·略说下》方向便非常不同——

狄人将攻,大王亶父召耆老而问焉,曰:"狄人何欲?"耆老对曰:"欲将菽粟财货。"大王亶父曰:"与之。"每与,狄人至不止。大王亶父属其耆老而问之,曰:"狄人又何欲乎?"耆老对曰:"又欲君土地。"大王亶父曰:"与之。"耆老曰:"君不为社稷乎?"大王亶父曰:"社稷所以为民也,不可以所为民亡民也。"耆老曰:"君纵不为社稷,不为宗庙乎?"大王亶父曰:"宗庙吾私也,不可以私害民。"遂杖策而去,过梁山,邑岐山。周人束脩奔而从之者三千乘,一止而成三千户之邑。

没有《让王》那么举重若轻，甚至还有点被逼的无奈，但我读来觉得气象雍容。事来则应，事去便休，不执著社稷宗庙，可也并不反向轻视，其选择一决于民（是以民为自身决断的标准，并非让民来决断），是今文学家的绝好风范。究其深处，则又通于道家，所谓"圣人恒无心，以百姓之心为心"——"彻志之勃，解心之谬，去德之累，达道之塞"，随时随地采取措施，运用之妙，存乎一心，与后世儒家如《正义》作者不类——

《曲礼下》曰："国君死社稷。"《公羊传》曰："国灭，君死之，正也。"则诸侯为人侵伐，当以死守之。而公刘与大王皆避难迁徙者，《礼》之所言谓国正法，公刘、大王则权时之宜。《论语》曰："可与适道，未可与权。"《公羊传》曰："权者，反经合义。"权者，称也，称其轻重，度其利害而为之。公刘遭夏人之乱而被迫逐，若顾恋疆宇，或至灭亡，所以避诸夏而入戎狄也。大王为狄人所攻，必求土地，不得其地，攻将不止。战以求胜，则人多杀伤，故又弃戎狄而适岐阳，所以成三分之业，建七百之基。虽于《礼》为非，而其义则是。此乃贤者达节，不可以常礼格之。

经权合宜，本是高明的处事处世之法，值得好好揣摩学习。只是这里强调权字，不是针对不同的具体，而是在经书的压力下为公刘和古公亶父辩护，讲了半大道理，如同藏仁以要人，再好的行为选择，在这样的形势下也会有所掣肘，不能如白手不持寸铁那般灵活以对——《三国演义》中刘备携民渡江，所谓"举大事者必以人为本。今人归我，奈何弃之"，我很怀疑是从这故事里学的，刘备的话，也颇像是应付经书相传的君主考试的标准答案——好在，古公亶父不用在决定前先想自己的行为是经还是权，他看明白了当时的局势，连车子都来不及乘，一大早就策马疾奔，终于来到膴膴（肥沃）的周原，并"筑室于兹"——转徙获福，盛大的景象在他面前徐徐展开。

四

钱锺书《围城》中有一段话，对我这样一个曾每年坐三四次九小时长途汽车的人来说，看过后就不忘："在旅行的时候，人生的地平线移近；坐汽车只几个钟点，而乘客仿佛下半世全在车里消磨的，只要坐定了，身心像得到归宿，一劳永逸地看书、看报、抽烟、吃东西、瞌睡，路程以外的事暂时等于身后身外之事。"是的，那个来来回回的漫长旅途，我确实完整地读完过一本艰涩的书，看完过一个集数很多的国产电视剧，也曾结结实实昏睡了一路，无论心情好歹，那路程以外的事确实暂时等于是身后身外之事。等到学校毕业后租房居住，也差不多是这情形的延伸，那说不定只

116

会住上一年半载的房子，却似乎剩下的人生全会待在里面似的。正是因此，虽对行住都不是非常重视如我者，也会小心翼翼地选择要坐的车，准备租的房子。这样看来，如果是一个部落首领，身后跟着对他忠心耿耿的民人，整个部落以及被他吸引的人都会在一块土地上度过后半生，此后数代也将继续居住甚至永不离开，卜居的难度会更大的吧？

起码从古公亶父的情形来看，果然是如此——"来朝走马""至于岐下"，且"爰（于是）及（与）姜女"，"聿来胥（相）宇（居）"，看中的地方呢，肥美到连苦菜（堇荼）都其甘如饴。可是，古公并没有立刻就下令开垦安居，而是"爰始（始谋）爰谋（终谋），爰契（刻，或谓灼）我龟"，此后才"曰止曰时（是，这里），筑室于兹（此）"。用《正义》的话来说，这个复杂的卜居程序如下："上（第二章）言来相可居，又述所相之处，言岐山之南，周之原地膴膴然，其土地皆肥美也。其地所生堇荼之菜，虽性本苦，今尽甘如饴味然。大王见其如此，知其可居，于是始欲居之，于是与豳人从己者谋之。人谋既从，于是契灼我龟而卜之。龟卜又吉，大王乃告从己者曰：可止居于是，可筑室于此。告之此言，所以定民之心，令止而不复去也。"

我们看到"爰契我龟"，嘴角会不会浮出嘲讽的浅笑呢？太迷信了不是吗？《尚书》里的《洪范》一篇，传为周灭殷后，武王向箕子询问治国方略，箕子详详细细地讲了九条大法。其中的第七条，即"稽疑"，考察疑事，"汝（按，指询问的武王）则有大疑，谋及乃心，谋及卿士，谋及庶人，谋及卜筮"。也就是说，在一件事的决策上，有五类力量参与，即君、臣、民、卜和筮，已知的、可问理由的占三，而未知的、无论怎样询问都无法获知选择原因的，占二，卜、筮和君、臣、民并列，"天地鬼神的存在及其知觉是'正常'而非特殊神奇的，它也可能说错，没谁比谁更高贵更说了算这回事。至少理想上是这样，人不仅不刻意去保护卜筮的神秘性，反而想把它拉回到人的一般性认知里来，让理性可消化它判别它"。如此一来，卜筮可能就根本不是迷信，或无力无助时候向鬼神的乞求，而是清朗理性对未知部分的慎重对待。

《正义》注解第三章的时候，也果然引用了《洪范》，然后确认："大王自相之，知此地将可居，是谋及乃心也。与从己者谋，是谋及卿士庶人也。契龟而卜，是谋及卜也。唯无筮事耳。《礼》'将卜先筮'之言，卜则筮可知，故云'皆从'也。"如此，或许就不妨说，缘于卜居对一个庞大的部落来说是件重大的事，因此古公亶父启动了稽疑的完整程序，虽然碍于诗的格式，没有把这程序全部写出来，但那结果是明确的，"汝则从，龟从、筮从，卿士从，庶民从，是之谓大同"。当然，从来就没有一劳永逸的大同，卜地的顺利只是个不错的开始，接下来是辛勤的劳作——

乃慰乃止，乃左乃右，乃疆乃理，乃宣乃亩。
自西徂东，周爰执事。
乃召司空，乃召司徒，俾立室家。其绳则直，缩版以载，作庙翼翼。

俅之陾陾，度之薨薨，筑之登登，削屡冯冯。
百堵皆兴，鼛鼓弗胜。

乃立皋门，皋门有伉。乃立应门，应门将将。
乃立冢土，戎丑攸行。

即便无法确切知道每一句的具体意思，从那连绵不绝
的十三个"乃"，从那陾陾（réng）薨薨（hōng）登登冯冯
（píng）的声音，从那拉直的绳子、翼翼的庙宇，从那各式各
样的门，是不是能够感受到建设者的兴高采烈？对，还是来
看余冠英怎么听这些声音，看这些动作——

住下来，心安稳，或左或右把地分，经营田亩
划疆界，挖沟泄水修田塍。从西到东南到北，人人
干活都有份。

叫来了司空，叫来了司徒，吩咐他们造房屋。
拉紧绳子吊直线，绑上木板栽木柱，造一座庄严的
大庙宇。

盛起土来满满装，填起土来轰轰响。登登登是
捣土，凭凭凭是削墙。百堵墙同时筑起，擂大鼓听
不见响。

立起王都的郭门，那是多么雄伟。立起王宫的
正门，又是多么壮美。大社坛也建立起来，开出抗
敌的军队。

看余冠英翻译的时候，我真有读到"收拾金瓯一片，分田分地真忙"的感觉，仿佛看到了那意兴洋洋的繁忙，这感觉，我们大约在"十七年文学"里面经常体会得到吧？太熟悉了反而会让人有失真之感，那不妨来看古人如朱熹是怎样说这些事的："四章言授田居民，五章言作宗庙，六章言治宫室，七章言作门社。"授田所以安居慰民，宗庙所以统一思想，宫室所以象征社稷，门社所以宣示国威，那个不提自己迁徙之因的周族，从没有忘记自己是在戎狄的逼迫下才迁至岐下的——就像荒岛上的鲁滨孙，从来没有忘记守卫自己的责任——因此始终有"戎（兵）丑（众）攸行"的警惕。这一点，是古公亶父，以至此后周的多数子孙永远会也应该记得的事情之一。

五

有一段时间乱读书，摸起过康德的《永久和平论——一部哲学的规划》，因为没有特殊的准备，当然读不出其中的味道，只有两个地方引起了我的注意。一是这篇文章的开头："在荷兰一座旅馆的招牌上画有一片坟场，上面写着走向永久和平这样几个讽刺的字样。究竟它是针对着人类一般的呢，还是特别针对着对于战争永远无厌的各国领袖们的呢，还是仅只针对着在做那种甜蜜的梦的哲学家们的呢，这个问题可以另作别论。"这段文字纠正了我关于哲学家的文字总是晦涩难解的刻板印象（后来读《对美感与崇高感的观察》及相关笔记，就更加对康德的不同文字风格有了认识），也对康德的敏感和概括能力佩服不已——可见如果只是展现聪敏才智，那些认真的思考者应该完胜一般的俏皮人物，只是他们无暇也不愿如此而已——从而信任其晦涩难解是出于思考的非凡深度，而不是对浅陋的文饰（他们思考本身存在的问题，并不影响其卓越，甚至问题正是卓越的特殊标志）。自此也就时常提醒自己，如果遇到不解甚至自相矛盾的东西，而作者展示出了深入思考的能力和诚意，不要急着断定对方头脑糊涂，说不定那正是思维进入高峻处的特征。

引起我注意的第二点，是康德在谈论和平时对战争的清醒认识，避免了自己被"实践的政治家""鄙视为学究"："他们（常备军）由于总是显示备战的活动而在不断地以战争威胁别的国家，这就刺激各国在备战（人员）数量上不知限度地竞相凌驾对方。同时由于这方面所耗的费用终于使和平变得比一场短期战争更加沉重，于是它本身就成为攻击性战争的原因，为的是好摆脱这种负担……但国家公民自愿从事定期的武装训练，从而保全自身和自己的祖国以反抗外来的进攻，那就完全是另一回事了。"不过，说实在话，《永久和平论》给我留下的最深印象是——永久和平几乎是不可能的，或者永久和平需要先经过某种被严格限制的战争才可能。如果不是怕有人误会，也不妨把这个印象用卡尔·施米特的方式表达出来："战争作为最极端的政治手段揭示了那种支撑着所有政治观念的可能性，即朋友和敌人的划分。只要这种划分在人类中实际存在或至少是潜在地可能存在，战争就具有意义。"

是不是可以说，不管是康德还是施米特，不管他们爱智慧的方式多么不同，也不管是讨论和平还是战争，他们对所谓人性的认知却具有明显的共同性："实际的战争和潜在的战争可能性一再告诉或提醒人们，人类生活在地上、生活在自然状态之中，政治（划分敌友）是人性的——亦即无法根除的。"是这样没错吧，如我们古人所说，"地有人据"——"人类活动之痕迹，人依托地形而形成的政治分割"，《易·坎·象》所谓"天险不可升也，地险山川丘陵也，王公设险而守其国"。或许可以这样说，这个周人努力建设的岐下，正是他们的"人据"。那建起的庙宇，树起的大社，列开的兵众，都是周人守卫自己国家的努力，他们一直知道自己的敌人和朋友是谁（此后还会根据不停变化的形势重新做出自己的敌友选择）。自此，这个政治成熟的周族发展走上了完全的正轨，诗的速度，也忽然快了起来——

　　　　肆不殄厥愠，亦不陨厥问。柞棫拔矣，行道兑矣。混夷駾矣，维其喙矣。
　　　　虞芮质厥成，文王蹶厥生。予曰有疏附，予曰有先后，予曰有奔奏，予曰有御侮。

在《姜斋诗话》中，王夫之两次强调诗句过渡的重要性，可见是非常重要的问题。一则曰："句绝而语不绝，韵变而意不变，此诗家必不容昧之几也。'天命玄鸟，降而生商。'降者，玄鸟降也，句可绝而语未终也。'薄污我私，薄澣我衣。害澣害否？归宁父母。'意相承而韵移也。尽古今作者，未有不率繇（由）乎此，不然，气绝神散，如断蛇剖瓜矣。"再则曰："古诗及歌行换韵者，必须韵意不双转。自'三百篇'以至庾、鲍七言，皆不待钩锁，自然蝉连不绝。"我是因为知道了这句话，才明白写文章不是一段一段拼接起来的，其间有什么东西一直若断若续。

这篇《绵》从前七章到第八章，堪称过渡的经典，古人赞叹过的不在少数。朱熹《集传》："肆，故今也，犹言遂也，承上起下之辞。殄，绝。愠，怒。陨，坠也。问、闻通，谓声誉也。柞，栎也，枝长叶盛，丛生有刺。棫，白桵也，小木亦丛生有刺。拔，挺拔而上，不拳曲蒙（茂）密也。兑，通也，始通道于柞棫之间也。駾，突（奔跑）。喙，息也。言大王虽不能殄绝混夷（古种族名，即犬戎）之愠怒，亦不陨坠己之声闻。盖虽圣贤不能必人之不怒己，但不废其自修之实耳。然大王始至此岐下之时，林木深阻，人物鲜少，至于其后生齿渐繁，归附日众，则木拔道通。混夷畏之而奔突窜伏，维其喙息而已。言德盛而混夷自服也，盖已为文王之时矣。"从上章的"戎丑攸行"过渡到此章的"肆不殄厥愠"，似乎是上面的兵众继续开进，然后是仿如一个跟着时间推进的长镜头，土地先是荒蛮一片，渐渐地树木挺拔，道路开拓，此前横蛮的敌人戎狄气喘吁吁地逃跑了事，战马上的祖父古公，也摇身变成了孙儿文王。怪不得明人孙鑛称美此章："上面叙迁岐事，历历详备，舒徐有度。至此则如骏马下坂，将近百年事数语收尽。笔力绝雄劲，绝有态，顾盼快意。"

马上争得一族蕃息之地，当然不能马上治之，文教随之而来，"虞芮（两国名）质（成）厥（其）成（平），文王蹶（动）厥生（性）"。毛传："虞、芮之君相与争田，久而不平，乃相谓曰：'西伯（文王称号），仁人也，盍往质焉？'乃相与朝周。入其竟（境），则耕者让畔，行者让路。入其邑，男女异路，班白（须发花白）不提挈（手提）。入其朝，士让为（于）大夫，大夫让为卿。二国之君，感而相谓曰：'我等小人，不可以履君子之庭。'乃相让，以其所争田为间田而退。天下闻之，而归者四十余国。"对，又是一个可能是编出来的故事，标明此前被迫的武力强调和激昂奋进都已经和缓下来，逐渐让位于和缓的教化。本章称颂的文王四德，动武的一个面向，也悄悄地放到了最后："予曰有疏附，予曰有先后，予曰有奔奏，予曰有御侮。""予"或以为诗人之我，或以为被征服者之我，或谓文王自称；"曰"或以为有实意，或以为无实意，其实都不妨碍对此四者的理解："疏附谓率下以亲上，承上以化下。先后谓老老幼幼，修齐治平。奔奏者，宣文德。御侮者，扬武威也。"

周族由豳迁岐三代，蛮荒而为富庶，武功而进文治，旧邦之周已建成其新命之基。通过诗的形式，周此前经历的艰难困苦，由天生或被迫的必然过渡到了制作或教化的应然，他们也不用在走过了如此的长路之后再去假设人世的凶险。绵绵瓜瓞，由小而大，周原上一片繁茂苍翠的景象，那个作为历史和想象盛世的周，已经慢慢显露出它近乎完美的模样。

凤凰鸣矣

一

很多年前，我读所谓的俄国形式主义文论，在什克洛夫斯基的文章里看到下面一段话："列夫·托尔斯泰的陌生化手法在于，他不用事物的名称来指称事物，而是像描述第一次看到的事物那样去加以描述，就像初次发生的事情，同时，他在描述事物时所使用的名称，不是该事物中已通用的那部分的名称，而是像称呼其他事物中相应部分那样来称呼。"也就是说，什克洛夫斯基，甚至大部分形式主义倡导者确认一个作者是否出色的方式，是看其作品中是否贯穿着"陌生化手法"："艺术的目的是要人感受到事物，而不是仅仅知道事物。艺术的技巧就是使对象陌生，使形式变得困难，增加感觉的难度和时间长度，因为感觉过程本身就是审美目的，必须设法延长。艺术是体验对象的艺术构成的一种方式，而对象本身并不重要。"

这种对艺术感觉性和形式陌生化的强调，应该源于现代专业分类迫使文学研究给出自身的合法性，于是作为人类精神整体一部分的文学便被强制分化出来，以便将其区别于哲学、宗教、历史、政治、法律等。如此一来，文学便从庞大的相关精神产品中独立出来，文学研究的对象也不再是包含诸种精神可能的文字，"而是文学性，也就是使一部作品成其为文学作品的东西"。文学越来越收紧在一个范围里，在明晰的同时也不免变得伶仃："既然文学可以表现各种各样的题材内容，文学作品的特殊性就不在内容，而在语言的运用和修辞技巧的安排组织，也就是说，文学性仅在于文学的形式。"

我很怀疑，对艺术陌生化的强调在更本质的意义上是人向上想象的变形，是有意把混沌无法命名的心志约束在一个小范围的无奈。比如那后来被称为"陌生化"的东西，应该是源于人对世界觌面初见时的欣喜，"因为有了新的物与可喜乐的阳光世界，便生出一种没有名目的大志，只是兴兴头头地想要在日月山川里行走"。那时人看到的每样事物都是新的，旧有的名称和通用的感受没法框范这新异，那鲜烈的新要脱透出来，于是就有了对"初次发生的事情"的书写——这才应该是所有新的书写方式的先天气象，那些有意的陌生化只能算是后天模仿，确切地说，是对书写初次发生的事情的模仿——那在新的阳光中生出的无名目的大志，我觉得是世间最动人的景象之一，此后的千山竞秀万壑争流，此后的戎马河山箪食壶浆，几乎都源自这开始时还没有名目的大志，源自那个起初还想不起命名的地方——

　　有卷者阿，飘风自南。岂弟君子，来游来歌，
以矢其音。

　　这是《大雅·卷阿》的开头，也即这篇十章诗的序章，表明来游来歌、陈乐作诗的缘由。卷，曲。阿，大陵。飘风，回风。岂弟，和乐平易或宽舒坦然。君子，指王。矢，陈也。在历代注解中，卷阿多是通称，也用为专名，确切地说，是明嘉靖年间的《今本竹书纪年》才开始用为专名："成王三十三年，王游于卷阿，归于宗周。"《今本竹书纪年》历来遭人怀疑，这一段也不例外，因此造成的影响也不太显著，乾隆四十四年（1779）编纂的《岐山县志》还不肯定专名之说："周公庙，一名周公邸，或为古卷阿。"要到光绪十年（1884）重修《岐山县志》，才确定了专名的说法："卷阿在县西北二十里岐山之麓，今有姜嫄祠、周公庙、润德泉。"
　　郑笺据小序"召康公戒成王也，言求贤用吉士也"立说，确认"有卷者阿，飘风自南"为兴："有大陵卷然而曲，回风从长养之方来入之。兴者，喻王当屈体以待贤，贤者则猥（众，多）来就之，如飘风之入曲阿然。其来也，为长养民。王能待贤者如是，则乐易之君子来就王游，而歌以陈出其声。音言其将以乐王也，感王之善心也。"所谓长养之方的南国，有认为是南北之南的统称，有认为是指"黄河南，长江北，今河南中部至湖北中部一带"，我自己则更愿

意相信是《黄帝内经》里的意思："南方者，天地所长养，阳之所盛处也。"

这卷然而曲的大陵仿佛活物，吸纳着旺盛的阳气，在天地之间长养，还朴素得没有名目，恰如周初起之时，朝气蓬勃，锐意进取，却内蕴着厚实的力量，能穿过无数的时代。我差不多相信，只有如此没有名目的大志和事物，才含藏得住足够的祈愿和训诫，有力量兴起下面这样一出复杂的诗剧。

二

现在，设想自己坐在一个剧场里，随着序章的袅袅余音，安静缓缓降临，灯光收进了后台，人的心思却活泛起来——即将开场的这出戏，是花团锦簇，还是青山远黛？是人声鼎沸，还是车马稀疏？嗯，幕布拉开了——

> 伴奂尔游矣，优游尔休矣。岂弟君子，俾尔弥
> 尔性，似先公酋矣。
> 尔土宇昄章，亦孔之厚矣。岂弟君子，俾尔弥
> 尔性，百神尔主矣。
> 尔受命长矣，茀禄尔康矣。岂弟君子，俾尔弥
> 尔性，纯嘏尔常矣。

伴奂，自纵弛之意。优游，悠闲自得。俾，使。弥，

终。似，通嗣，继承。先公，君子的祖先，此处可指为周之先祖。酋，终也，一说久远。土宇，犹今言邦家。昄（bǎn）章，大明。土宇昄章谓疆域大而国显也。孔，甚。厚，谓福禄厚。百神尔主，主祭众多之神。命，天命。茀、嘏（gǔ），均福义。康，安也。纯，大。常，常享之也。

遗漏未解的"俾尔弥尔性"，历来训释不同，照王国维的说法："《卷阿》云'俾尔弥尔性'，传云：'弥，终也。'案：《龙姞敦》云：'用蕲眉寿，绾绰永命，弥厥生。'《齐子仲姜镈》云：'用求考命弥生。'是弥性即弥生，犹言永命矣。"则诗句的意思是"愿你能终天年"。马瑞辰释"弥"为"长"，意思就成了"愿你生命绵长"。无论用两者中的哪一个，表达的都是祝寿之意。除了反复祝寿，第二章美其人能继先公之业，第三章颂其能为百神之主，第四章则愿其一生常享福禄，颂扬赞美的意思一直洋溢在字里行间。

习惯了后世诗歌的人，大约不会对这三章抱有好感，甚至要从这热闹之中看出谄媚来——福寿安康，有什么可以写来写去的？这些颂祝的谀辞，不就是后来三呼万岁的雏形？或者是因为渐渐丧失了迎难而上的勇气，也或者是因为渐渐去掉了临难而叹的习气，我觉得这三章诗，实在有吉祥止止的气息——"有土，有寿，有福，可谓颂扬极矣。而统归之曰'俾尔弥尔性'，盖必有性、命、德，而后来福、禄、征（信）。曰弥者，益也。谓充满其性量而无间，又怡悦夫性天以弗遗，则似先公、主百神、常纯嘏，胥（全）于是乎在，此德之内蕴者然也。"此处方玉润解"俾尔弥尔性"，用的是胡承珙《毛诗后笺》的意思，也即《周易》"穷理尽性"的意思："弥，终也。终者，尽也。弥尔性者，尽尔性也。则谓《诗》所言性，即孔孟所言之性也。"如此一来，所谓的"弥性"也就不（只）是长生祝寿的意思，而是究物理以自尽其性之谓，有充实弥漫之象。

这含有训诫意味的"俾尔弥尔性"，祛除了总体性祝祷氛围里最为常见的谄媚气息，让这出稍嫌人声鼎沸的诗剧，有了一个安静沉稳的角落，如那卷然而曲的大陵，可以清洗欢愉带来的燥气，把封闭自足的时空撬开一条缝隙，提醒人时时注意自己可能的罅漏。经典中的古人浑厚，少有凭空凌虚的赞颂，只是因为现代人机灵，很容易把深心误会为奉承，才觉得坏习气古今如一。这样理解，我们可能已经靠近了《卷阿》的核心，那就是描述君德该有的样子——是的，所有的祝祷，其实也是要求。

三

汉武帝刘彻的皇太子刘据，在其父晚年设桐木人蛊祝，期其速死。事发，刘据起兵反叛，兵败自杀。这就是西汉历史上著名的"巫蛊之祸"。祸乱之后，"上怒甚，群下忧惧，不知所出"，属今山西长治的壶关三老令狐茂等，不惧地偏人微事险，上书进言曰："臣闻父者犹天，母者犹地，子犹万物也。故天平地安，阴阳和调，物乃茂成；父慈母爱，室家之中，子乃孝顺。阴阳不和则万物夭伤，父子不和则室家丧亡。故父不父则子不子，君不君则臣不臣，虽有粟，吾岂得而食诸？"

引文的最后一句，出《论语·颜渊》。齐景公问政于孔子，孔子对曰："君君，臣臣，父父，子子。"夫子言毕，齐景公回应了上面一段话，说明他已经意识到，父不父君不君则子不子臣不臣，即便有食物自己也未必吃得到。其时齐景公失政，多内宠而不立太子，大夫陈氏厚施于国，民心向之。景公虽善孔子之言却未能用，后果以继嗣不定，启陈氏弑君篡国之祸。令狐茂引这段话，差不多等于直斥汉武帝因多有内宠而太子担心被废，又"进则不得上见，退则困于乱臣，独冤结而亡告"，因此不得不出此下策，"由是观之，子无不孝，而父有不察"。不管是史书的美化，还是这些话确实触动了汉武帝的内在情感，结果是"书奏，天子感悟"。

无论汉武帝是不是真的有所感悟，有一个问题可以确认，即近代以来为人诟病甚多的"君君臣臣父父子子"，起码在汉代还不是单向的"君要臣死，臣不得不死；父要子亡，子不得不亡"，而是"君要像君，臣要像臣；父要像父，子要像子"的双向要求。从这个角度来看，我们或许就不必对诗小序动辄含有的劝诫意味过于怀疑，那些诗句中的歌颂和赞美，有可能是古人温和地提出明确建议的方式，无关己身的宠辱——

有冯有翼，有孝有德，以引以翼。岂弟君子，四方为则。

　　颙颙卬卬，如圭如璋，令闻令望。岂弟君子，
四方为纲。

　　冯，可为依者。翼，可为辅者。孝，能事亲者。德，得
于己者。引，导其前。翼，相其左右。颙颙，温貌。卬卬，
盛貌。圭，古代帝王诸侯举行朝聘、祭祀、丧葬等隆重仪式
时所用的玉制礼器，长条形，上尖下方。璋，状如半圭，古
代朝聘、祭祀、丧葬、治军时用作礼器或信玉。令闻，善誉
也。令望，威仪可望法也。则，法。纲，能张众目者。此两
章承上三章，言究物理以自尽其性的君子，因同声相应、同
气相求而有孝德者之辅佐，外成"颙颙卬卬"的尊严之形，
内具"如圭如璋"的纯洁之德，自然有"令闻令望"，为天
下效法拥戴，所谓"则"之"纲"之也，正是居高位者该有
的好样子。

　　观卦（☲）卦辞"盥而不荐，有孚颙若"，虞翻在注解
的时候，就引到了上面的诗："孚，信，谓五。颙颙，君德，
有威容貌。容止可观，进退可度，则下观其德而顺其化。
《诗》曰：'颙颙卬卬，如珪如璋。'君德之义也。"九五为人
君之象，"观我生，君子无咎"，在位的君子，如果能不断省
察自己，"俾尔弥尔性"，内洁净而外威严，具备温顺和巽的
中和刚正之质，就可以让天下人观仰。这意思差不多就是柏
拉图期许的那样："只有哲学家成为王，或者王成为哲学家，
否则世界的灾祸难以避免。"可是人们不禁要问，天下真有

这样内外兼修、纲则四方的人吗？

伯纳德特《施特劳斯的〈城邦与人〉》写过："一旦哲学转向政治哲学，哲学就面临自身的政治化危险。无论柏拉图还是亚里士多德，都没有对这种可能性掉以轻心。亚里士多德指出，'最高意义上的王权属于城邦的黎明，哲学的完满则属于城邦的黄昏'，柏拉图则提出哲人－王（philosopher-king）作为人的问题的解决，这个用连字符连在一起的名字，指出了人与城邦各自所能达到的最高境界之间不可缩减的差异。"或许不应该过于期待完美的君王出现，故此那条短线是柏拉图对世间清明的提醒；不过大概也用不着太绝望，在柏拉图"言辞的城邦"里，哲人和王之间的短线不是有了消除的可能？而诗教中"颙颙卬卬，如圭如璋"的君德，不也在祝祷和期望中缩减了那条无穷长的短线？

四

《尚书·说命》序："高宗梦得（傅）说，使百工营求诸野，得诸傅岩（地名），作《说命》三篇。"写的是商王武丁和傅说的事，圣君欲求贤臣，却开始于梦，"梦（天）帝赉（赐）予良弼"，于是刻画出梦中人的形象，求之于天下，果然在傅岩之野找到了筑墙的傅说（原无姓，因地而赋），便任命他为宰相。尽管出自经书，仍然无法断定此事的真假（或者正因为出自经书，才不必追究真假），可以确认的只是，写出这篇《说命》的人，用梦的方式把哲人和王衔接起来，哲人－王之间的短线，或许也就用不着再用另外的方式填平了。

不过，跟《卷阿》一样，这篇文章里出现了一个不可忽视的元素"（天）帝"。原本，《卷阿》的第二第三部分，也即第二、三、四、五、六章，是这出诗剧最为坚实的部分，有了这部分，整出戏就不是嘈杂的假嗓虚音，而是自热闹人世透出的健朗气息，人在里面可以有申申夭夭的自在。只是，君主需要安顿的，从来不只是世间秩序，他还不得不明确自己"百神尔主"的位置——"使女为百神主，谓群神受飨而佐之。"这也让我们不得不意识到一个问题，起码商周时代的人们，并非只是跟人生活在一起，那时候，"山林川谷丘陵能出云，为风雨，见怪物，皆曰神"。

受过祛魅训练的现代人，当然不屑于这泛灵论似的神，更会进一步质疑"梦帝赉予良弼"和"百神尔主"的合法性——这不就是把民人敬惧之心召唤出的鬼神用为统治合法性的证明吗？这不就是"圣人以神道设教，而天下服矣"的转换表达？这不就是相传奥古斯都大帝所言，"有神则资利用，故既欲利用，即可假设其为有"吗？尽管有魏源见其治民之效："鬼神之说有益于人心，阴辅王教者甚大；王法显诛所不及者，惟阴教足以慑之。"更多的人看到的则是其愚民之非，柳宗元即谓其"以愚蚩蚩者耳，非为聪明睿智者设也"，顾炎武《日知录》更是斩截地说："王政行乎上，而人自不复有求于神。"不用说，这里所谓的鬼神之事，也即

（原始和成熟）宗教之事。

吉本（Gibbon）《罗马帝国衰亡史》中云："众人（the people）视各教皆真（equally true），哲人（the philosopher）视各教皆妄（equally false），官人（the magistrate）视各教皆有用（equally useful）。"《管锥编》谓此语直凑单微，强调的重点在"设教济政法之穷，明鬼为官吏之佐，乃愚民以治民之一道"，后文之语，正足成此义："古希腊、罗马文史屡言君主捏造神道为御民之具。圣·奥古斯丁斥君主明知宗教之妄而诱民信为真，俾易于羁绊。"不过，钱锺书当然不会反向地认为鬼神就是"圣哲"的向壁虚构："神道设教，乃秉政者以民间原有信忌之或足以佐其为治也，因而损益依傍，俗成约定，俾用之倘有效者，而言之差成理，所谓'文之也'。若遽断鬼神迂怪之谈胥一二'圣人'之虚构，祭祀苟曲之统佥（都）一二'君子'所首创，则意过于通。"

《管锥编》所引吉本的那段话，正好嵌在两句话中间："帝国和元老院在宗教问题上的政策始终既照顾到子民中的开明人士的思想，也照顾到迷信较深的子民们的习惯……这样一来，忍耐不仅带来了相互宽容，甚至还带来宗教上的和谐。"也就是说，吉本说那段话的时候，并非褒贬其中某一方的态度，反而是赞美罗马帝国的宗教政策。他只是指出，众人对宗教鬼神之态度为信，哲人之态度为疑，而执政官则用之作为教化。莫非，吉本并不是要说什么宗教鬼神的真实或虚假，或强调其治民或愚民的作用，只是在说不同性情的人对待此事的不同态度？

尼采《善恶的彼岸》中提到了某种"灵魂类型学"，即在宗教与人类的关系之中，三种不同的灵魂类型的态度不同——热爱智慧的人"对人类的发展负有良心上的责任，会利用宗教来训练和教育人"，他们自己则"可利用宗教获得安宁，远离管理粗俗事务的嘈杂和麻烦，避开一切政治鼓动中不可避免的肮脏和龌龊"，安静地过自己的沉思生活（俾尔弥尔性？）。执政者是"性格坚定而具有自立精神"的人，"对这些人来说，宗教是另一种工具，可用来克服行使权力的障碍——是连接统治者和被统治者的纽带"，而他们自身，则通过宗教诱发出身上应该有的"意志的力量和兴致，亦即把握自我的意志"，磨练其"自我克服、隐忍和孤单的感觉"，从而走向"更高的精神"。最后，尼采对普通的多数人与宗教的关系，给出了最为动情的说明——

对这些人，宗教给的是一种无法估量的满足感——满足于自己的状况和（生活）方式，给的是形形色色的心灵平和，给的是服从时变得优秀，给的是与自己相同的人同甘共苦，给的是某种使人幸福、使人美好的东西，某种使得整个日常生活、整个低俗以及自己的整个灵魂近似动物性的贫乏得以称义的东西。宗教，亦即生活的虔诚意蕴把阳光投到这样一些总是受折磨的人身上，使他们自己得以承受自己这副样子——宗教所起的作用，就像一种伊壁鸠鲁式哲学通常对更高层次的受苦人所起的作用：爽朗、高雅地受苦，同时又是充分利用受苦，甚至最终成圣地、称义地受苦。在基督教和佛教身上，最可敬的东西也许莫过于它们的技艺：连最低的人也要去循循善诱，让他们靠着虔诚置身于事物的一个更高的表面秩序中，从而坚定不移地对现实的秩序感到心满意足，而在这现实的秩序之中，他们活得实在够艰难——这种艰难又恰恰是必需的！

"人类无法忍受太多的真实"，面对真实的残酷，不同的灵魂类型对鬼神宗教之事的态度不会相同，明白某一方面事实的人也用不着是一非一，只要哲人的教化有深心，官人的使用够小心，民人的信靠能安心，各按其灵魂类型选择自己的方式，鬼神宗教就未必非得是计谋或手段、谄媚或利用，也有可能是"某种使人幸福、使人美好的东西"。如此，是不是那世界中参差百态的人便会各复归其根，传说中的祥瑞即将到来呢？

五

近人章鸿钊著《三灵解》，于《凤凰解》一节言："古人论凤，时有异同，要无不归于颂扬之义。"此颂扬之义始于传说中的黄帝，"其后少昊纪于鸟，尧时止于庭，舜奏箫而来仪，文王时则鸣于岐山，成王时则翔于紫庭。自汉以降，史不绝书。下诏改元，歌功颂德，君臣上下，一惟符瑞之说为归"。遍引诸书之后，则又言："诸说皆言凤凰黄帝时始至，然大率奢言征应，以美帝德，则神道设教之意自明。"在这个凤凰时至的传说序列里，跟成王有关的数条，多会牵扯到《卷阿》中的这部分——

> 凤凰于飞，翙翙其羽，亦集爰止。蔼蔼王多吉士，维君子使，媚于天子。
> 凤凰于飞，翙翙其羽，亦傅于天。蔼蔼王多吉人，维君子命，媚于庶人。
> 凤凰鸣矣，于彼高冈。梧桐生矣，于彼朝阳。菶菶萋萋，雍雍喈喈。

翙翙（huì），拍羽声。亦，众鸟。爰，于。蔼蔼，众多。媚，顺爱。凤凰往飞，与众鸟集于所止。王多吉士，维王所使，而皆媚于天子，顺爱于庶人。菶菶（běng）萋萋，梧桐生之盛也。雍雍喈喈，凤凰鸣之和也。"菶菶萋萋"之梧桐生于朝阳之时，凤凰栖焉鸣焉高冈之上，一派繁茂景象。

郑玄笺曰："凤皇往飞，翙翙然，亦与众鸟集于所止。众鸟慕凤皇而来，喻贤者所在，群士皆慕而往仕也。因时凤皇至，故以喻焉。"东汉初年的纬书《尚书中候》云："周公归政于成王，太平制礼作乐而治，鸾凤见。"《初学记》引蔡邕《琴操》言："周成王时，天下化，凤凰来舞于庭。成王乃援琴而歌曰：'凤凰翔兮于紫庭，余何德兮以感灵。'"

把成王时期的凤凰来集与成王的卷阿之游联系在一起的，是《今本竹书纪年》——十八年："凤凰见，遂有事于河。"三十三年："王游于卷阿，召康公从。"

照现在的史学观点，上面所引诸文，都算不得靠谱。不用说《今本竹书纪年》杂陈各书，纬书向喜附会，即便是《琴操》里引的成王之歌，陈启源在《毛诗稽古编》里就斩钉截铁地说："诗调卑弱，非三代人手笔，其为伪作无疑。"唯一有点事实根据的，大概是《逸周书·王会》记载的成周之会，诸侯来朝，贡品万端，其中就有凤凰："西申以凤鸟。凤鸟者，戴仁、抱义、掖信，归有德。丘羌鸾鸟。巴人以比翼鸟。方扬以皇鸟。"其实，不管是事实有据也罢，脑洞大开也好，凤凰存书简的意义，差不多应如章鸿钊所言："其著于经史，脍炙于人口……而自昔目为鸟圣，莫不想望其羽翼，或且希其一至以卜天下之太平，盖尤希世之瑞矣。"或许，不能满足天下太平之望，正是孔子感叹"凤鸟不至，河不出图，吾已矣夫"的原因？

《说文解字》释"凤"字："神鸟也。天老曰：'凤之象也，鸿前麐后，蛇颈鱼尾，鹳颡鸳思，龙文虎背，燕颔鸡喙，五色备举。出于东方君子之国，翱翔四海之外，过昆仑，饮砥柱，濯羽弱水，莫宿风穴。见则天下大安宁。'从鸟，凡声。凤飞，群鸟从以万数，故以为朋党字。"揣摩起来，编字典的许慎，甚至一切有志的字典编撰者，都不仅仅是为了让人习字，而是在里面藏放着自己的心志，是另一种形式的"成一家之言"。说不定，《说文解字》骨子里是儒家的解经之作？比如解凤宁的这一段，我很怀疑里面暗含着儒者的形象，所谓"天下安宁"，或许是孔子"知其不可而为之"的那个目标？所谓"从以万数"，不正是"有朋自远方来"的祥瑞版（喜欢独来独往的道家祥瑞，是不是"见群龙无首，吉"呢）？

在那太阳初升的地方，有一只五彩缤纷的鸟儿在抖动翅羽，前半似鸿，后半似麟，蛇颈鱼尾，鹳的额头，如鸳鸯多须，似燕子下颏，嘴像公鸡，双目像人，耳朵像猫头鹰，腿像仙鹤，爪子类鹰，背负龙纹，身如龟形，尾巴迤逦舒卷，时时如孔雀开屏。这就是那只凤凰，平日深藏若虚，独自起舞，形象如风变幻。现在它出现了，栖止在高冈上，浑身流着霞光，向着朝阳高声唉叫。天下的鸟儿听到了，就会飞向这里，或止或飞，各适其性，与太阳的光芒交相辉映，人在此氛围里蔼蔼熙熙，真是天下大治的和协景象。

至此，一出大戏来到了最为华彩的部分，这首君主与贤士配合的诗已经接近尾声，其间的祝祷、告诫和需要耐心处置的各类人间事务，都渐渐退到了背景之上，只有梧桐生长的茂盛景象和凤凰鸣叫的祥和之音还在，生生不已，其音绕梁。一点一点，莘莘萋萋和雍雍喈喈也慢慢隐去了，幕布拉上，诗剧结束。随后，灯光再次亮起，全体成员就要出来谢幕了。

六

柏拉图的《会饮》包含着重重转述，也即其主题经过了层层转折，但脉络关节却非常清晰，核心部分是七篇颂扬性的演讲，颂扬的对象是爱欲——爱若斯（Eros）神。在五位不同性情的人（包括大名鼎鼎的阿里斯托芬）发表完自己的爱神颂之后，苏格拉底出场，讲的却是女先知狄俄提玛对自己关于爱欲的教诲。这段复述的先知讲辞美不胜收，尤其是最后一段，真有歆动人心的力量——

　　"如果他看见美本身，看见纯粹、洁净、精致的美本身——丝毫不沾染世人的血肉、色泽或者其他许许多多会死的蠢东西的美本身，甚至有能力向下看到那神样的单一形体的美本身的话，难道你不认为，"她说，"如果某个世人对［美本身］那儿瞧上一眼［之后］，用自己必须的［灵魂能力］去观看那个［美本身］，并与它在一起，［他过去的］生命会变得低劣吗？难道你没意识到，"她说，"唯有在这儿对他［爱欲者］才将会发生这种事情，即由于这美的东西对用此［灵魂能力］去看它的人是可见的，他［爱欲者］才不会孕生德性的虚像——因为他没有被某个虚像缠住，而是孕生真实的德性——因为他被真实缠住。于是，基于他孕生和哺育的是真实的德性，他［爱欲者］才成为受神宠爱的人，而且，如果不死对任何世人都可能的话，他就会成为不死的？"

尽管用的是问句，狄俄提玛或许是在暗示，用自己的灵魂能力去观看美本身的人，就可以生育真实的美德？用自己的灵魂能力去观看善本身的人，就过上了值得过的生活，从而获得（真正意义上的）幸福？是不是正因为如此，有朽的人类就有了不朽的可能？这样的前景，是不是足够歆动人心？——然而，还不等（或许是不该）众人在这美好的气氛里停留一会儿，也不待在座的人提出反驳，醉醺醺的阿尔喀比亚德闯了进来，趁机半真（对他自己来说）半假（对苏格拉底来说）地以颂扬爱神的名义赞美了苏格拉底。随后，众人肆饮而醉，苏格拉底独醒，又回到了他在城邦中到处探究的生活，就像《卷阿》结尾，在见过祥瑞之后，出游者回到了他们的日常——

君子之车，既庶且多。君子之马，既闲且驰。矢诗不多，维以遂歌。

庶，众。闲，熟习。矢，献。不，语词。不多，多也。维，乃。遂歌，继王之声而歌之。末章以结首章，"维以遂歌"照应"来游来歌"，仿佛前后的两个日常情境引导了一场辉煌的戏剧或是一次高峰体验，现在是全体参演人员谢幕的时候。难得的是，高潮结束了，结尾却并不显得凄清，仍然是吉祥止止的气氛，有始有终，神完气足。整首诗如风行地上，其来有自却无所不至，万物受化，各自茁长，你看，那气象沛然的所在，"有卷者阿"。

在《图斯库兰讨论集》中，西塞罗说："苏格拉底第一个把哲学从天上呼唤下来，把它放在城邦，引进家庭，用它省察生活和道德、好与坏。"相似的意思，可以见于色诺芬的《回忆苏格拉底》及亚里士多德的《形而上学》和《尼各马可伦理学》，据说，这就是所谓的苏格拉底"第二次起航"，即由对自然哲学的深思转向对政治哲学的探究，以便把他看到的真相妥帖无伤地放进人们平常置身的世界。本诗的结尾仿佛提示人们，那个诉说理想城邦的过程结束了，接下来，人们得好好地回到自己的日常，在平凡的日子里慢慢消化这次高峰体验带来的一切，只有这样，那些从理想城邦中领受的经验才不只是虚像，而是能够转变为日常的一部分，生长在人群之中。

秉文之德

一

　　大约十年前，我曾想编一本名为《知堂两梦抄》的选集，企图通过周作人反复提及的"三盏灯火""两个梦想"和"一桩心愿"，梳理出其思想中隐含的一条独特思想路线。这条路线自上古的大禹和稷肇端，中间填充周作人选择的孔子、颜回、墨子的部分思想，由其所谓的"中国思想界之三盏灯火"——汉之王充、明之李贽、清之俞正燮——发扬，突出强调"疾虚妄，爱真实"的一面。在周作人看来，这是一个对中国思想及现实有益，却两三千年隐而不彰的传统。构想本有实现的机会，但出于各种原因错过了。不过书有自己的命运，去年偶然谈起这本想象中的书，有朋友表示兴趣，也就终于有了出版的可能，前两天校样已经拿到手上。

　　虽然这选集中的文章我都曾读过，大多还读过不止一遍，但这次读校样，还是有不少认识得到了纠正。比如常有人用苦茶来比方周作人的文章，我通读其集子的时候，却觉得文字清楚明白，主张平实坚决，便对这说法颇不以为然。或许是过去读的时候只囫囵看个大意，并未逐字细读，没有意识到知堂用字之生，标点之拗，译文之直，所以没有体察到其中的涩味，这次因为是字对字地过校样，终于对这说法有了点儿体会。在有所体会的同时，却也另外生出一点想法，即这所谓的苦涩之感不应全看成故意，还有作古文转为作白话的一点矜持，自然生出独特的生拗味道。现在人的文章因为有各种用字和标点的规定（似乎该加上个人努力消泯或刻意追逐个性），整齐流利（仿佛也该加上鲁莽灭裂）或有过之，因矜持而来的余味差不多完全失却了。

不过我这次重读所得的益处，不全在文章上，更多还是因为文中的意思。比如既然这本集子叫《知堂两梦抄》，我自然知道周作人的"两个梦想"是"伦理之自然化，道义之事功化"，明白他反对任何形式的凌空蹈虚，主张合人情的常识，注重道义见诸行事。这次重读时却发现，我此前忽视了这思路伸展的范围之广，可能涉及的问题之深，很多周作人反复强调的好意思，就遗漏在自己能力不足而来的粗心里。不料那些过去遗漏的部分，现在看，正可以用来对治自己或社会的痼疾。

就拿最近来说吧，我时常因为各种来源的对传统的极端推崇或无端责难感到愤怒，有时候忍不住，便颇有赤膊上阵之意。这次读《关于傅青主》一篇，其中引到傅集卷三七中的一则："讲学者群攻阳明，谓近于禅，而阳明之徒不理为高也，真足憋杀攻者。若与饶舌争其是非，仍是自信不笃，自居异端矣。近有祖阳明而力斥攻者之陋，真阳明亦不必辄许可，阳明不护短望救也。"看完这个，我便明白自己跃跃欲试的心情，不过是自信不笃的表现，想用说服别人来说明自己的正确，恰好反证了内在的不足，切切实实在傅山先生这里纳了败阙。不过看到"真足憋杀攻者"一句，我觉得傅青主也仍然意气未全平，说不定程度高些的人可以有机会在他面前伸伸脚也未可知。

这种想跟人争是非的心思，骨子里是因为耐心缺乏，企望人间事可以一言而决，一蹴而就。卡夫卡指出过这痼疾："所有人类的错误无非是无耐心，是过于匆忙地将按部就班的程序打断，是用似是而非的桩子把似是而非的事物圈起来。"周作人引焦循的一段话，便能看到这无耐心附会的可能之大，变形的本领之强："《鹤林玉露》言，陆象山在临安市肆观棋，如是者累日，乃买棋局一副，归而悬之室中，卧而仰视之者两日，忽悟曰，此河图数也，遂往与棋工对，棋工连负二局，乃起谢曰，某是临安第一手棋，凡来着者俱饶一先，今官人之棋反饶得某一先，天下无敌手矣。此妄说也。天下事一技之微非习之不能精，未有一蹴便臻其极者，至云河图数尤妄，河图与棋局绝不相涉，且河图当时传自陈希夷者无甚深奥，以此悟之于棋，遂无敌天下，尤妄说也。此等不经之谈，最足误人，所关非细故也。"

虽然我不知道棋局与河图是否绝无关系，但觉得"天下事一技之微非习之不能精"说出了事实，如柏拉图所谓，哪怕像下棋掷骰子这样的游戏，"如果只当作消遣，不从小就练习的话，也是断不能精于此道的"。凡事耐心，凡事郑重，凡事从容，或许不只对个人有益，更是对社会管理的基本要求，如周作人引俞正燮的话："高欢与长史薛琡言，使其子洋治丝，洋拔刀斩之曰，乱者必斩。夫违命不治丝，独非乱乎，其意盖仿齐君王后以椎解环，不知环破即解，乱丝斩之仍不治也。《汉书·龚遂传》云，臣闻治乱臣犹治乱丝，不可急也，缓之然后可治。"人们有时候会奇怪地以为，做其他事情都需要不断练习，独独人间事务中最为复杂的社会管理，个个天赋异禀，可以如上文陆九渊下棋一样，不经训练便轻松胜任，其结果呢，无知而自负，仓促上阵，率尔操觚，难免处处碰壁。在这个问题上，我们或许真的不妨说，"东海西海，心理攸同"。

所有无耐心中最无耐心的，我看恐怕是对人性情万殊的无耐心，希望人整齐划一如"擦净的白板"（tabula rasa），不能如周作人引刘继庄《广阳杂记》中说的那样本乎性情："余观世之小人未有不好唱歌看戏者，此性天中之《诗》与《乐》也，未有不看小说听说书者，此性天中之《书》与《春秋》也，未有不信占卜祀鬼神者，此性天中之《易》与《礼》也。圣人六经之教原本人情，而后之儒者乃不能因其势而利导之，百计禁止遏抑，务以成周之刍狗茅塞人心，是何异壅川使之不流，无怪其决裂溃败也。"

壅塞或是疏导，是鲧、禹不同的治水方式留下的重大启示，我很怀疑这其实是人对世界有了洞见之后，用寓言的方式把这洞见郑重地放在两个曾有实绩的人身上——这说不定就是文明最早的保存方式之一，也是此后儒、道、法看待世界的不同方式的启源？引导人读书或管理社会，或许也该如货殖，"善者因之，其次利道之，其次教诲之，其次整齐之，最下者与之争"。太史公排列这个顺序的时候，想必是分了高下的，不过也不妨把"与之争"排除，将前四种看成对不同性情的不同对治，对难于因道（导）的人教诲整齐，使其身心保持平衡，以防可能的过度或狂恣（周作人《我的杂学》中谓："西洋也本有中庸思想，即在希腊，不过中庸称为有节，原意云康健心，反面为过度，原意云狂恣。"），免于"穷斯滥矣"之失。

可能的过度，不妨拿刘家龙《读书疑》卷一的话来做例子："余喜作山歌俗唱梆子腔柳鼓儿词，而不喜作古近体诗，尤不喜作试帖。孔子言思无邪，又曰兴观群怨，皆指风言。山歌俗唱，风也。古近体，雅也。试帖，颂也。今不读山歌俗唱梆子腔柳鼓儿词者，想皆翻孔子案，别撰尧舜二诗置于《关雎》前者也。若此之人，宜其胸罗万卷之书，谙练历代之典，而于人情物理一毫不达也。"引完这段话，周作人发挥道："此种意见看似稍偏激，其实很有道理，但是世人仍然多做雅颂，绝少有写山歌者，乃是因为真声不容易写，文情不能缺一，不如假古董好仿作也。"我们先不管是否不读梆子腔柳鼓儿词就"于人情物理一毫不达"，也无论山歌俗唱其实也并没有少写成假古董，就从两段话表达的意思来看，雅颂已经被排除在善体人情的诗词之外了——看来雅颂的备受冷落，也不是近代才有的新现象，而是由来已久的老问题。

二

我记得好像在哪本小说上看到过，有一位见惯宫中事的老人，说起戊戌变法前后维新派人士公开议论时事，下语激昂，颇合好恶心烈、求知欲强的年轻人胃口。当时的皇帝也是青年，难免被吸引，但他也对这些话不无疑虑，因为"国事常有隐情"，他"自小所受的帝王训练，首先便是不能妄下结论"。这个老人后来好像还说了什么"处理国事，不是凭的恩怨是非，而是轻重缓急"，"君王之道，要超越常情"。我不知道脑子里留下来的这些话是不是准确，只记得当时看到的时候，心里生出异样的反应，觉得跟我此前所受的教育并不一致，隐隐约约想到了老子所谓"国之利器不可以示人"，不过也并没有太深想下去，留下的便是以上笼统的印象。

这次因为要写到雅颂，忽然又想起上面的事，似乎两者之间也没有什么必然的关系，那就接着来说雅颂。对雅颂的不感兴趣甚至不满，恐怕并不只是因为其文字较之国风深奥，比如自小习于古典的周作人，应该不难把雅颂读下来，他却在《我的杂学》中不客气地表明了自己的不满："古典文学中我很喜欢《诗经》，但老实说也只以'国风'为主，

149

'小雅'但有一部分耳。"那原因，恐怕正是因为觉得雅颂如同试帖或八股，其弊在消泯主见，歌功颂德，如其在《论八股文》中所说："几千年来的专制养成很顽固的服从与模仿根性，结果是弄得自己没有思想，没有话说，非等候上头的吩咐不能有所行动……这个把戏，是中国做官以及处世的妙诀，在文章上叫作'代圣人立言'，又可以称作'赋得'，换句话说就是奉命说话。"

反对八股应该没人有什么意见，"天地乃宇宙之乾坤，吾心实中怀之在抱，久矣夫千百年来已非一日矣，溯往事以追维，曷勿考记载而诵诗书之典要"，"夫二郎者，大郎之弟，三郎之兄，而老郎之子也。庙有树一株。人皆曰树在庙前，余独谓庙在树后"，这八股的正体或精髓，现在看有点儿谐趣，但无论如何也不能算第一流文章对吧？只是我不知道把雅颂看成八股或试帖，是否算得上过度，应该列为近代甚至是此前不少人对郑重之事的轻率议论习惯，只知道这激烈的意见应该是成功了——习见的文学史教材上，对大雅和颂都没有什么好话要说；现在常见的《诗经》选本，哪一种不是（按比例）国风多而（大）雅颂（尤其是颂）少呢？或者就来看"四始"，几乎人人都知道国风之始是"关关雎鸠"，小雅之始是"呦呦鹿鸣"，可谁记得大雅的首篇是《文王》，颂的首篇是《清庙》呢？如果《文王》还因为"周虽旧邦，其命维新"的名句略为人知的话，《清庙》一篇多数人几乎连听都没听说过吧？

於穆清庙，肃雍显相。济济多士，秉文之德，
对越在天。骏奔走在庙，不显不承，无射于人斯。

　　读完上面的诗，真是要感慨一句，怪不得流传不广！没
有名句，没有故事，没有爱情，没有婉约或豪放的情志，没
有铿锵或流利的音乐感（或许只是因为古今字音的变化），
只有一派严肃的感觉，仿佛带人置身什么重要到有些肃穆的
场合。更为致命的是，诗中的每个字我们都认识，但合起来
的意思却很含糊。

　　我过去从一本书中看到过，有位娴于古书句读的老先生
说，只要点注得法，连韩愈觉得佶屈聱牙的《尚书》都可以
文从字顺。是不是真的这样呢？不妨来看这诗的注释。《毛
传》比较简约，第一句下注为："於，叹辞也。穆，美。肃，
敬。雍，和。相，助也。"第二句："执文德之人也。"第三
句："骏，长也。显于天矣，见承于人矣，不见厌于人矣。"
郑笺于补充校正毛传之外，并疏通各句大义："显，光也，
见也。於乎美哉，周公之祭清庙也。其礼仪敬且和，又诸侯
有光明著见之德者来助祭。对，配。越，于也。济济之众
士，皆执行文王之德。文王精神已在天矣，犹配顺其素如生
存。骏，大也。诸侯与众士，于周公祭文王，俱奔走而来，
在庙中助祭，是不光明文王之德与？言其光明之也。是不承
顺文王志意与？言其承顺之也。此文王之德，人无厌之。"

　　写到这里，忍不住要插几句话，文字音韵训诂之学，现
在早已经被喜欢自由心证的人们弃如敝屣了吧，但真的要

从一些伟大的书里获益，这些工夫却恐怕又是完全不可免的（虽然我们无法比拟古人的虔敬，也不会或不必把小学看成唯一真正的学问），如古典语文学出身的尼采在《快乐的科学》中所说："有些书实在珍贵、有王气，值得整个学人族好好地用，通过这族人的辛劳使得这些书保持干净、得到理解——不断加强这一信念，便是语文学之所在。语文学基于这样的前提：懂得使用这些如此珍贵的书籍的稀世之人总归会有的（尽管不是随即就见得到）——毋宁说，那些自己在摆弄或能够摆弄这类书籍的人就是稀世之人。我要说，语文学以高贵的信念为前提——为了少数几个总是'即将到来'却还没有在此的人，得预先做完极为大量的苦痛乃至本身不那么干净的活儿，这活儿就是'出于道德动机清理古书'。"如果不是那些心思高贵的古人（前人）怀抱着道德目的做的"不那么干净的活儿"，我们恐怕会很多时候处于认识许多字却并不理解其意义的境地吧？

这种怀抱着道德目的的工作，更多是一种如交接般的火炬传递，而不是一浪拍掉另一浪的割裂，比如这首诗还有几个字，或许是在毛郑的当时觉得用不着解释，我们却未必明确其意思，后来者就善意地替我们补足。"不显不承"的两个"不"字，毛郑无注，后之疏解者，有直接解为语助，有认为通"丕"，其义为"大"。"无射于人斯"的"射"，是"斁"的借字，义为"厌倦"。到这里，诗最基本的意思大体已经明了，人们祭祀于清庙，追怀文王的德行，要将其发扬下去，正是常说的所谓"歌功颂德"诗。多少年来，人们早已见惯听惯了歌功颂德不是吗，而今听到见到怎能不为之痛心疾首？对比由各种地方传来的个性自由主张，由雅颂开其端的八股，不是既妨碍思想，又伤害文学吗？甚者还可能坑害国家百姓，"案头放高头讲章，店里买新科利器。读得来肩背高低，口角唏嘘，甘蔗渣儿嚼了又嚼，有何滋味！辜负光阴，白白昏迷一世，就教他骗得高官，也是百姓朝廷的晦气"。不把中国近代以来的积弱都归罪到这始作俑的颂体身上，已经足够客气了不是吗？

《诗经》的颂体之所以会联系到歌功颂德，应该跟大序的说法有关："颂者，美盛德之形容，以其成功告于神明者也。"不过这解释却并非人人同意，比如后来阮元的《释颂》就反驳此说，并考证颂之原义云："《诗》分风、雅、颂，颂之训为美盛德者，余义也；颂之训为形容者，本义也，且颂字即容字也。故《说文》曰：'颂，皃也。从页公声。籀文作額。'是'容'即'颂'。《汉书·儒林传》'鲁徐生善为颂'，即善为容也。'容''養''羕'一声之传，古籍每多通借。今世俗传之'樣'字始于《唐韵》，即'容'字转声所借之'羕'字，不知何时再加'扌'旁以别之，而后人遂绝不知从'颂''容''羕'转变而来。岂知所谓'商颂''周颂''鲁颂'者，若曰'商之樣子''周之樣子''鲁之樣子'而已，无深义也。"

仔细推想一下便不难明白，阮元所谓的"商之樣子""周之樣子"应无可能是坏的样子，"鲁徐生善为颂"也绝不会是善为难看的容，当然是指把自己收拾得各种好看。晋挚虞

《文章流别论》谓:"后世之为诗者多矣,其称功德者谓之颂,其余则总谓之诗。颂,诗之美者也。古者圣帝明王,功成治定而颂声兴,于是史录其篇,工歌其章,以奏于宗庙,告于鬼神;故颂之所美者,圣王之德也。"有意思的是,仿佛是预见了后世如阮元将颂解为舞容,王国维解为声容,或者其他的什么样子,挚虞在文中提前给出了答复:"则以为律吕,或以颂形,或以颂声,其细已甚,非古颂之意。"或者不必非把样子和盛德截然分开,就把颂字的本义看成样子,而把用之于《诗经》的颂作为圣王之德的样子,是不是两者皆可以成立呢?稍微再深入一点,我们或许可以试着追问,通常作为祭祀之用的颂,如果不是称颂功德,难道要在这种场合呵斥自己的祖先,或者用竹鞭敲打列宗列祖的木牌来数落他们的过失?

三

在生涯晚期,周作人写作一篇名为《敝帚自珍》的文章,谈的是他的翻译,结尾说到一点遗憾:"此外还有一个人的著作,我本来也很想去弄,但那人的著作是英文写的,这使我没有勇气去动手了。此人便是斯威夫特,他的大著《格里佛游记》全译总已有人搞出来了吧,我只译了他一篇《育婴刍议》和十几节的《婢仆须知》,他的那一路深刻的讽刺也是我所喜欢的,所译虽然只是点点滴滴,附记在这里,于我也是与有光荣的。"不难看出，周作人感兴趣的是斯威夫特常被人误解，甚至会到粗暴刻薄程度的"冷嘲"，"当时有人相信他所说的是真话，非难他的残酷，就是承认它是'反话'的也要说他是刻薄到无情（Heartless），不过这些人所见只是表面的笑骂，至于底下隐着的义愤之火也终于未曾看出了"。那么，除了周作人翻译的对育婴的不满，对婢仆的嘲讽，或者他没翻的其他种种对世相的讽刺和嘲弄，斯威夫特义愤之火焚烧的还有什么，他背后是否隐含着对当时世界的整体认知呢？

既然说到这里，那就不妨把话题扯得稍微远一点儿，来复述一个从斯威夫特《图书馆里的古今之战》中译本导言里看来的片段——1690年，是出身于伦敦的资深政治家坦普尔（Sir William Temple，1628—1699）主动退休从事写作的第十个年头，这一年，他发表了重要著作《论古今学问》（*Essay upon Ancient and Modern Learning*），在文章开头，他便明确表示，"新书很难取悦浸淫于古书之人"，随后不断表达对古代学问的尊崇："在哪些学科方面我们可以声称超越了前人呢？在过去的一千五百年内，除了笛卡尔和霍布斯之外，我不知道还有哪个哲人能够具有这么崇高的地位。对于笛卡尔和霍布斯，我在这里不作评判。我仅仅要说，按照当今学者的意见，他们俩绝没能掩盖柏拉图、亚里士多德、伊壁鸠鲁和其他古人的光辉。在文法或修辞上，尚没人质疑古人的成就；就我所知，在诗歌方面基本也是一样。"

坦普尔去世后不久，他的秘书，也就是上面说到的斯威夫特（Jonathan Swift，1667—1745）承其余绪，于1704年刊印其《书籍之战》（*The Battle of the Books*），挖苦了对古书不知尊重的现代派："最初引发争执的是一小块土地，它位于帕尔纳斯苏斯山两座山峰中的一座之上；最高耸最雄伟的那座山峰似乎在很久以前就毫无争议地从属于一些人们称之为古代派的定居者，而占据另一座山峰的是现代派。后者由于不满自己当前的地位，便派了些特使去古代派那里，指控他们大大侵害了现代派的权利，说他们占据的地方过高，挡住了他们的景致，特别是向东的视野。因此，为了避免战争，他们提出了两条道路供古代派选择：要么现代派慷慨让出自己较低的山峰，古代派连人带财产搬过去住，现代派则接手古代派的地盘；要不古代派同意现代派带来铲子和镢头，将这座山峰削低到他们认为适宜的高度。"

不难看出斯威夫特的刻薄了吧？明明是程度较低的现代派，不考虑如何让自己变成更高的山峰，而是让古人来迁就自己或削低古人的高处，其混乱狂悖显而易见。为了对比，斯威夫特还特意让古代派好心地给现代派出主意："若说他们所在的山峰较高，挡住了现代派的视线，那也是爱莫能助；只能希望现代派想一想，高峰为他们遮阴挡雨是否大大弥补了他们所说的损害（若是有的话）。至于削平或挖低，提这样的建议不是愚蠢就是无知。他们建议，现代派倒不如抬高自己所在的山峰，而不是梦想着削低古代派的山峰。"现代派当然不会心甘情愿地承认自己的失败，"愤然拒绝了所有这些建议，依然坚持两个方案二选一。于是争端引爆了一场旷日持久的战争，一方仰仗着决心和某些领袖与盟军的勇气，另一方则依赖数量优势，屡败之后还有源源不断的兵源。这场争执耗尽了所有墨水，双方也愈发狠毒起来"。照上面傅青主的意思，古代派在这里仍然部分失去了耐心，略显得心浮气躁了些——或者不是古代派，而是为文尖刻的斯威夫特拥有持续战斗的血气也未可知。

上面这段话，在显见的挖苦之外，我更关心的是"高峰为他们遮阴挡雨"这一句，说不定正点出了古典的某种作用："德国人用 Dichtung 指'诗'，诗人是 Dichter，而作诗就是 dichten。这个动词除了具有古希腊的'制作''技艺'的意义之外，在日耳曼语系里还保留了更古朴的形象意义，即'笼罩''覆盖'。这意味着：诗人的使命是用言辞编织一张网，来呵护世人不受自然风雨的吹打。"从这个方向上看，所谓的阅读经典，所谓"经常和最好的作品打交道，练习追随着伟大人物的思想而思想"，就不只是一种标示优越的精神练习，而是通过对人类卓越技艺（art）的认知，与喜怒无常的自然（nature）保持审慎的距离。这也可以让我们澄清长期以来的一个误解，即经典中称述的自然，应该合理地看成人鬼斧神工的造物，并非真正狰狞的原始状态："'脱去野性（sauvagerie），远离禽兽，回归自然（nature）！'这句乍看自相矛盾的话出现在松尾芭蕉一部诗集的卷首……'自然'不是荒郊乱石，不是一团乱麻，而是一片精心营造的空间，其间亦可生活，亦可沉思。"

如果上面的意思有点道理，我们是不是可以说，那些被我们笼统地称为歌功颂德的文字里，起码有（哪怕是很小很小的）一部分携带着此前人们从自然中挣脱出来的巨大痕迹，并在此后成为呵护世人的网之纲目，因而郑重的人们用称颂的方式来表达自己的敬畏？阿兰·布鲁姆曾在最后一次解读莎士比亚之后说："其结果对我来说就是我再一次确信，任何我所想和所感的东西，不管是高是低，他没有不比我想得、感受得和表达得更好的。"面对那些最伟大的心灵，是不是只有一种爱的方式，那就是敬畏，以及练习对这种敬畏的领受？或者拿《诗经》的颂来说吧，祭祀之时，在思想中把具备盛大之德的人形象恢复出来，通过仪式和伟大的亡灵沟通，以此纯净自己的思想，这是不是祭祀的作用，也是孔子所谓"祭神如神在"的意思呢？

不过这里仍然有一个问题，我们都知道，没什么能够抵抗时间的力量，那些曾经重大到无论怎么强调都不过分的创制，一旦世易时移，都会蒙上灰尘，长出锈蚀，不复当年鲜烈的样子。这样久了，我们自然会忘记所有事物当初的样子，只记住岁月笼罩在其上的静穆，谁要从文字的缝隙里看到了当年的鲜烈，说不定还会遭到嘲笑。鲁迅在《"题未定"草（七）》中讲过一个故事，土财主买了只土花斑驳、古色古香的周鼎，"不料过不几天，他竟叫铜匠把它的土花和铜绿擦得一干二净，这才摆在客厅里，闪闪的发着铜光"。从这足以让人大发一噱的"雅事"里，别具只眼的鲁迅觉得"这才看见了近于真相的周鼎。鼎在周朝，恰如碗之在现代，我们的碗，无整年不洗之理，所以鼎在当时，一定是干干净净，金光灿烂的，换了术语来说，就是它并不'静穆'，倒有些'热烈'"。周代的鼎如此，周代的诗是不是也如此呢？

上面引到的《清庙》，今古文甚至后世，对题旨的理解差别不大。毛诗谓："《清庙》，祀文王也。周公既成洛邑，朝诸侯，率以祀文王焉。"三家诗则言："周公咏文王之德而作《清庙》，建为颂首。""洛邑既成，诸侯朝见。"朱熹《诗集传》亦云："此周公既成洛邑而朝诸侯，因率之以祀文王之乐歌。"比对诗的原文和对题旨的解释，会发现题旨当中几个重要组成部分，周公、洛邑、诸侯，都是添加的成分，未必能够从原诗中看出来。即便是诗旨中提到的文王，好像因为"秉文之德"的"文"字可以指实，却也并没那么牢靠，这字历来就有文王说、文武说和先王说三种，且各有其考证或立论的依据。如此一来，构成这些相似诗旨的最重要元素，差不多都可以看成是外加的——为什么不就诗论诗，却要把很多不相干的东西加上去？

四

1917 年，时当盛年的王国维完成其重要著作《殷周制度论》，起首便断言："中国政治与文化之变革，莫剧于殷、周之际。"随后释其义曰："殷、周间之大变革，自其表言之，不过一姓一家之兴亡与都邑之移转；自其里言之，则旧制度废而新制度兴，旧文化废而新文化兴。又自其表言之，则古圣人之所以取天下及所以守之者，若无以异于后世之帝王；而自其里言之，则其制度文物与其立制之本意，乃出于万世治安之大计，其心术与规摹，迥非后世帝王所能梦见也。"而周异于商之具体制度，则："一曰立子立嫡之制……二曰庙数之制，三曰同姓不婚之制。此数者，皆周之所以纲纪天下。其旨则在纳上下于道德，而合天子、诸侯、卿、大夫、士、庶民以成一道德之团体。周公制作之本意，实在于此。"推此制度之核心，则在传子立嫡之制，此制以及与此相关的其他制度的确立，让周的政制大大领先于先朝——"周虽旧邦，其命维新"的"新"，有一部分是属于这个改变吗？

从王国维的论述看，殷商兄弟同礼，未有嫡庶之别，继统法以弟及为主而子继辅之，因而不免于乱。嫡庶制确立的传子之法，根基于人心的事实："兄弟之亲本不如父子，而兄之尊又不如父，故兄弟间常不免有争位之事。"因此"立子以贵不以长，立適以长不以贤"的传子法之精髓，正是为了避免乱局，"盖天下之大利莫如定，其大害莫如争。任天者定，任人者争。定之以天，争乃不生。故天子诸侯之传世也，继统法之立子与立嫡也，后世用人之以资格也，皆任天而不参以人，所以求定而息争也"。虽然这种继统法并非普遍适用，而是"惟在天子、诸侯则宗统与君统合，故不必以宗名；大夫、士以下皆以贤才进，不必身是嫡子"，受过现代训练的人仍然马上就会追问，这种息事宁人的方式，岂不是可能在最高统治者的选择上错过贤才而容忍庸才甚或劣才？对，古人虽然愚钝，却也明白其间的利害："古人非不知官天下之名美于家天下，立贤之利过于立嫡，人才之用优于资格，而终不以此易彼者，盖惧夫名之可藉而争之易生，其敝将不可胜穷，而民将无时或息也。故衡利而取重，絜害而取轻，而定为立子立嫡之法，以利天下后世。"

侥天之幸，现代社会或许已经找出了胜于嫡庶制的最不坏的制度，或者相信制度本身足以限制权力的滥用，古人们反复权衡于其间的那些问题应该早就不存在了。观堂先生所谓的"政治上之理想，殆未有尚于此者"的周代政制，他"此文于考据之中，寓经世之意，可几亭林先生"的深心微义，大概也只是历史的陈迹了吧？不过，这个早经时间蒙上旧幕的曾经崭新的周，仍然让我们记住了一个人，那就是周公："当武王之崩，天下未定，国赖长君，周公既相武王克殷胜纣，勋劳最高，以德以长，以历代之制，则继武王而自立，固其所矣。而周公乃立成王而己摄之，后又反政焉。摄政者，所以济变也。立成王者，所以居正也。自是以后，子继之法遂为百王不易之制矣。"也就是说，在武王去世之后，本有继位机会和权力，按旧法也可以及兄长之位的周公，却主动放弃了这可能性，一手把成王扶上王位，由此确立了立子立嫡之法，奠定了有周一代的政制基础。

如果这段事如此重要，那么根据诗旨的提示，作为颂之始篇的《清庙》，是不是有这方面的反映呢？所谓"周公既成洛邑，朝诸侯"难道暗示了什么问题？不妨再来看诗中的"对越在天"一句。清王引之《经义述闻》卷七引其父王念孙，对郑玄的注释提出了异议："'对越在天'与'骏奔走在庙'相对为文，'对越'犹'对扬'。言对扬文武在天之神也。"陈奂《诗毛氏传疏》亦云："'对越'犹'对扬'。'对越在天'与'对扬王休'同意。"近人沈文倬不满于通训的笼统含混，作《对扬补释》，并回应质疑而作《有关〈对扬补释〉的几个问题》，认为"对扬"是锡命之礼的一环，"铭文不记录锡命礼就不见'对扬王休'句"，其具体的过程为："对和扬在同时进行……受命之臣拜后起立，仰身趋进，手里举起王所锡之玉，口唤'敢（即不敢）''王休'等短句子。"此礼的关键作用在于，"视朝锡命是殷周王朝的重要典礼，诸侯国的服从于殷周王朝，殷周王朝和诸侯国的卿大夫服从于王或侯，都要通过这个典礼来表现的"。这样看来，"於穆清庙"里"肃雍显相"的"济济多士"，就可能是服从于周的诸侯来参加一场特殊的锡命典礼？从诗旨来看，这典礼又跟洛邑的营造有关？

《图书编》卷十一有言："盖颂有颂之体，其词则简，其意味则隽永而不尽也。"颂体简洁的特点，让我们单看颂很难对一些问题有具体的认识，不妨就来参考大雅之始的《文王》。此篇首章述文王之德通于上天，次章明文王之令闻泽及本支百世，第三章出现了与《清庙》相同的"济济多士"句，以见文王之得贤臣。既已德通于天，又复有令闻，并得贤臣相助，治理邦国的善好之义差不多已经周全，不料第四章开始忽然大谈殷商子孙——

穆穆文王，於缉熙敬止。假哉天命，有商孙

子。商之孙子，其丽不亿。上帝既命，侯于周服。

　　侯服于周，天命靡常。殷士肤敏，祼将于京。厥作祼将，常服黼冔。王之荩臣，无念尔祖。

　　无念尔祖，聿修厥德。永言配命，自求多福。殷之未丧师，克配上帝。宜鉴于殷，骏命不易。

　　命之不易，无遏尔躬。宣昭义问，有虞殷自天。上天之载，无声无臭。仪刑文王，万邦作孚。

　　四章言文王有"缉熙（光明）敬（诚慎）止"之德，因受天命而致众多商之子孙"侯于周服（臣服于周）"，五、六两章言其"侯服于周"的具体情形，既有向殷商子弟宣示之意，明其臣服之事实，复告诫周之子孙以殷为鉴，警惕"天命靡常""骏（大）命不易（容易）"，从而"永言配（合）命，自求多福"。末章则复言天命与殷鉴，以倡导效法文王作结。这被朱熹称为"平易明白，正大光明""非圣贤不能为"的大雅首篇，或者陈子展所谓"隐然为周之国歌"的《文王》，不只是歌颂周自己的天命和美德，而是反复提到殷商的臣服和以之为鉴，是否正是对重要或棘手之事的反复强调，同时мы有对自己政权合法性及其继承权更迭的焦虑在里面？

　　《吕氏春秋·古乐篇》云："周文王处岐，诸侯去殷三淫而翼文王。散宜生曰：'殷可伐也。'文王弗许。周公旦乃作诗曰：'文王在上，於昭于天。周虽旧邦，其命维新'，以绳（誉）文王之德。"《汉书·翼奉传》则曰："周公作诗深戒成王，以恐失天下。诗曰：'殷之未丧师，克配上帝。宜鉴于殷，骏命不易。'"虽然二者对此诗作于何时有不同看法（从殷人已经"侯服于周"来看，恐以后说更为合理），但都把这首诗的作者记在了周公头上。考虑到《清庙》小序的"周公既成洛邑，朝诸侯，率以祀文王焉"，起码在编订《诗经》的后世之人看来，大雅和颂的首篇都跟周公有密切的关系，并且都有显而易见的嘱托之义——到底是什么情景下的反复叮咛呢？

《尚书》中有《召诰》一篇，是因"成王在丰，欲宅（开辟为居住之处）洛邑，使召公先相宅，作《召诰》"，《尚书大传》云："周公摄政，一年救乱，二年克殷，三年践奄，四年建侯卫，五年营成周，六年制礼乐，七年致（还）政成王"。次以《洛诰》，《正义》解篇题曰："周公摄政七年，三月经营洛邑，归向西都，将致政成王，告以居洛之义，故名之曰《洛诰》，言以居洛之事告成王也。"又次之以《多士》，序云："成周既成，迁殷顽民，周公以王命诰，作《多士》。"成王即位之初，周公"恐其逸豫"，作《无逸》以诫之。虽然洛邑（也即成周）建成的时间历来有争议，但可以明确的是，洛邑告成是周代历史上最重大的事件之一。

我们当然不会幼稚地认为，一座城池的建成就决定了历史的进程，后面肯定还有着一系列重大举措——周公摄政期间，平定管蔡联合纣王之子武庚发动的叛乱，安置了宗室近亲，并有制礼作乐之事，及洛邑告成，又迁殷之顽民于此，便于教化。除了是当时处置内政外交的完成节点，照金克木的说法，这一营建行为也是周公深谋远虑的一部分：

"周公的另一大功业是在河南靠陕西这边建立了一个新城洛阳。这又是伟大的战略部署。不仅给周平王东迁建立东周准备了退路，向更发达的中原地区进了一步，而且眼光直射到西汉、东汉。以后东西对立转为南北相峙，黄河上下游的丰饶转为长江上下游的富足，是版图扩大，经济发达，交通便利，人口繁殖的结果，布局模式仍出不了周公的画策。"武王去世之后的混乱局面既定，周公致政成王（即便有现代人认为的不得已），顺利完成权力交接，确立了立子立嫡的继承制度，其后就"北面就臣位，匍匍（gōng，恭谨貌）如畏然"。

清楚了上面的情形，再来看《清庙》小序所谓的"周公既成洛邑，朝诸侯，率以祀文王焉"，是不是更容易辨认其中隐含的标志性事件了呢？那个"对越在天"明确的锡命典礼，既是对大局稳定的庆祝，又是周公致政承诺的兑现——成王以此接受天之锡命，从而将降示于文王（并流经武王）的天命承接到自己身上，周代自此步入了稳定的发展轨道。如果我们有设身处地的想象或同情（共同之情）能力，就不难想象，现下看来或许没什么大不了的问题，当时肯定"闪闪的发着铜光"，散出鲜烈到让人不可逼视的光芒。居于这光芒中心的人物之一，则是那个让壮年的孔子反复梦到的周公——没错，我说的是"之一"，因为除了周公，我们已经通过上面的引文发现，那个居于光芒最中心位置的人，应该是当时人们不断提及的文王。

五

在凯伦·阿姆斯特朗写的一本传记里，我看到了一段关于"灵感"的说法："真正有创意的思想家往往觉得自己触及或发现了尚未被创造的存在，一个独立的存在，灵感就这样源源涌现。阿基米德的故事便是最有名的例子，他发现其著名的原理后，由澡盆一跃而出，大呼：'我找到了！'整个人放松下来之后，心灵便能迅速接收一切讯息，此时解答仿佛独立于心智之外的存在油然生起。举凡任何真正有创意的思考，就某方面而言都是直观的产物，必须能一举跃入未经开发的存在。由此观之，直观绝非理性退场，反而是理性加速运作，在刹那间酝酿成形。如此，解决之道无需费力，经由日常逻辑思考的过程便可自然而然涌现了，由这无人行经的新天地归来的创意天才，就如同古时由众神处带回人间至宝的英雄。"

在最高意义上，这些人间至宝应该被称为经书，制作者"进入了意识的新层面，从而察觉社会的弊病"，探入了自身甚至一个共同体的潜意识，从而"触及当时问题的深处，为他们带来原已准备好聆听的讯息……许多人都觉得心有戚戚焉，经文可以突破他们的偏见、焦虑与意识形态上的敌对，进入不曾有人思考、充满想象、属于灵性与社会性的解答，呼应他们内心深处的冀求与渴望"。如此经书，根基于一个群体参差的人心和万殊的事实，来到更高的一个维度或这千差万别汇而为一的点上，既具体又准确地击中了（轴心）时代总体性的问题，并有效地提供了属于特定群体自己的独特解答。如果我们去掉经常会以为的肉麻吹捧，那句"天不生仲尼，万古如长夜"，是否说的正是孔子编订经书，从而照破了华夏大地无知梦寐的黑夜？

历史意识强烈的人应该早就发现了，这个经书从孔子开始的说法并不符合史实，不必远征，上面提到的《尚书·多士》就已经提到，"惟殷先人，有册（策书）有典（典籍）"，而从殷到孔子，中间还有一段长长的历史时期，不用说别人，单是"制礼作乐"的周公就不能说没有留下经书对吧？这个质疑当然有道理，但也不免忽视了一个问题，即对经书的确认是一个不停决断的过程，在后世的流传过程中，孔子是那个被选中的经书确立的代表人物而已。皮锡瑞《经学历史》中的一段话，大约可以说明这个意思："经学开辟时代，断自孔子删定六经。孔子以前，不得有经，犹之李耳既出，始著五千之言；释迦未生，不传七佛之论也。"稍微仔细点来看读书人排列的圣贤序列，自今推古，大约有一个从孔孟到周孔再到文武周公的过程，（即使不算尧舜禹汤也不难看出）时代越早，人物的政教意味就越明显，而在《诗经》的编排序列里，上面提到的文王，应该是重要人物中之最重要者。

从《诗经》四诗的开头几篇来看，大雅、颂以与文王有关的诗开始，向来少有疑义，即便是从内容很难确定时代的《关雎》和《鹿鸣》，也有人以为是"歌文王之德，为后世法，亦是定论，必不可不遵者也"。写上面这话的皮锡端，当然知道根据《史记》的说法，"《关雎》《鹿鸣》皆出于衰周，非周公作，亦非周公之所及见"，但他更明白的是，经书并非历史，"须知孔子所作者，是为万世作经，不是为一代作史。经、史体例所以异者，史是据事直书，不立褒贬，是非自见；经是必借褒贬之是非，以定制立法，为百王不易之常经"，因此下面的说法可以成立："孔子以为《关雎》'贞洁慎匹'，如匡衡所谓'情欲之感无介乎容仪'者，惟文王、太姒足以当之。《鹿鸣》《四牡》《皇华》，亦惟文王率殷之叛国足以当之。"

大雅和颂开始的十几首诗，因为内容中有相对具体的人物和事件，年代相对明确一些，孙作云《论二雅》甚至从中看出了一个特殊的结构："（大雅和周颂的头些篇）不但篇章相当，而且连篇次也相当：都是先祭祀文王，其次是武王，其后是大王，最后是后稷。这反映周人的祀祖，以文王为主，武王次之，然后再往上推，推及大王（王季），最后是始祖后稷；若往下推，大概就推到成王、康王为止。"此前的注更有说明："周人祀祖以文王为主，然后上溯后稷，下至成王，并非按照时代先后排列。"我们且不管大雅中的诗歌是不是祭祀诗，只这个所谓"诗先文王"的排列顺序已经有点让人头疼了不是吗？为什么不是按照时代先后排？为什么不把克商的武王作为开始？如果是成王或康王时代作的诗，为什么不是他们排在前面？

后人有用"亲亲"解释这个问题者，其义应如王国维所言，"亲，上不过高祖，下不过玄孙，故宗法、服术皆以五为节"，如此，则或者这些诗大部分创作于武王临朝与周公摄政期间，或者其后排列出这顺序的人是以武王和周公为某种特殊的时间标志。或者有人用文王、武王的作为和两个字的含义来判别高下，崇文德而贬武德，"文德谓文治之德，所以别征伐为武德也"，如此，则牧野之战导致"血流漂杵"的武王不当为圣，起码没有资格跟文王并称。或者也有人说，虽然文王没有克商，但其后所有的重大行为都出于他的谋划，"武王伐纣的基础，事实上是文王奠定的，西周的典章制度，也多从文王开始"，那此后武王的克商和周公的"制礼作乐"，就不该在经典中享有如此之高的地位。这样看来，文王极其尊崇的地位，一定有更为惬洽的原因。既然如此，那就从《诗经》内部找找原因，就来看《文王》的前面三章——

　　文王在上，於昭于天。周虽旧邦，其命维新。
有周不显，帝命不时。文王陟降，在帝左右。
　　亹亹文王，令闻不已。陈锡哉周，侯文王孙子。文王孙子，本支百世，凡周之士，不显亦世。
　　世之不显，厥犹翼翼。思皇多士，生此王国。王国克生，维周之桢。济济多士，文王以宁。

小序解题旨只一句："文王受命作周也。"毛传谓："受命，受天命而王天下，制立周邦。"郑谱谓："文王受命，为王者之端，武王即因其业，且俱为圣人，令父先于子，故颂以文王为首。"东汉赵岐云："周虽后稷以来旧为诸侯，其受王命，惟文王新复，修治礼义以致之耳。"不管我们是不是愿意看到，结合上面引出的后四章，全篇总共出现了八个"命"字，并且其前时有"天"字或"帝"字，其中最为脍炙人口的，当属前所提到的"周虽旧邦，其命维新"，与此有关的释义，也几乎无不提到"命"字。那个毫无疑义接受了天命的人，正是文王，如陈梦家考证出土之物，并结合经传而得的结论："《诗》、《书》、金文但有'文王受命''文武受命'而无'武王受命'，可知西周时以文王为周之受命者，武王嗣文王作邦而已。"

查了很多材料，我始终无法断定这所谓的"命"或"天命"到底是什么，受不受天命的标志又是什么，那就不妨把这天命看成一个再合适也不过的时机，一个无论怎样强调也不过分的可能，一个让人可以明确决断的形势，从而认识到自己拥有了某种带有无数责任的天赋，某种必须严格以身作则的义务，某种超过个人或周族本身的辽阔视域，从而有了修身以至于克商，并从此登上巨大舞台的现实景象——或许就像灵感袭来之时的那种感觉，人完完全全被击中了，却无法说出这灵感的来路。这个天命的授予标志（起码后人相信）肯定显明到无以复加，此后自文王至于成王的所有行为都显得顺理成章，怡然理顺，因而给人们留下了极其强烈的印象，却又无法用任何简单的话来表示，便在此后不停地强调肯定。我甚至觉得，后来出现的那些所谓"河以通乾出天苞，雒以流坤吐地符"，"法地之瑞，黄龙中流见于雒"之类的天命祥瑞之说，不过是这鲜烈印象笨拙而又过于具体的外化。

我知道很多人对这所谓的天命说不以为然甚至深恶痛绝，那不然或恶绝，其中最大的原因是后世把天命弄成了一个死的东西，仿佛得了天命便一劳永逸，到了谁身上便再也不会丢掉一样，其实当然非是，否则《文王》中也用不着说什么"天命靡常""宜鉴于殷"了不是？皮锡瑞指出的一个现象，或许可以让我们于此问题有更好的认识："古王者兴，当封前二代子孙以大国，为二王后，并当代之王为三王，又推其前五代为五帝，封其后以小国，又推其前为九皇，封其后为附庸，又其前则为民。殷、周以上皆然。然则或有继周者，当封殷、周为二王后，改号夏禹为帝……可知古时五帝、三王并无一定，犹亲庙之祧迁（把隔了几代的祖宗的神主迁入远祖之庙）。后世古制不行，人遂不得其说。"没错，古人当然知道，其或有继周者，天命向来不钟一姓；亲庙难免祧迁，政制必然有所损益——那"无声无臭"的"上天之载"，从来便周流不息。

兜了个大圈子，似乎要回到《清庙》了，却也没太多的话要说，《雅》重功，《颂》重德，德又如何说得太多呢，似乎只能自诘问自检省而已。我们只要知道，这首《清庙》不多的几句话里，包含着周族从草昧初创到屯难建国的整个鲜烈印象，周人通过回味这印象提醒自己所从来处的不易，让从文王的在天之灵接过天命的成王及后世子孙戒慎戒惧，不要不小心摔碎在地上。就是这样，因为人们的不断回忆，"文王之功，天下诵而歌舞之可谓则之；文王之行，至今为法，可谓象之"，那个在言辞中几乎尽善尽美的文王以及承其余绪的周公，穿梭于无量无尽的时空之间，上下变通，形化象成，给这个经常陷入晦暗的世界留下了一方明亮的天空，可以让我们时时注目，不敢懈怠。

《国风》的俭德

慎乃俭德，惟怀永图。

——《尚书·太甲上》

一

兴许是因为现代历史学科的崛起，现今人们谈论过去的时代，很容易只保留可信的底线，而把上古无数的人、事删削得只剩下不相联属的片段，以致让过往的一切既不丰富，也难动人。不知道某些古人缜密完整的思索，是否也可以放入独特的可信范围？如果可以，断烂不堪的过往，或许将恢复勃勃生机，起码在某种意义上对人有益？连类而及的问题是，诸多今人谈论的所谓传统，是否本来就是个连续不断的创造过程，而不是停留在时空对岸的凝固形象？就像荷马，古希腊人把他确认为《伊利亚特》和《奥德赛》的作者，却又隐隐约约暗示，这位盲诗人"同时诞生于七个不同城市"。这命名和对命名的解说，属于后人创造性思索之一种："这意味着希腊人并非不晓得此一基本事实（按即武断地选择一个人，称其为两大史诗的作者），甚至精确性地指出了有整整七个希腊城邦的人共同完成这两部史诗。"

这样的创造有个好处，可以让后来者对某一事物的指称易简，不用在称名之前先累累赘赘地解释一番。比如希罗多德就可以避开繁琐，直接告诉我们："赫西俄德与荷马……把诸神的家世教给希腊人，把诸神的一些名字、尊荣和技艺教给所有人，还说出了诸神的外貌。"人们由此知道，古希腊"大人"们的诗，与现今（或隐或现）彰显一己生殖爱欲的诗歌，并非同类。署名赫西俄德和荷马的一系列作品，面向当时希腊的过去、当下和未来，通过摹写诸神的世系和他们的特性，让生活于城邦的希腊人有了效仿对象，从而确立他们特殊的生活方式。也因此，对诗和诗人无比苛刻的柏拉图，就可以让他笔下的苏格拉底，把形塑了古希腊样貌的诗人名字归为一个，并无比准确地说出他的作用："当你遇见赞颂荷马的人，听到他们说荷马是希腊的教育者，在管理人们生活和教育方面，我们应当学习他，我们应当按照他的教导来安排我们的全部生活，这时，你必须爱护和尊重说这种话的人。"

这一点，作为中国诗歌源头的《诗经》，几乎走了一条相反的路——收入其中的三百零五首诗，都没有署名不是？当然，古人也自有他们简易的方式，一句"诗三百"或"诗"，就足以称呼整体了没错吧。最为重要的差别是，与希腊诗人创制的复杂神谱相比，《诗经》里几乎没有诸神的名字，更少见诸神的家世。缺少了诸神的家世，一国之人如何自觉地确立其生活方式？《诗纬含神雾》："诗者，天地之心，君德之祖，百福之宗，万物之户也。"以上四端，是不是可以对应希腊所谓的诸神？而后世毛诗的大序和小序，是不是就用以上的四端来教人确立自己特殊的生活方式？

《诗大序》几乎是对此一问题的正面回答："故正得失，动天地，感鬼神，莫近于诗。先王以是经夫妇，成孝敬，厚人伦，美教化，移风俗。"也就是说，诗三百，连同对我们来说仿佛跟它长在一起的大小序，是用诗作为教化手段，让一群自然聚居的人，成长为一个自觉的文明共同体。如同古希腊在荷马和赫西俄德的教导下形成了他们独特的 nomos（民俗，宗法，法律），在诗教（取其广义，包括一切以某种好为目的的述作）之下，中国也形成了自己特殊的"谣俗"（《史记·货殖列传》）——认真一点，从这谣俗里，大约能看出此一共同体人的性情、生活方式乃至命运的造型。

如果"诗三百"真的经孔子删定后用为教材，那么，在毛诗之前，一定（起码在众弟子口中）流传着孔子对诸多篇章的解说。从《论语》保存的只言片语来看，孔子对《诗》有其独到心得和整体认知，这些解说未能全部记录下来，真让人悔之不及。好在有毛诗，相传出自孔门"文学"科的子夏，那么，毛诗的大小序里，说不定多多少少保留着孔子说诗的意见。这推测或许可以稍稍减少一点我们的遗憾，但从孔子"女为君子儒，无为小人儒"的告诫来看，子夏气度略欠宽宏，其所传之"诗"，究竟多大程度上体味了经权合宜的孔子偏其反而的意图，实在难以妄测。

不过，长于"文学"（古传典籍）的子夏，毕竟经大小毛公的勤力同心，传下一部最早的读诗心得。这心得"因有编诗结构与大、小序之存在，《诗》才成一特殊读法……观小序之设自成体系，诸序纵横交织，'诗三百'乃构成以周为中心、跨越数百年且显示各种情感关系之网络。此网络庞大复杂且变化多端，《诗》之为'诗'，魅力即在此"。无可否认的是，有时"序诗者与作诗者之意绝不相蒙。作诗者即一事而行诸歌咏，故意尽于篇中。序诗者合众作而备其推求，故事征于篇外"。

横亘在诗与序之间的矛盾，不妨看成伯纳德特意义上的"未定之二"（indeterminate dyad）——"构成一对组合的事物不是独立的单元"，不能简单地看成二，"它们是整体的部分，在某种程度上互相包含对方"。作为一对组合事物的诗与序（甚至包括其后的笺与疏），显然构成了既相反又相成的整体景象，从而诗便不只是停留在个人的叮咛情感上。至于后之读诗者在具体时空中的情势裁断，端赖每个人当下的反身自识。

二

《诗大序》关于"二南"（《周南》《召南》）的说法，很能体现毛诗用以教化的宗旨:"然则《关雎》《麟趾》之化,王者之风,故系之周公。南,言化自北而南也。《鹊巢》《驺虞》之德,诸侯之风也,先王之所以教,故系之召公。《周南》《召南》,正始之道,王化之基。"这也就怪不得孔子如此教导自己的儿子:"女为《周南》《召南》矣乎?人而不为《周南》《召南》,其犹正墙面而立也与。""二南"之风,可以用乡人,用于邦国。不学"二南",如人向墙而立,一物无所见,一步不可行,或将封闭阻塞,固陋不堪。

王者之风的《周南》十一篇,毛诗的小序,也自有其整体思路。其中前八篇,题旨皆与后妃有关,分别言后妃之德、之本、之志、之化、之美,并后妃之逮下、之所致、之子孙众多。后三篇由内而外,言文王德广所及,道化之行,《关雎》仁德之应,如此,则邦国之德外内如一,温柔敦厚之教可期。当然,我们也完全可以把小序看成是解诗者的理想,借此传达自己的诗教之旨,其解背于诗还是更为体贴入微,要回到每首诗的具体。

小序中首次提到俭德,是《周南》(也是整部《诗经》)的第二篇,《葛覃》:"后妃之本也。后妃在父母家,则志在于女功之事。躬俭节用,服澣濯之衣,尊敬师傅,则可以归安父母,化天下以妇道也。"

> 葛之覃兮,施于中谷,维叶萋萋。黄鸟于飞,集于灌木,其鸣喈喈。
>
> 葛之覃兮,施于中谷,维叶莫莫。是刈是濩,

为絺为绤，服之无斁。

　　言告师氏，言告言归。薄污我私，薄澣我衣。害澣害否，归宁父母。

　　葛是葛麻，多年生藤本植物。中谷即山谷。覃义蔓延。萋萋、莫莫均为茂盛貌。刈，割取；濩，煮。絺为细葛布，绤是粗葛布。无斁，不厌倦。"言""薄"都是发语词；"害"是"盍"的借字，义为何。污，揉搓；私，近身衣；澣，用水投一投；衣，身外衣。一章用葛与黄鸟起兴，喻女性形体渐长，容色美盛，如黄鸟之翔而后集，将待时而嫁也。二章言治葛为衣，女工不怠。三章言女告其傅，欲浣洗衣服，问安父母。

　　老实说，我的确没看出这诗哪句讲到了俭，即使借助《正义》，仍不免有些含糊——"躬俭节用，服澣濯之衣者，卒章污私澣衣是也。澣濯即是节俭，分为二者，见由躬俭节用，故能服此澣濯之衣也。"把衣服该揉搓洗还是用水稍加洗濯分开，怎么就看出节俭了？难道是出于环保节水？这也就难怪后人会觉得不合情理："后（妃）即节俭，亦不至归宁尚服澣衣。纵或有之，亦属矫强，非情之正，岂得为一国母仪乎？"

　　暂且抛开节俭，郑笺中对后两章的解说，可谓独出心裁。第二章，郑玄把"服"的意思，由通常的"穿（衣）"改为"整治"："女在父母之家，未知将所适，故习之以絺绤烦辱之事，乃能整治之无厌倦，是其性贞专。""所有人类的

178

错误无非是无耐心"，对烦辱之事能整治无厌，可见此女性情之坚韧专一，由此其做事之精纯可期。卒章则以"洁清"立意，"我之衣服，今者何所当见瀚乎，何所当否乎？言常自洁清，以事君子也"。一身不治，何以为天下之仪则？内而贞专，外则洁清，这自内而外的身心纯粹之象，是不是毛郑心目中的理想女性形象呢？

小序中所谓的俭德，朱熹在《诗集传》里将其定位在第二章，或许更近情理："此言盛夏之时，葛既成矣，于是治以为布，而服之无厌。盖亲执其劳，而知其成之不易，所以心诚爱之，虽极垢弊而不忍厌弃也。"此解挑明了习烦辱事与其性贞专间的联系，给出了由事而达于心的过程，从而使"无斁"之意落实。只是，朱熹仿佛把第三章的意思提到第二章来讲了，否则，从"是刈是濩，为絺为绤，服之无斁"，绝看不出衣服之"极垢弊"，只有从第三章的"薄污我私，薄瀚我衣"，才可以推论衣服之垢敝。然而，即使从第三章立论，仍然有增字解经的嫌疑，需要洗的衣服，或许有垢，未必敝破吧？只是，如果推翻朱熹的这个解释，小序里的"俭"，不就难以落到实处了吗？小序是不是真的如今人嘲笑的那样"迂腐可哂"？

三

同样在小序里明确提到俭德的，是《召南》的《羔羊》。

《周南》是王者之风,《召南》十四篇主体则为王者之风所化的南方诸国,因而小序由颂后妃转而为赞夫人,并美召公之政,其间偶有怨言,终亦化之。"《羔羊》,《鹊巢》(国君积行累功)之功致也。召南之国,化文王之政,在位皆节俭正直,德如羔羊也。"

> 羔羊之皮,素丝五紽。退食自公,委蛇委蛇。
> 羔羊之革,素丝五緎。委蛇委蛇,自公退食。
> 羔羊之缝,素丝五总。委蛇委蛇,退食自公。

对序中"节俭"的理解,毛、郑已自不同,《正义》谓:"毛(传)以俭素由于心,服制行于外。章首二句言裘得其制,是节俭也,无私存于情,得失表于行。下二句言行可踪迹,是正直也。郑(笺)以退食为节俭,自公为正直。"先不说裘得其制便是节俭的推断自何而来——现今不是有很多"合制"的东西是奢侈,甚至风雅(风雅所费,甚于奢侈)的吗?——如果所说成立,此诗就显得有些悬空着笔,不那么具体致密,仿佛是为了证明小序所言节俭正直才来写诗似的。方玉润便在《诗经原始》里指出,"夫诗人措辞,必有指实,断非虚衍",而他又相信,"序言'节俭'二字,必有所本"。

深思而有得,方玉润解这段小序,切近而能落于实处,是我所见之中最好的:"紽也,緎也,总也,皆缝之之谓也……观'五紽''五緎''五总'之言,明是一裘而五缝之矣。夫一裘而五缝之，仍不肯弃，非节俭何？……至于'委蛇委蛇'，则雍容自得之貌。使服五缝之裘而无雍容自得之貌，无以见其德之美；使服五缝之裘，虽有雍容之貌，而不于自公退食之地见之，且恒见之，亦无以见其德之纯。"大夫自公门出，退朝而食于家，始终着五缝之裘，"无所矜，亦无所掩；不矫强，亦不虚饰；但觉其舒容安度而自有余裕焉。此虽外仪乎内德蕴焉，此虽末节乎全德见焉矣"。方玉润甚至推测，这个作诗者肯定实实在在见到了某个人，而这人，或许正是《召南》的核心人物——召公。

如果不看小序，也不看历代注解，只看诗本身，不得不承认，几乎难以从《葛覃》和《羔羊》中读出节俭的意思。较早的三家诗（齐、鲁、韩），对两诗就别有异说，且各有其秀异之处。《葛覃》，鲁诗谓诗旨是女待嫁，"恐其失时"，拈出的是今文学家多有心得的"时"字，善体《论语》所谓"时哉时哉"者乎？《羔羊》，则韩诗认为："诗人贤仕为大夫者，言其德能称，有洁白之性，屈柔之行，进退有度数也。"德行相称，舒展从容，是孔子"申申如也，夭夭如也"时的样子吗？

细味这两首诗，并就此来看毛序，仿佛俭字是解诗者悄悄加进去的，似无还有，若存若亡。在全诗之中，俭似乎不那么重要，但反过来想，漏掉它，诗的意思却又略有些直白无隐。仿佛某种弦外之音、言外之意，去掉好像也可以，但总觉得少了点什么。或许，这就是俭德该有的样子吧，不突出，不招摇，但也不该被忘记，它就那样安安稳稳地居于群德之中，不卑也不亢。这样的俭，俭得雍容，甚至有些华贵，只在无斁与委蛇之中偶尔显现，看不出丝毫寒酸。如此风致宛然、从容自得的俭，难道不该是俭德最美好的样子？如此俭德，传之倡、笺之和、疏之辅，并后世解诗者的深深体味，会渐渐渗透到人心里去的吧？

四

"二南"以下，自《邶风》至《曹风》，均属"变风"，大序所谓"至于王道衰，礼义废，政教失，国异政，家殊俗，而'变风''变雅'作矣"。"二南"之后，国风中再次出现与俭德有关的诗，则是《魏风》。"魏地狭隘，其民机巧趋利，其君俭啬褊急，而无德以将之"，《魏风》的第二首，就直刺其君之俭："《汾沮洳》，刺俭也。其君俭以能勤，刺不得礼也。"

　　彼汾沮洳，言采其莫。彼其之子，美无度，美无度，殊异乎公路。
　　彼汾一方，言采其桑。彼其之子，美如英，美如英，殊异乎公行。
　　彼汾一曲，言采其藚。彼其之子，美如玉，美如玉，殊异乎公族。

汾，汾水。沮洳，低湿处。莫、桑、藚，均可采之植物。公路、公行、公族，俱官名，掌诸侯之路车、兵车与属车。只从诗句来看，与其说是刺，毋宁说是美更为准确，"美无度""美如英（俊选之尤者）""美如玉"，不都是赞美之辞吗，怎么会扯到刺上去？《正义》从郑笺，其解释，也很像是对俭（何况还有勤）的肯定："于彼汾水渐洳之中，我魏君亲往采其莫以为菜，是俭而能勤也。彼其采莫之子，能勤俭如是，其美信无限度矣，非尺寸可量也。"从后世愈俭愈善的原则来看，当然是美辞无疑，只是，过去的人怎么认识俭呢？

先不急着下结论，再来看一首刺俭诗，《蟋蟀》，《唐风》首篇——

　　蟋蟀在堂，岁聿其莫。今我不乐，日月其除。
无已大康，职思其居。好乐无荒，良士瞿瞿。
　　蟋蟀在堂，岁聿其逝。今我不乐，日月其迈。
无已大康，职思其外。好乐无荒，良士蹶蹶。
　　蟋蟀在堂，役车其休。今我不乐，日月其慆。
无已大康，职思其忧。好乐无荒，良士休休。

此诗感叹岁已将暮，未经乐之转折，即已警惕自己切勿为欢逾度，所谓"其人素本勤俭，强作旷达，而又不敢过放其怀，恐耽逸乐，致荒本业"。人在生命的某些阶段，或一年的某些时候，需要一段意气风发、享受美好的时光。这时光即使短暂，人内在的某些地方也可以得到相对充分的休息，把从不停息的消耗返还一点。没有这段时光，生命会不时显出枯寂，甚至失去必要的生机。此诗之中，尚未闻其乐，即已申"无已大康"（不要过分安逸）、"好乐无荒"（寻乐不荒正业）之旨，直接越过了必要的愉悦阶段，"唐人之俭，无乃太甚乎"。善自警惕也会有太甚之嫌，如此，便仍要回到古人俭德的标准问题。

郑玄的老师马融，曾传《毛诗》，他在《广成颂》里提出过俭、奢的标准，或许可以参考："臣闻孔子曰：'奢则不逊，俭则固。'奢俭之中，以礼为界。是以《蟋蟀》《山枢》之人，并刺国君，讽以太康驰驱之节。"孔子的意思是，奢侈则人不恭顺，节俭逾度则难免寒酸。而检验奢侈或过俭的标准，是礼，"礼，体也，得事体也"，"得事体，乃所谓当，乃所谓备（全）也"。完整且得当的俭，才是俭德。未达中庸，过与不及，俭则俭矣，却难以称得上德。马融赋中的《蟋蟀》对应后文"太康"即"大康"，《山枢》是列于《蟋蟀》之下的《山有枢》，"驰驱"是"弗驰弗驱"的节文，虽有马车，却不驰驱，毋乃太固乎？因此小序谓此诗："刺晋昭公也。不能修道以正其国，有财不能用，有钟鼓不能以自乐，有朝廷不能洒扫，政荒民散，将以危亡。"

倒回来看《蟋蟀》的小序："刺晋僖公也。俭不中礼，故作是诗以闵之，欲其及时以礼自虞（娱）乐也。此晋也，而谓之唐，本其风俗，忧深思远，俭而用礼，乃有尧之遗风焉。"所以在唐风中出现晋公字样，是因为成王封其弟叔虞为唐侯，以建唐国。国之南有晋水，子燮改国号曰晋。《诗经》存唐风之名，用的是始封之号。称述尧，则因其地原为帝尧旧都，"土瘠民贫，勤俭质朴，忧深思远，有尧之遗风"。魏国之风习，正与唐相似，"本舜禹古都，其地狭隘，而民贫俗俭，盖有圣贤之遗风焉"。这样两个存有圣贤节俭之风的地方，怎么变得俭不中礼的呢？

或者可以这么理解，抽象的俭没有中礼不中礼之别，有别的，是作诗者、解诗者，以及诗中每个人置身的具体环境。俭用之不当，则显俭啬，如《正义》之说《汾沮洳》，魏君"美虽无度，其采莫之事殊异于公路，贱官尚不为之，君何亲采莫乎？刺不得礼也"。甚之者，如俭不中礼，则事出非分，"非特俭啬而已，是亦与民争利也。俭不中礼则啬，啬必至于贪"。或如《蟋蟀》之刺，"僖公太俭逼下，不中礼度，故作是《蟋蟀》之诗以闵伤之，欲其岁暮闲暇之时，以礼自娱乐也"。不能使民自喜，过于造作安排，民与己皆无一时之闲暇，中心常凛凛，或将复诵"民亦劳止，汔可小康"之诗乎？

五

《诗经》共十五国风，正风、变风而后，殿以《豳风》。《豳风》而外，其余十四国风，皆为周代诸侯国，而豳则是周迁岐前的聚居之地。在国风自正而变的序列中，豳风仿佛在空间上由边地回到中央，时间上由近世追及祖先。而真能称为"豳风"的，实际上只有《七月》一篇，其余六首并非豳地之风，只因同为吟咏周公之事，亦连类而归于此。更为奇特的是，自郑笺倡始，《七月》被认为兼备风、雅、颂三体，《正义》承此，谓"述其政教之始则为豳风，述其政教之中则为豳雅，述其政教之成则为豳颂，故今一篇之内备有风、雅、颂也。言此豳公之教，能使王业成功故也"。这奇特的《七月》，共八章，章十一句，是风诗中最长的，虽然不足四百字——

　　七月流火，九月授衣。一之日觱发，二之日栗烈。无衣无褐，何以卒岁。三之日于耜，四之日举趾。同我妇子，馌彼南亩，田畯至喜。

　　七月流火，九月授衣。春日载阳，有鸣仓庚。女执懿筐，遵彼微行，爰求柔桑。春日迟迟，采蘩祁祁。女心伤悲，殆及公子同归。

　　七月流火，八月萑苇。蚕月条桑，取彼斧斨，以伐远扬，猗彼女桑。七月鸣鵙，八月载绩。载玄载黄，我朱孔阳，为公子裳。

　　四月秀葽，五月鸣蜩。八月其获，十月陨箨。一之日于貉，取彼狐狸，为公子裘。二之日其同，载缵武功。言私其豵，献豜于公。

　　五月斯螽动股，六月莎鸡振羽。七月在野，八月在宇，九月在户，十月蟋蟀入我床下。穹窒熏鼠，塞向墐户。嗟我妇子，曰为改岁，入此室处。

六月食郁及薁，七月亨葵及菽。八月剥枣，十月获稻。为此春酒，以介眉寿。七月食瓜，八月断壶，九月叔苴。采荼薪樗，食我农夫。

九月筑场圃，十月纳禾稼。黍稷重穋，禾麻菽麦。嗟我农夫，我稼既同，上入执宫功。昼尔于茅，宵尔索绹。亟其乘屋，其始播百谷。

二之日凿冰冲冲，三之日纳于凌阴。四之日其蚤，献羔祭韭。九月肃霜，十月涤场。朋酒斯飨，曰杀羔羊。跻彼公堂，称彼兕觥，万寿无疆。

此诗向称名篇，解释不难找，就不一一注明了。小序谓此诗："陈王业也。周公遭变故，陈后稷先公风化之所由，致王业之艰难也。"朱熹给出的此诗纲要是："此（首）章前段言衣之始，后段言食之始。二章至五章终前段之意，六章至八章终后段之意。"而其意旨，朱熹则引王安石（不知是不是因为不想提到名字，朱熹引述的时候，用的是"王氏"）说："仰观星日霜露之变，俯察虫鸟草木之化，以知天时，以授民事，女服事乎内，男服事乎外，上以诚爱下，下以忠利上，父父子子，夫夫妇妇，养老而慈幼，食力而助弱，其祭祀也时，其燕飨也节，此《七月》之义也。"事关王业，诗兼三体，义则经夫妇，成孝敬，厚人伦，美教化，移风俗，无变风之衰废，《七月》究竟该如何定位？

不妨从小序的"周公遭变故"说起。武王去世，成王即位，周公摄政。成工的三个叔叔散布流言，中伤周公欲篡夺王位。成王生疑，周公避居。后得金縢之书，误会消除，成王出郊迎接周公，"天乃雨，反风，禾则尽起"。潘雨廷先生于此拈出"反风"二字，谓《豳风》虽处变风之下，却能行反风之实："周风之正，未尝有异。故岐之风，是谓二南。丰镐之风，已受命而入雅。唯成王时，三叔流言，公将不利于孺子。则君臣之间，风不可谓不变。幸周公不忘十余世之祖德，三年东征，德音不瑕。金縢启，流言息，成王感悟，天雨反风，禾则尽起。此所以附《鸱鸮》等六篇于豳风。风反而正，以固文武已创之业。"所谓反风，即变风反而为正风之义。

在王道衰废、政教失则的形势下，《七月》追怀先祖筚路蓝缕之德，复思振作，乃返本还源之诗。诗中虽处处可见劳作的艰辛，却洋溢着一股向上之气。在这辛劳不已却生机盎然的时日里，节俭回到了它最为素朴的样子，"采荼薪樗，食我农夫"，有时至以苦菜和臭椿充饥；"昼尔于茅，宵尔索绹"，白天割草，夜里搓绳，劳作日夜无息。为上者知此稼穑之艰，体恤下情，岂敢乃逸乃谚耶？那些勤修耕织之业的奋发者，俭素勤恳成了不用刻意讲求的"礼"，他们的欣喜藏在这里，祝颂也藏在这里——"同我妇子，馌彼南亩，田畯至喜"，"跻彼公堂，称彼兕觥，万寿无疆"。

《诗经》的"观"

一

高中文理分班前，教我们语文的是位樊姓老先生，人瘦高清癯，满头白发。那时候，或许是分配的原因，教师来源地还比较复杂，比如这位樊老师，就带着什么地方的浓重口音，我基本听不清他讲的话。他上课极认真，尤其是古文课，必携带一沓卡片，把此前课本上出现的各类虚词、助词、前置句的用法分类梳理。每节课开始，则在黑板上抄写一首古诗，讲解，并要求背诵。我至今非常喜欢的王维《杂诗三首·其二》，就是那时候背会的："君自故乡来，应知故乡事。来日绮窗前，寒梅著花未？"尽管其时并没有见过梅花，家里自然也没有绮窗（雕刻花纹的窗子），可我确确实实被什么击中了心事。

当时最期待的是每周一次的作文课，整个下午，三节课连续。樊老师的安排是，一周阅读、一周写作，阅读是把我们带到阅览室，自己选择读物。即便是写作的那周，我差不多一节课就可以把作文写完，因此就得到特许，剩下的两节课也变成了阅读。在那间高树掩映的阅览室里，我最早读到了契诃夫的《草原》，辽阔的感觉久久不散；读到了朱光潜的《从我怎样学国文说起》，忽然看到一片语言学习的新天地；读到了王富仁一批写古典诗词的文章，初步感受到知识和理论的魅力……我很怀疑，当时优秀学者严谨而开通的治学风气影响到了樊老师，他便自觉地在课堂上实践。

文理分班不久，因学校文学社社长要应付高考，需要新选，我忽然很意外地得到通知，糊里糊涂成了新社长。后来猜测，大概是我写的某篇作文得到了樊老师青睐，他就把我推荐给有权任命社长的某些人。只是分班后，语文老师换了，我当时也没想到会是樊老师的推荐，就没有特意去他面前求教，好老师也没有殷勤"往教"的道理，因此我被任命为社长后参加的第一次文学社活动，就切切实实地没人指导。

那天晚上，我穿上了自己当时最为贵重的衣履，大体应该是西服配球鞋的画风。会议开始，在老社长介绍完我之后，需要我说一段话并点名。虽然我记得自己当时打了无数遍演讲腹稿，可一点也不记得说了些什么，估计当时肯定结结巴巴，满脸通红。后来点名的时候，我既念错了几个生僻的字，又不合时宜地想起，这样的场合似乎应该谈笑风生，所以便借各人的名字开了很多文不对题的玩笑。那天晚上倒是没少给大家提供笑料，只不过并非会心，而是哄堂。后来，每记起那天的情景，我就不免想到电视剧《西游记》里的镜头——孙悟空头戴乌纱帽，在天宫里不停地蹦蹦跳跳，跷着二郎腿饮酒，醉得东倒西歪（对，就是沐猴而冠的感觉）。

陈梦雷《周易浅述》释观卦（䷓）："下坤上巽。风行地上，遍触乎物，有自上观下之义，则为去声之观。二阳在上，四阴所仰，有自下观上之义，则为平声之观……象取上观下之义，在上者致其洁清，不轻自用，民自信而仰之。此全象之大旨也。六爻以四阴自下仰观二阳，然上不得位，故以五为观之主。而下四阴则近者吉而远者凶……初六阳位而阴爻。阳则男而阴则稚，又居卦之下，如未有知识之童子，不能远见，有童观之象。"我那天晚上的尴尬状况，即在于以下观上，位卑识劣，却又不甘心于此，企图仰望攀附高处，正是观卦初爻（䷓）的"童观"景象。初爻爻辞："小人无咎，君子吝。"《浅述》曰："盖下民日用而不知，乃其常也。君子不著（明白）不察（察觉），则可羞矣。"当时的自己，上不知询于师长，中未曾做足功课，下不能敏捷以对，不著不察，是典型的小人形象，想想就觉得惭愧。

二

稍微熟悉点《易经》的人会发现，不管变换为怎样的句式，"小人无咎，君子吝（悔恨，遗憾）"几乎是书中最常用的意思，换成世间常语，就是"小人无错，君子常过"。那些才德出众、自觉担负责任的人，往往最容易"吝"——飞快地追赶对方前锋，要先一头顶到皮球的后卫，非常可能被人抢了先，也偶尔会不幸地进了乌龙，球队输球的责任，当然要这个最负责任的人来承担。与《易经》相似，经典序列里的作品，差不多总是责备勇于担责的人（《庄子》甚至把矛头对准了孔子），所谓"《春秋》责备贤者"——你没法责备一个本来就不想负责的人，他们躲在永不长大的壳里，用无辜和束手来对待世界，怪他们不得。经典求全责备的对象，始终是愿意、应该也能够承担责任的人。

君子的另外一个意思，是指已经有了一定地位，能支配相当的社会和经济资源的人，考虑到当时货殖地位低，多是指握有权柄的人。按《诗经》的说法，这类人最好能够"彼君子兮，不素餐兮"。如果尸位素餐，或者行为不能相应自己的身位，被责备和嘲讽，就是题中应有之义。照传统的解释，《卫风·芄兰》差不多就是对这些失位"君子"的画影图形——

　　芄兰之支，童子佩觿。虽则佩觿，能不我知。
容兮遂兮，垂带悸兮。
　　芄兰之叶，童子佩韘。虽则佩韘，能不我甲。
容兮遂兮，垂带悸兮。

芄兰，草本植物，学名 Metaplexis japonica，雅称萝藦，俗称"婆婆针线包"。支，一说为枝，一解为萝藦之荚实（两两对出如枝杈）。觿音 xī，解结的用具，形如锥，俗称角锥，骨或玉质，也用为佩饰。能，乃。知，或解为智，义为才能不足以知于我；或解为匹，言不足以与我相配。容、遂，舒缓放肆之貌。悸，带下垂之貌。韘音shè，古代射箭时戴在手上的扳指，多骨制，也有玉制。甲，或解为长，义为才能不足以长于我；或解为狎，言不懂与我亲昵。

如果"知"和"甲"的意思均从后，则此诗的题旨就有可能如近人所言："这是一个成年的女子嫁给一个约十二三岁的儿童，因作此诗表示不满。""芄兰的枝是尖头的，形似古人所佩的角锥。作者以芄兰的枝比喻她的小女婿所佩的角锥，意在形容角锥之小，以角锥之小表明小女婿身躯之小。"如果照这个思路，则芄兰可能还不是指身躯，而是隐藏着性意味（如此，则芄兰的果实可能在指涉上更具象）。或如陈子展《诗经直解》所言，芄兰竟是一种富含暗示的药物，从中可见古人之直率："近人有疑是诗为少女自伤嫁于幼童，旨在揭露此种恶俗者。倘据古谚'去家千里，莫食罗摩枸杞'，以芄兰即罗摩，为壮阳药物作解，虽属臆说，则亦有趣。"

按之毛诗，则此诗有具体所指："刺惠公也。骄而无礼，大夫刺之。"郑笺："惠公以幼童即位，有才能而骄慢。于大臣但习威仪，不知为政以礼。"朱鹤龄《诗经通义》："按《左传》，惠公之即位也少。杜预云，时方十五六。盖宣公以隐公四年立，假令五年即取齐女，至桓十二年见经，凡十九年。而朔（即惠公）尚有兄寿，则是宣公即位三四年始生朔，故知为十五六也……《尚书》注云，国君十二以上，冠佩为成人（《左传》，国君十四而冠）。惠公即位之年，非童子也。然骄蹇自尊，德不称服，则犹是童子而已。惠公以谗构取国，为左右二公子所恶，逐之奔齐。《春秋》书卫侯朔出奔齐，不言二公子逐，罪之也。是诗也，其即二公子之徒为之欤？"

刘向《说苑》也引到过这首诗，说是知天道者戴绣有鹬鸟图形的帽子（古人认为鹬知天将雨），知地道者穿草鞋，能治烦决乱者佩觿，能射御者佩鞢，能正三军者将笏插在腰带上，衣服必须符合方圆尺寸，依照粉线准确下料。因此君子衣服合身而容貌得体，穿的衣服象征他的品德，看人的外貌差不多就能推测一个人的品行与才能。诗曰："芄兰之枝，童子佩觿。"说的就是人的品行才能。据说刘向习鲁诗，则鲁诗与毛诗同，都是说其人"用成人之佩，治成人之事，当有成人之行能"。只是鲁诗没有进一步引申，而毛诗则说其人居高位而无德政，行能不配玉貌，难免会引来讥讽。

童子佩觿、佩鞢，看起来像是大人，但虚文无实，只有个成人的架子，做的却是孩子的事——礼乎礼乎，佩饰云乎哉——庶有童观之象。当然，习惯质疑的现代人不免会问，卫惠公先是被迫奔齐，再次执政也平庸无所作为，所以招来了可能是附会的童观讽刺。如果他知耻而后勇，如其高祖武公那样进德成德，童观的象会否有所改变呢？讽刺还会存在吗？

《易经》从不择象固执，一个人的具体情形变化了，其象也自然跟着变化："君子同于小人则吝，如识时而自奋以之正，卦成益之'利用为大作'，则不吝。"观卦初爻由阴变阳，则卦变为益（），"君子以见善则迁，有过则改"——卸责者承担起自己的责任，在位者放开眼光，上则日进不已，下则不厚劳于民，童子而长大成人，德器（道德修养与才识度量）或将成矣，即将成为美颂的对象，何刺之有？

三

一个期望对社会有所助益的人，其进德修业的方式，除了反身自识，息阴为阳（如观之初阴变阳为益），另有个方式是提高自己的身位，上窥世界之秘，找到人间的缝隙，小心翼翼在无伤的前提下为人群尽责。如果一个人以不知为知、以未见谓见，将有限的所见推为整全，则其身位的提高，带来的就不会是福音，而是灾难，正是观卦二爻的"窥观"之象——"上参艮为宫室，下卦坤为阖户，六二阴为小人，其应五也，阖户以窃观宫室，故曰窥观。"其象如下图：

上面提到小心翼翼，绝非多余。关上门，从门缝里看世界，以为看到了全体，不料只是一偏之见，以之大胆行于人群，灾祸与怨尤将随之而临，《魏风·园有桃》那样的刺时忧世之作就不期而至——

园有桃，其实之肴。心之忧矣，我歌且谣。不知我者，谓我士也骄。彼人是哉，子曰何其。心之忧矣，其谁知之。其谁知之，盖亦勿思。

园有棘，其实之食。心之忧矣，聊以行国。不知我者，谓我士也罔极。彼人是哉，子曰何其。心之忧矣，其谁知之。其谁知之，盖亦勿思。

小序："《园有桃》，刺时也。大夫忧其君国小而迫，而俭以啬，不能用其民，而无德教，日以侵削，故作是诗也。"按之魏谱："魏者，虞舜、夏禹所都之地……禹菲（薄）饮食而致孝乎鬼神（慎终追远），恶衣服而致美乎黻冕（祭服），卑宫室而尽力乎沟洫（沟渠水利）。此一帝一王，俭约之化，于时犹存。及今魏君，啬且褊急，不务广修德于民、教以义方（正确的道理）。其与秦、晋邻国，日见侵削，国人忧之。"正义："（魏）感舜、禹之化，则应皆俭约……虽遗风尚在，人性不同，不能使贪者皆俭。"即便是俭这样看起来完全无害的德性，在不同的人身上，也会变形为不同的样子。这或许可以提醒我们，在不同性情的人身上，德性的形状千变万化，世间大约没有一样美德，是可以不通过具体而大力推广的。

伏尔泰喜欢英国，尤其对英国法律，极尽赞美之能事。在 1771 年出版的《关于百科全书的问题》中，他问道："为什么别的国家不采取这些法律呢？这样是否等于问为什么椰子在印度能成熟，在罗马就不会？"尽管他承认别国仿效英国法律未必成功，但仍认为，"英国法律的椰子全世界都不妨'试种一下'"。如果我想的没错，这思路跟认为好的德性在任何一个人身上都能自然地成为美德相似，是美好而略显天真的一厢情愿，因为任何好东西，"总离不开具体的人、具体的历史环境乃至相关的一切习俗"。因此，《伏尔泰的椰子——兼评普世理想》的作者在结尾确认："伏尔泰尽可以谈他的英国椰子（按即想象中的完美果实）或中国椰子，以此批判法国社会未尝不可。假如他要捋起袖子进行基于普世理想的社会实验，带领一批天真汉破坏法国的植被以广种英国椰子和中国椰子，等待他的将是一场生态灾难。"

如果上面的话还只是说，普泛的好有可能转为具体的恶，却没有讲普世善意变质或由俭转啬的缘由和过程，那《诗经原始》算是给出了补充："魏之失不在俭，而在啬与褊；且不在卿大夫之俭，而在国君之褊与急……士大夫之能勤且俭，俗之美者也，虽周家王业始基，不过如是，而何以烦贤者之切切虑哉？岂知为国贵远图，不贵小利；内能节俭，外务宏施，乃可以收人心而立国本。禹乃所以为俭之善，故圣人叹为无间然也。窃意魏君非俭，乃啬耳。举国不知，以为美德，从而和之，相率以啬。计较琐屑，务简省而不适宜，谋小利而不中节，以至人心日刻，而国势愈屡，尚不自知其失。"至此，方玉润将话题转到本诗："贤者忧之，发为歌咏，亦望当国者有以纠其失而正之耳。"

具体到诗中的"园有桃""园有棘"，到底是兴是比，历来有争论。汪梧凤《诗学女（汝）为》断为比："桃为果之下品，棘为枣之小者，均非美材，而实肴登俎（砧板），喻所用之非人也。"朱熹从毛诗，认为兴："言园有桃，则其实之殽矣；心有忧，则我歌且谣矣。然不知我之心者，见其歌谣，而反以为骄，且曰，彼之所为已是矣，而子之言独何为哉。盖举国之人莫觉其非，而反以忧之者为骄也。"无论是比是兴，意思都再明白不过了——魏国君臣对所处之困境没有（或不愿）深切认知，且自喜于国内之褊啬，有人出言警告，反被认为过激，正是所见者小而不能得全体的窥观之象。

至此，本诗的思致，差不多可以如汪梧凤所言："其犹《离骚》之意也与？"是忧国忧民的士夫的感喟。可我在看到郑笺时，心里忽然一动："士，事也。不知我所为歌谣之意者，反谓我于君事骄逸故。"反身自省，引我动念的是"事也"二字，查《说文》段注，士通仕："仕，事也。郑注《表记》申之曰：'仕之言事也。'引伸之，凡能事其事者称士。《白虎通》曰：'士者，事也。任事之称也。'故《传》曰：'通古今，辩然不，谓之士。'"也就是说，士的标准是能任事，而任何较大的事都千头万绪，牵扯到不同性情人的趋向和利益，勇于任事的人，怎么可能不受委屈呢？再参考"通古今，辩然不"，任事而受委屈，不是古今一如的吗？既在其位，则谋其政，做出一副忧愁放歌的样子来，给谁看呢？或者换个问法，"危邦不入，乱邦不居"，对所在的时位不满意，嘉遁、肥遁也无不可，在其位不事其事，而是哀怨牢骚，多少有点不像君子的作为吧？或者也可以说，居其位却哀怨牢骚的人，把自身排除在魏国屡弱的制造者之外，仍不免是一种窥观吧？

　　肯定会有人质疑，照上面的说法，那在位的君子，岂不是再苦再累再冤枉也只好自己化解？差不多就是这样，否则就可能有窥观之丑——"二爻不应于五之大观而比于阴，初二未正故有窥观之丑。"只有初二善处其道，应于九五，"当观而屯（䷂），二爻方知应五，其丑免焉"。即便由观而屯，其丑可免，君子也没机会发牢骚，因为等待他的，是无比的艰辛："刚柔始交而难生，动乎险中，大亨贞。雷雨之动满盈，天造草昧。宜建侯而不宁。"这话正是说，艰难与草昧初创伴生，居高位的君子要在危险中变动发展，设法有所作为，才可能有顺遂的前景。没错，就是这个意思——在那些艰难的时世里，恰恰需要更专注的努力，根本容不下多余的哀怨牢骚，否则，就请切实地提醒自己，那个窥观的象，老早就等在了前面。

四

　　个人所处的时空总是在不停变换，人就在这不同的时空中占自己该占的位置，知命之君子，当仔细确认自己所在的时位，不必胶执于一时一地做自己的选择。比如观卦二爻的君子，未必不落窥观即处艰难，他可以从二爻再往上一位至于三爻（䷓）。此爻居下三爻之极，有可进之时；又居上三爻之下，复有可退之地。其所处之位，近则不为"童观""窥观"，远则尚未观五上二爻之光，正处在进退之间，时可则进，时不可则退，因而爻辞即为"观我生进退"，仿佛正是《小雅·鹤鸣》之象——

> 鹤鸣于九皋，声闻于野。鱼潜在渊，或在于渚。乐彼之园，爰有树檀，其下维萚。它山之石，可以为错。
>
> 鹤鸣于九皋，声闻于天。鱼在于渚，或潜在渊。乐彼之园，爰有树檀，其下维榖。它山之石，可以攻玉。

小序："诲宣王也。"笺云："诲，教也。教宣王求贤人之未仕者。"皋，泽也。"皋泽中水溢出所为坎，自外数至九，喻深远也。鹤在中鸣焉，而野闻其鸣声。兴者，喻贤者虽隐居，人咸知之。鱼之性，寒则逃于渊，温则见于渚，喻贤者世乱则隐，治平则出，在时君也。之，往。爰，曰也。言所以之彼园而观者，人曰有树檀，檀下有萚（tuò，落叶。下节之榖为楮木）。此犹朝廷之尚贤者而下小人，是以往也。"又传曰："它山之石，可以为错。错，石也，可以琢玉（下节之攻，亦错意）。举贤用滞（遗落），则可以治国。"

在这个解释系统里，诗的主旨是教诲周宣王求贤访隐。如果要说里面暗含着"观我生进退"的意思，则主角是那个始终没有露面的贤者，他在理想的情形下并不固执，随时机不同而决定自己的隐显出处。或者照程子的说法，即便世道不靖，除非有绝大的风险，贤者或也应该出而任事（世事真的太平如无怀葛天之治，又哪里需要贤者出面收拾呢）："玉之温润，天下之至美也；石之粗厉，天下之至恶也。然两玉相磨，不可以成器；以石磨之，然后玉之为器得以成焉。犹君子之与小人处也，横逆侵加然后修省畏避、动心忍性、增益预防，而义理生焉，道德成焉。"不知程子是不是要说，所有牵扯到具体事务的好，都要经过粗粝事实的勘验攻错，沉浸在自以为是的正确中，摆出一副天下皆浊我独清的样子，恐非贤者所为。

尽管经常引程子的话，朱熹却对其解诗略有些不满："伊川解《诗》，亦说得义理多了。《诗》本只是恁地说话，一章言了，次章又从而叹咏之。虽则无义，而意味深长。后人往往见其言只如此平淡，只管添上义理，却窒塞了他。如一源清水，只管将物事堆积在上，便壅隘了。"后人理解《诗》的意思，最好是诗自己显发出来的，堆累上去的各种说法，即便再精妙，也难免有些生硬的隔膜，甚至会把清澈壅隘得浑浊。照朱熹的看法："今欲观《诗》，不若且置小序及旧说，只将原诗虚心徐徐玩味。候仿佛见个诗人本意，却从此推寻将去，方有感发。"虽然后人颇觉朱熹疑序太过，但读《诗》抛去旧见，细心涵泳的做法，值得好好思量。尤其是朱熹在解诗（包括他注其他经典）时，始终抱着"知之为知之，不知为不知"的诚恳态度，有缺漏和不足，不以意添加，不妄自揣测，看起来有点笨拙，却是"多闻阙疑，多见阙殆"的寡尤寡悔之举，恰恰增加了人们对他的信任。

即如这首《鹤鸣》，朱熹就并不怎么认同毛郑的说法："此诗之作，不可知其所由，然必陈善纳悔之词也。盖鹤鸣于九皋而声闻于野，言诚之不可揜（夺）也。鱼潜在渊而或在于渚，言理之无定在也。园有树檀而其下维萚，言爱当知其恶也。他山之石而可以为错，言憎当知其善也。由是四者引而伸之、触类而长之，天下之理其庶几乎？"我们不妨就把这陈善纳悔看成一个人的"观我生"，明诚之不可夺（故能内心有定），体理之无定在（故可识变而化），爱而知其恶、憎而知其善（故常处世持平），因而可以随时进退，"或出或处，或默或语"而莫不中节——这不正是理学的修养功夫？

差不多就是这样，尽管朱熹一意摒弃旧说而善体诗人之意，却仍然不小心就带上了理学色彩，难免"说得义理多了"。不过即便看到这一层，也用不着沾沾而喜，任何一个划时代的人物，都有其所处的具体时空，后之读者，不妨得其精微而遗其陈痕，脱化出新的时代之声。如王夫之说此诗，即未被毛诗朱解笼罩，自己涵泳出一层意思来："诗全用比体，不道破一句，三百篇中创调也。要以俯仰物理（事物的道理、规律）而咏叹之，用见理随物显，惟人所感，皆可类通。"兴许是感应于时代之变，船山并不一味强调个人的修养功夫，而是体察三才（天地人）之道未尝可分，如潘雨廷先生所言："人本属自然界的产物，何可生活于天地之外，而社会结构的变化，国家兴亡的反复，莫非三才之道的错综。"如此，则观我生也即可以是观时代自然之变，从而"理随物显"。脱去义理笼罩，人善体此物理之变，则或可进退自如。

或者更彻底一点，不去管这首诗是写访求未仕的贤人，还是写人的陈善纳诲、俯仰物理，就只跟着诗中所写来观，写到哪里，就观到哪里——白鹤鸣叫在深泽之中，其声闻于广漠之野，渺远之天。鱼或浮游在浅水，或潜入于深渊。喜欢那里的一个小园，园中多有檀树，其下落叶满地，乔木横生。园旁有山，山上的坚石可以攻错美玉。然后，就又是鹤鸣九皋，鱼潜在渊……不管读到哪里，心思都不淹留，只跟着鹤鸣下皋泽入云霄，跟着鱼在水中或沉或浮，跟着看树木的参天之姿和落叶之态，看石的粗粝和玉的精美……一遍又一遍，始终跟着变化本身变化，把容易黏滞的心洗得不停周流，从而越来越干净明亮，越来越变化从容，人可于此练习"诚合外内之道"，不断"观我生进退"。如此，这首诗也就不会停留在任何固定的时空之中，不会停留在任何特有的解说之中，而是在任何一个时空和解说中都随开随闭，隐显自如。

五

《汉书·楚元王传》记载了一个故事。楚元王少时，跟鲁国的穆生、白生、申公一起从浮丘伯学《诗》。元王封楚之后，礼敬三位师兄弟，以之为中大夫（掌议论），因穆生性不嗜酒，元王在设酒宴宾的时候，常为其设醴（酒精度很低的甜酒）。后来，楚元王的孙子王戊即位，开始也常为穆生准备醴酒，后来就忘记了。穆生立刻感受到这变化，退曰："可以逝矣！醴酒不设，王之意怠，不去，楚人将钳（刑罚，用铁圈束颈、手、足）我于市。"于是称病不起。申公、白生前来劝说："独不念先王之德与？今王一旦失小礼，何足至此！"穆生曰："《易》称'知几其神乎！几者动之微，吉凶之先见者也。君子见几而作，不俟终日'。先王之所以礼吾三人者，为道之存故也；今而忽之，是忘道也。忘道之人，胡可与久处！岂为区区之礼哉？"坚持托病辞去。王戊果然越来越放纵暴戾，留了下来的申公、白生进谏时触怒了他，便被捆在一起，穿上赭色的囚衣，投为服劳役的刑徒，每日在市肆舂米。

如果我的观察没错，学问这件事最终其实只是如何在复杂变化之中存身进阶的问题。即如上面故事中的师兄弟三人，申公纸上的学问应该胜过穆生，今文的"鲁诗"就是他传下来的，只是临到具体的大事，反而穆生见几在先，学问虽多，亦奚以为？一个人混沌地置身世间，情形仿佛亘古不变，太阳东升西落，星辰不断流转，人也不过是互相寒暄问候而已。一个不断反身自省的人，却往往会发觉，自己每天都在面对新的情况，堪堪新学习了一点东西，这东西差不多刚够用来因应已经变化了的现实。有时候，因为进德修业或特殊机缘，人不免要显现在世界面前，比如身处观卦三爻的君子，其时位进于四爻（䷓），须与九五时时觌面相对，情势上容不得再如三爻那样进退自如。当此之时，他需要用身处三爻时刚学会的变化之道来应对新局势，起码要明白九五（之尊）是不是"尚宾"——面对的是楚元王还是王戊——以此判断是否身处"观国之光，利用宾于王"（观卦四爻爻辞）的形势，见微知著，当机而决，否则，非常可能如申公、白生那样背时违运，最终落得个悲惨的结局。

那么，什么是"观国之光，利用宾于王"的好时机呢？

不管你同不同意，《诗经》小序本身，构成了一个完整的认知序列，比如《小雅》最前面的三篇诗，就构成了一幅完美的图景。"《皇皇者华》，君遣使臣。送之以礼乐，言远而有光华也。"君送使臣，知其"载驰载驱"（赶马驱车），"每怀靡及"（顾不上私人情感），故以礼乐慰之。"《四牡》，劳使臣之来也。有功而见知，则说矣。""王事靡盬（公事没有停歇的时候），我心伤悲"，情势呢，却是君知之而劳之，忧劳者的怨怼由君替他们说了出来。"《鹿鸣》，燕群臣嘉宾也。既饮食之，又实币帛筐筐，以将其厚意，然后忠臣嘉宾得尽其心矣。"君有"燕乐嘉宾之心"，并盼其"示我周行"（指示我大道），如此则能"和乐且湛"（尽兴而乐）。

《学记》："《宵雅》肄三，官其始也。"郑玄注："宵之言小也。肄，习也。习《小雅》之三，谓《鹿鸣》《四牡》《皇皇者华》也。"翻开典籍，《小雅》开始的这三篇诗，应用的范围可真够广——除去《学记》这里说到的开学典礼时用，大射礼（为祭祀择士而举行的射礼）时"乃歌《鹿鸣》三终"，燕礼（天子诸侯与群臣宴饮之礼）时"工歌《鹿鸣》《四牡》《皇皇者华》"……《左传》襄公四年则记载了三首诗在飨礼（隆重的宴饮宾客之礼）上的一次应用："穆叔如晋，工歌《鹿鸣》之三，三拜。韩献子使行人子员问之（原因），对曰：《鹿鸣》，君所以嘉寡君也，敢不拜嘉？《四牡》，君所以劳使臣也，敢不重拜？《皇皇者华》，君教使臣曰：'必咨于周（忠信）。'敢不重拜？"隐含的意思差不多是说，只有这样君臣互相理解，互相慰劳，互相激励，从政这件事才在起始时就显出其郑重来。尤其是《鹿鸣》一篇，通篇没有愁苦之色，似乎正是某种机运到来时最风流蕴藉的样子——

> 呦呦鹿鸣，食野之苹。我有嘉宾，鼓瑟吹笙。
> 吹笙鼓簧，承筐是将。人之好我，示我周行。
> 呦呦鹿鸣，食野之蒿。我有嘉宾，德音孔昭。
> 视民不恌，君子是则是效。我有旨酒，嘉宾式燕
> 以敖。
> 呦呦鹿鸣，食野之芩。我有嘉宾，鼓瑟鼓琴。
> 鼓瑟鼓琴，和乐且湛。我有旨酒，以燕乐嘉宾之心。

鹿鸣呦呦，其声和也。承，奉也。筐，所以盛币帛者也。将，行也。奉筐而行币帛，饮则以酬宾送酒，食则以侑宾劝饱也。周行，大道也。孔，甚。昭，明也。视，示。

桃，浇薄。敖，游也。湛，乐之久也。旨酒，美酒。燕，安也。马瑞辰《毛诗传笺通释》析其篇章结构："此诗三章，文法参差而义实相承。首章前六句言我之敬宾，后二句言宾之善我。二章前六句即承首章'人之好我'言，后二句乃言我之乐宾。三章前六句即接言宾之乐，后二句又申言我之乐宾，以明宾之乐实我有以致之也。"《集传》深入以探其义："盖君臣之分，以严为主；朝廷之礼，以敬为主。然一于严敬，则情或不通，而无以尽其忠告之益。故先王因其饮食聚会，而制为燕飨之礼，以通上下之情，而其乐歌又以鹿鸣起兴，而言其礼意之厚如此。庶乎人之好我，而示我以大道也。"满脸严肃的朱夫子忽然对饮食聚会表达了自己的正向理解，真让后之读《诗》者暗暗松了一口气，也于此约略体会到儒、墨的不同。

曹操《短歌行》一字不漏地挪用了此诗的前四句，其格调之高远，气魄之雄强，堪称千古名篇。只是比起这首诗来，似乎略逊含蓄浑厚，"周公吐哺，天下归心"这样的句子足显大志，却也显得稍有点儿促迫。还是这《鹿鸣》，其义则上下交通，其音节则"一片和平，尽善尽美"，结构循环往复，气息柔和平顺，更有雍容之姿——上观为王而敬，下观为宾而化，却并不点破，就在这氛围里，上下间的区隔消除，矛盾解决，君臣结为一体。"九五大观，光被四表，四承之"，这或许正是观卦四爻与五爻配合无间之象？或许正是"观国之光，利用宾于王"的好时机？

六

《诗经》分大雅小雅，小雅明君臣之相合，由风而雅，自边隅及于中心；大雅明君德，由雅而风，自中心达于边隅。其中，凡述君臣相合以正者，为正小雅，比如《鹿鸣》；凡叙君德以正者，谓正大雅，比如《假乐》——

假乐君子，显显令德。宜民宜人，受禄于天。
保右命之，自天申之。

假，通嘉，美。君子，指王。显，光。民，庶民。人，在位者。右，佑助。命，授命。申，告诫。一开篇，这首诗就点出了其核心人物，小序所谓"嘉（周）成王也"。世间的九五之位，即是君位，所谓"大观在上"也。如此，观卦也来到了第五爻（䷓），"九五阳气盛至于天，故飞龙在天……犹若圣人有龙德，飞腾而居天位"。九五爻辞："观我生，君子无咎。"此处的"观我生"虽与九三相类，不过，三之我指自身，五之我乃指民，即象辞所谓"观我生，观民也"，或如老子所言，"圣人恒无心，以百姓之心为心"。民与王同心，天反复眷顾王而不厌，保之佑之命之复又告诫之，正《庄子·庚桑楚》所言"人之所舍（聚集），谓之天民；天之所助，谓之天子"。

或许应该特别指出的一个问题是，这章诗点出了君王地位的合法性——"受禄于天""自天申之"。君既受命于天，复如观卦象辞所谓"圣人以神道设教，而天下服矣"，如此才算完成了君王的使命循环。不过，对现代人来说，这里有一个重大的疙瘩，即将神道设教解为利用神鬼之道进行教化，那岂不是有愚民的嫌疑吗？按之《周易》内证，"阴阳不测之谓神"，则天之神道应指自然规律，故"观天之神道而四时不忒（差错）"，如此，则神道设教可以不（只）是借鬼神施行教化，也可以是法天（自然规律）而行，完成自己的教化任务。如果君王违天背德，那么，不仁的天地将以其为刍狗，弃之不顾，只有遵从着自然规律的君王，才有机会显扬美德而宜民宜人。如此，那个让人头疼不已的大疙瘩，是否可以稍微解开一些？

干禄百福，子孙千亿。穆穆皇皇，宜君宜王。不愆不忘，率由旧章。

干，求也。穆穆，敬也。皇皇，美也。君，诸侯。王，天子。愆，过失。率，循也。旧章，先王之礼乐政刑。上章言敬天，此章言法祖，《正义》承小序曰："言成王能行光光之善德，宜安民官人，以此求天之禄，则得百种之福，子孙亦勤行善德，以求天禄，则得千亿，言其多无数也。子孙以勤行得禄之，故所以穆穆然、皇皇然，宜为诸侯之君，宜为天子之王。又言成王所以蒙天之德，泽及子孙者，以其有光光善德，勤行之，不过误，不遗忘，志唯循用旧典之文章，言能遵用周公礼法，故得福流子孙。"除去具体的所指，这里描述的，不正是观卦象辞"顺而巽（谦恭）"的景象？

这一章的疑问是，对一个社会来说，究竟是"不愆不忘，率由旧章"好，还是"周虽旧邦，其命维新"好呢？君子是择取鼎卦（☲）的"正位凝命"还是革卦（☱）的"治历明时"好呢？确实极难选择。莎士比亚《亨利四世》里，叛乱的约克主教说："我并不愿做和平的敌人；我的意思不过是暂时借可怖的战争为手段，强迫被无度的纵乐所糜烂的身心得到一些合理的节制，对那开始遏止我们生命活力的障碍做一番彻底的扫除。再听我说得明白一些：我曾经仔细衡量过我们的武力所能造成的损害和我们自己所深受的损害，发现我们的怨忿比我们的过失更严重。我们看见时势的潮流奔赴着哪一个方向，在环境的强力的挟持之下，我们不得不适应大势，离开我们平静安谧的本位。当我们受到侮辱损害，准备申诉我们的怨苦的时候，我们总不能得到面谒国王的机会，而那些阻止我们看见他的人，也正就是给我们最大的侮辱与损害的人。新近过去的危机——它的用血写成的记忆还留着鲜明的印象——以及当前每一分钟所呈现的险象，使我们穿起了这些不合身的武装；我们不是要破坏和平，而是要确立一个名副其实的真正和平。"人是需要忍耐的，因为社会不会满足人的所有需求，如非必要，该努力去维护稳定的局面，否则会有可怖的战争和可怕的变乱；人的忍耐是有限度的，习惯了被侮辱与被损害也不表明对任何侮辱和损害都无动于衷，到了某个极限，人们会不断地问自己——我还剩下多少耐心，是不是有必要穿起那些并不合身的衣装来？而约克主教所要的那个"名副其实的真正和平"，对在位者提出的又该是怎样的要求呢？

威仪抑抑，德音秩秩。无怨无恶，率由群匹。
受福无疆，四方之纲。
之纲之纪，燕及朋友。百辟卿士，媚于天子。
不解于位，民之攸塈。

抑抑，密也。秩秩，清也。匹，类。群匹，群臣。之，这。燕，安。朋友，谓诸臣。辟，畿内诸侯。卿士，畿外诸侯。媚，亲爱。解，懈怠。塈（xì），休息。此两章一言用贤，一言安民，朱传谓君王"有威仪声誉之美，又能无私怨恶，以任众贤。是以能受无疆之福，为四方之纲。人君能纲纪四方，而臣下赖之以安，则百辟卿士媚而爱之。维欲其不解于位，而为民所安息也"。

《左传》（襄公三十一年）释威仪："有威而可畏谓之威，有仪而可象谓之仪。"两抑字连用，是缜密的形象，"调整潜意识，化入潜意识，它是接受的，不是对抗的。进去一点，再进去一点，抑抑是内修并消化，而且是一层层地修过，其中有无限的层次。抑抑一旦对了路，一定有能量往外冒，威仪就是显出来的形象"。九五在位的君子，不断省察自己，内抑抑而外威仪，则堪为天下人观仰，才可以"有孚（信）颙若（有威容貌），下观而化"，足以"省方（巡视四方）观民（观察民风）设教（实施教化）"，于是贤人来集，民人得安，"天下服矣"。有点难没错吧，但要得到"名副其实的真正和平"，人们，尤其是身居九五之位者，不付出足够的内省和辛劳功夫，恐怕是不行的吧。

七

阿城在《洛书河图——文明的造型探源》中，全文解说了屈原的《九歌·东皇太一》，凡诗中所涉的动作、饰品、花草、气味、乐器……都有具体用法或用途的解释。屈原那些如今看来过于秾丽、略显陈旧的文字，在阿城的笔下重新开启，亮堂堂走进了当下。如第二句"穆将愉兮上皇"，"穆是恭敬的意思；愉兮上皇，上皇就是东皇太一，我们要恭敬地弄些娱乐让上帝高兴高兴……竭尽所能去媚神，因为是神，所以无论怎么媚，包括肉麻地媚，都算作恭敬。神没有了，尼采说上帝已死，转而媚俗，就不堪了，完蛋"。以诗媚神，人们也于此暂时脱离尘俗，去到一个另外的世界，类似于看着陶器上的旋转纹转动起来，"我们就会觉得一路上升，上升到当中的圆或黑洞那去，上升到新石器时代东亚人类崇拜的地方去，北天极？某星宿？总之，神在那里，祖先在那里"。

诗大序："颂者，美盛德之形容，以其成功告于神明者也。"颂是庙堂祭祀时用的舞曲歌辞，在演奏和舞蹈过程中，人们"回想祖宗创业的艰难，把自己的成功和先人的丰功伟绩联系起来，通过仪式和伟大的亡灵沟通，以此纯净自己的思想"。"祭如在，祭神如神在"，神和祖先都在人的头脑里，只是，他们不再受现实时空的宰制，而是化为一个个洁净精微的形象，所谓"上下变通，形化象成，是之谓颂"。人可以据此形象比照自己当下的境况，谨慎地予以调节或改进，从而跟从不断变化的现实而达致成功——"'成功'者，营造之功毕也。天之所营在于命圣，圣之所营在于任贤，贤之所营在于养民。民安而财丰，众和而事节，如是则司牧之功毕矣。"那些洁净精微的形象为天下之观，如对宗庙之祭，"盥而不荐，有孚颙若"，"致其洁清而不轻自用，则其孚信在中，而颙然可仰"，便是如《周颂·维天之命》的文王那样吧——

维天之命，於穆不已。於乎不显，文王之德之纯。假以溢我，我其收之。骏惠我文王，曾孙笃之。

天命，天道。於，慨叹声。穆，壮美。不已，无穷。於乎，呜呼。显，光。於乎不显，难道不光明吗？假，嘉。溢，盈溢之言。收，受。骏，大。惠，顺。曾孙，后王。笃，厚。小序旨此篇："太平告文王也。"乃周室子孙以祀文王，前四句谓文王德配天命，后四句谓文王德被子孙。文王纯而不杂的德性，不正是善体乾（☰）德的"刚健中正，纯粹精也"形象？九五在祝颂中不断温习这形象，并遵之而行，是否就可以"中正以观大下"？

观卦上九（☷☴）爻辞："观其生，君子无咎。"与九五爻辞只差一个字。陈梦雷述："上九以阳刚居尊位之上，亦为下所观瞻，若宾师之位也，故亦当反观己之所行，求免于咎也。曰其生者，上无位，不当任事；避九五，不得称我也。"人间的最高位是九五君主，上九所处之位，无法在上下级的序列里陈放，陈梦雷就把师放上了这位置，而照颂的说法，则居此位的也不妨是神明和祖先，于是便是一国之宗庙。这个上九虚位的存在，虽然并不任事，却因为民人观仰，需要不断省察自身，如象辞所谓："观其生，志未平也。"——"自省其身，未得自安，故曰未平，不敢以不居其位而晏然不自省也。"甚而言之，九五因应具体，有理由不用做到完美，而这个不居位的宗庙之象，却没有任何借口："观为阴盛之卦，而九五阳刚得位，故有可以观示下民之象。然高位为众所仰，非可易居，而阴盛亦多戒惧，故五仅无咎而上志未平也。"

顾炎武《日知录》云："有亡国，有亡天下。亡国与亡天下奚辨？曰：易姓改号，谓之亡国。仁义充塞（闭塞）而至于率兽食人，人将相食，谓之亡天下。"虽然"颂"于成功告神之时，"必言子孙勉力保守，以慰祖考"，但君子之泽，五世而斩，尽管文王、周公万邦作孚，吐哺握发，既明且哲的他们当然不会真的奢望"曾孙笃之""本支百世"，后代难免出现幽、厉这样的亡国之君。只那些不断省察自身并不断接受着省察的"志未平"形象，如文王、周公、孔子，穿过不同时代的范围，透出不可磨灭的光芒，并由此形成了一个叫作天下、变动不居的精神景象，激励人们不断上出，约束人们不陷入率兽食人的困厄。没错，只要这光芒一直在，只要有人一直继续着对所有最卓越形象的观仰与省察，那个古人念兹在兹的天下，就一直会在。

《诗经》的"遰"

一

　　1992 年，记得是麦收后不久，我正赶着马车在路上，明朗的天色忽然暗下来。在地里干活的一个本村"学问人"，不知道手里擎着块什么，认真地望着天空。我也停下马车，抬头往天上看去，只见太阳被一小块阴影遮住，那阴影越来越大，越来越大，最后完全盖住了太阳，天也变得如同黑夜一般。我心下微感战栗，便不再看天，盯住了学问人所站的位置。过了不大一会儿，太阳又一点点显露出来，天色也恢复了正常。那个学问人这才低下头，朝我这边踱过来，告诉我，刚才是日全食，前几天报纸上登了消息，并有观看提示，他就备了一块涂墨玻璃拿在手里，避免阳光直射眼睛。

　　后来想起这段无知的经历，我就会记起当时自己内在的不安，无来由的，是对天现异象的本能反应吧。这样的时刻，即便是一个眼界不如三家村塾师的学问人，只要表现出一点因知识而来的镇静，也能给人安慰的力量。从种种记载看，起码古早有很长一段时间，巫差不多就是高级知识分子，有些甚至是人群的领袖，在天现异象，民人无力解释的时候，便是万众仰望的对象，"大瘟疫，久旱不雨，千百只眼睛等着他"。如果连他们都对各种异象解释不清，束手无策，事情会怎样呢？

《小雅·十月之交》记载了一次时间相对明确的日食，并紧跟着写到了造成巨大损害的自然灾害——

十月之交，朔月辛卯，日有食之，亦孔之丑。
彼月而微，此日而微。今此下民，亦孔之哀。
日月告凶，不用其行。四国无政，不用其良。
彼月而食，则维其常。此日而食，于何不臧。
烨烨震电，不宁不令。百川沸腾，山冢崒崩。
高岸为谷，深谷为陵。哀今之人，胡憯莫惩。

这里的"日有食之"，是中国第一次有月日可考的日食记录。按说，不管是根据当时人对此事的记载，或是用现代科学倒推，都应该很容易确定这次日食的发生时间。其实不然，这时间自汉代起就有两种不同的说法，毛传谓："大夫刺幽王也。"郑笺则据篇次编排，移幽王为厉王。根据现代日食推算，终厉王之世（约前879—前843）没有发生过"十月之交"而干支纪日为"辛卯"的日食，郑笺说法可以排除。后来的许多历算家，如为人熟知的僧一行、郭守敬，均推算出周幽王六年（前776年9月6日）建酉之月朔日辛卯（周正，建子）曾发生过一次日食，且此年十月之前，周都地区还能连续看到两次月食，正符合诗中所写"彼月而微（不明），此日而微"。

幽王六年说另一个有力证据，就是诗中写到的自然灾害："烨烨震电，不宁不令。百川沸腾，山冢崒崩。高岸为谷，深谷为陵。"《国语·周语》载："幽王二年，西周三川皆震，三川竭，岐山崩。"因为这原因，很多人推测，诗中所写，就是这次地震，也似乎恰好可以说明，作诗者把这前前后后的自然现象联想在一起，由此感叹"日月告凶，不用其行（常道）"。疑问是，诗中所记是"烨烨震电，百川沸腾"，而《国语》写的却是"三川竭"，对自然现象敏感如此诗作者，恐怕不会连河里的水满还是水干也分不清吧？或许，诗中所写并非地震，因大雨引起的"山冢（顶）崒（碎）崩"（也即如今所称的山崩），照样能使"高岸为谷，深谷为陵"对吧？

另有一个对幽王六年说不利的证据，即据现代日食推算，此年发生的日食，只有今之内蒙古西部、宁夏北部可见很小的偏食（一分左右），周都附近不可能看到，与诗中所谓"亦孔（甚）之丑（恶）"不符。即便这一分左右的日食能被看到，居于周都及其附近的作诗者要知道这次日食，需内蒙、宁夏的使节来报，那直接冲击会减弱非常多。何况，当时内蒙古、宁夏等地的天文观测水平，是否能够观察到这次偏食，还在未知之数（当时没有天文望远镜，一分左右的日食颇难观测）。此外，如张载所言，"《诗》有夏正，无周正"，也就是《诗经》绝大多数用夏历（建寅或建卯），独此《十月之交》用周正，不太符合通例。

根据夏历（建寅），则《诗经》时间上下限（约前11世纪—前6世纪）之间，发生在周平王三十六年十一月朔日（前735年11月30日）的日食也符合这次记载——至少八分的全食，几乎整个周土可见，且此前不久发生过月食——或许可以作为证据较强的推断之一种。其实，不论把这次日食确认为幽王六年还是平王三十六年，社会变乱已甚的情形，对直接观看到此次黑暗侵蚀光明的人来说，都难免会"感乎自然之变，以忧人事之变"——

> 皇父卿士，番维司徒，家伯维宰，仲允膳夫，
> 棸子内史，蹶维趣马，楀维师氏，艳妻煽方处。
> 抑此皇父，岂曰不时。胡为我作，不即我谋。
> 彻我墙屋，田卒污莱。曰予不戕，礼则然矣。
> 皇父孔圣，作都于向。择三有事，亶侯多藏。
> 不慭遗一老，俾守我王。择有车马，以居徂向。

诗中所纪，乃"小人用事于外，嬖妾固宠于内"，权臣毁屋废田，不断聚敛财富，一心自营私邑，差不多明显如日食般"亦孔之丑"，却不自儆戒，甚且变本加厉，有识者当然会发出"哀今之人，胡憯（乃）莫（不）惩（儆）"的深重叹息，避之唯恐不及——小人阴浸长而君子阳退让，差不

多正是《周易》遯卦时的景象。

二

遯卦（䷠）由姤卦（䷫）而来，姤初六阴，上消九二阳而成遯，再消则成否（䷋），正象辞所谓阴"浸而长也"之象。遯下卦艮（☶），上卦乾（☰），按《周易》取象，艮为山，乾为天，《易正义》释之云："山者阴类，进在天下，即是山势欲上逼于天。天怍高远，不受于逼，是遯避之象，故曰'天下有山，遯也'。"虞翻于此之外，又取乾为远，下参巽（☴）为入，完成遯避的动态取象，云人入藏于远山为遯，可以下图示其意：

人 远（䷠）入
山

遯《大象》："天下有山，遯。君子以远小人，不恶而严。"崔憬解上句曰："天喻君子，山比小人。小人浸长，若山之侵天。君子遯避，若天之远山，故言'天下有山，遯也'。"侯果则并下句解为："群小浸盛，刚德殒削，故君子避之。高尚林野，但矜严于外，亦不憎恶于内，所谓吾家耄（老）逊（遯）于荒也。"当此之时，时世正如《十月之交》所写之"四国无政，不用其良"，或《邶风·北风》暗示的那样——

北风其凉，雨雪其雱。惠而好我，携手同行。
其虚其邪，既亟只且。

北风其喈，雨雪其霏。惠而好我，携手同归。
其虚其邪，既亟只且。

莫赤匪狐，莫黑匪乌。惠而好我，携手同车。
其虚其邪，既亟只且。

诗本身看不出太多的变乱痕迹，之所以被小序确认为刺诗，很大程度上是因为整个邶风十九首越来越衰败，在总体中倒数第四的《北风》之前，早已显出天地否塞而内外交怨之象。小序讲此诗为："卫国并为威虐，百姓不亲，莫不相携持而去焉。"推敲起来，诗中跟政事威虐有关的，不过是三节起首的兴辞，当然，都需要经过特殊的解释——"北风其凉，雨雪其雱（盛）"，"北风其喈（疾），雨雪其霏（甚）"，郑笺谓："寒凉之风，病害万物。喻君政教酷暴，使民散乱。""莫赤匪狐，莫黑匪乌"，《正义》解为："狐色皆赤，乌色皆黑，以喻卫之君臣皆恶也。"正与俗语所谓"天下乌鸦一般黑"同义。或者如朱熹所言，狐和乌"不但指一物而言。当国将危乱时，凡所见者无非不好底景象也"。

陈子展《诗经直解》于诗序之言有个提醒："《序》所谓百姓乃《诗》《书》时代之百姓，当是泛指其时一般之贵族。且苍黄避难之际，虚徐有车，明非庶民也。"没错，仓皇逃难也未必轮得到真正的下层百姓，可以选择"危邦不入，乱邦不居"的，仍然是较上层的人物。只是这一去，即便有车，却也并不从容，而是"其虚其邪，既亟只且"。《诗集传》谓："虚，宽貌。邪，一作徐，缓也。亟，急也。只且，语助辞。[国家危乱将至，]是尚可以宽徐乎，彼其祸乱之迫已甚，而去不可不速也。"

大概是因为忽视了诗中的"亟"字，害得程颐夫子在清人陈启源那里跌了跟头："程子谓《北风》诗乃君子见几而作，夫北风雨雪，害将及身，当此而去，亦不得为见几矣。"不过，即便称不上见几，这首诗里远举避祸的人，也还算处困有方，如遯卦初爻（☶）所谓："初六，遯尾，厉，勿用有攸往。"陆绩释之曰："阴气已至于二而初在其后，故曰遯尾也。避难当在前而在后，故厉。往则与灾难会，故勿用有攸往。"

朱熹《周易本义》解此初爻，竟接连出现了他的字、号："遯而在后，尾之象，危之道也。占者不可以有所往，但晦处静俟，可免灾耳。"朱子名熹，小字季延，十六七岁时，其师刘子翚命字元晦，《屏山集》记之曰："字以元晦，表名之义。木晦于根，春容晔敷；人晦于身，神明内腴。"朱熹晚号晦庵、晦翁，并自述曰："余受其言而行之不力，涉世犯患，颠沛而归，然后知其言之有味也。"显然终身体会此字。当六十六岁之年，朱熹曾草封事（密封的奏章）数万言，极陈奸邪蔽主之祸，然"既复自疑，因以易筮之，得遯之家人（☲），为'遯尾''好遯'之占，遂亟焚稿齰（咬）舌"，更号遯翁。

虽然朱熹"念身虽闲退，尚带侍从之名，不敢自默"，知遯略迟，但当政事纷杂之际，用晦用遯，初筮已告，则亟遵之而行，不留一点尾巴，亦可谓善处遯尾者矣。由此来看不够从容潇洒的"既亟只且"，从遯的角度，倒也显出了避祸者的果决——不再对时事抱有希望，不再企图有所作为，而是一刀两断，断然而隐——恰如此爻《小象》所言："遯尾之厉，不往何灾。"

三

对科学昌明的现代人来说，卜筮似是为衬出古人的愚昧专设的，带着未开化者笨拙的虔敬和陈旧的虚妄。究其实，在卜筮问题上，古人（起码智商和情商都足够的那些）的原则却清晰而理性，并不是混沌的迷信。比如卜筮的原则之一是"卜以决疑"，"意思是不疑的、一定得做的事，包括信念坚定不疑不惧的或日常的例行性的，那就不必也不该轻易启动此一铺天盖地的询问机制"；比如卜筮不能用来"占险"，也即不支持任何铤而走险的行为；比如对同一件事，也不支持反复卜问，"初筮告，再三渎，渎则不告"，对幽明之事不虔心以待，只期望得到一个自己想要的结果，就已经不是问断，而是要挟了，"不告"……"易为君子谋，不为小人谋"，小人（普通人）的事，不出寻常日用，超不出人的理解范围（只是"百姓日用而不知"），用不着问于幽冥。

《卜居》中的屈原，被放于外三年，不得见于君王，面对"蝉翼为重，千钧为轻；黄钟毁弃，瓦釜雷鸣；谗人高张，贤士无名"的局面，彷徨无归地问计于太卜郑詹尹，"余有所疑，愿因先生决之"。卜的是什么呢？"宁正言不讳，以危身乎？将从俗富贵，以媮（偷）生乎？"郑詹尹没有为这个潦倒的贵族占卜，而是"释策而谢曰"："夫尺有所短，寸有所长，物有所不足，智有所不明，数有所不逮，神有所不通。用君之心，行君之意，龟策诚不能知事。"詹尹以不答答之，是高明的化解方式，有心者或可从中探出一条曲曲折折的小路。只是屈原情凝不散，沉溺在自己划定的两条方向相反的路线里，无意也无力分析自己面对的社会现实，最终不得不"从彭咸之所居"。

　　屈原问卜前的心情，我怀疑很像《邶风·柏舟》的作者——

　　　　泛彼柏舟，亦泛其流。耿耿不寐，如有隐忧。微我无酒，以敖以游。

　　　　我心匪鉴，不可以茹。亦有兄弟，不可以据。薄言往愬，逢彼之怒。

　　　　我心匪石，不可转也。我心匪席，不可卷也。威仪棣棣，不可选也。

　　　　忧心悄悄，愠于群小。觏闵既多，受侮不少。静言思之，寤辟有摽。

　　　　日居月诸，胡迭而微？心之忧矣，如匪浣衣。

静言思之，不能奋飞。

遁卦九三（☶☰）象："系遁，有疾厉，畜臣妾，吉。"象："系遁之厉，有疾惫也。畜臣妾吉，不可大事也。"九三阳在内卦，无应于上，只好系于初、二二阴，不能超然远遁，故称"系遁"。"遁之为义，宜远小人。既系于阴，即是有疾惫而致危厉，故曰'有疾厉'也。亲于所近，系在于下，施之于人，畜养臣妾则可矣，大事则凶，故曰'畜臣妾吉'。"马振彪曰："畜臣妾即能容纳小人之意，所谓不恶而严也，此贵有畜之道，乃不为害。"

仔细琢磨起来，此爻几乎密合屈原与《柏舟》作者的情势。屈原虽"竭知尽忠，而蔽鄣于谗，心烦虑乱，不知所从"，《柏舟》的作者，则一面是同姓君主不可信赖，"亦有兄弟，不可以据。薄言往愬，逢彼之怒"；一面是小人的围攻，"忧心悄悄，愠于群小。觏闵既多，受侮不少"，因而他难免会"耿耿不寐，如有隐忧"，"心之忧矣，如匪浣衣"，正《诗经原始》所谓"贤臣忧谗悯乱而莫能自远也"之象。如此淤塞的心情，如果《柏舟》的作者有个可以信赖的郑詹尹，他会不会也去问卜呢？那时还看不到《易经》象辞和象辞的他，能想象得出遁卦第三爻的告诫，并收拾起去做大事的心情吗？或者，跟一国之君密切相关的他和屈原，会想到如《陈风·衡门》所示的那样隐居自乐吗？

衡门之下，可以栖迟。泌之洋洋，可以乐饥。

岂其食鱼，必河之鲂。岂其取妻，必齐之姜。

岂其食鱼，必河之鲤。岂其取妻，必宋之子。

崔述《读风偶识》说此诗："似此人也，非无心仕进者，但陈之士大夫方以逢迎侈泰相尚，不以国事民艰为意，自度不能随时俯仰，以故幡然改图，甘于岑寂。"衡门可居，不期廊庙；蔬食可饭，何在鲂鲤；荆布可娶，岂必子姜，君子远危厉而畜臣妾——虽有牵系，毕竟遯矣，他日国破家亡，洪水滔天，是谁之过欤？

四

亚里士多德《政治学》："城邦出于自然的演化，而人类自然是趋向于城邦生活的动物（人类在本性上，也正是一个政治动物）。""凡隔离而自外于城邦的人——或是为世俗所鄙弃而无法获得人类社会组合的便利或因高傲自满而鄙弃世俗的组合的人——他如果不是一只野兽，那就是一位神祇。"不知道亚里士多德眼中这些"脱轭的牛"具体所指，但在中国古典时代，那些自外于城邦的人，或正是认识到自己是所谓政治动物的那批人，他们自外于城邦，并非情愿，而是缘于不得已。王夫之解遯《大象》"君子以远小人，不恶而严"谓："'不恶'者，不屑与之争。'严'者，虽求合而必不受，惟超然遯于其外。"

若果能够求合而受，君子当然应该（也必然）成为共同体的助益者："苟有用我者，期月而已可也，三年有成。"比如在《卫风·淇奥》"美武公之德"的黄金时代——

　　瞻彼淇奥，绿竹猗猗。有匪君子，如切如磋，如琢如磨。瑟兮僴兮，赫兮咺兮。有匪君子，终不可谖兮。

　　瞻彼淇奥，绿竹青青。有匪君子，充耳琇莹，会弁如星。瑟兮僴兮，赫兮咺兮。有匪君子，终不可谖兮。

　　瞻彼淇奥，绿竹如篑。有匪君子，如金如锡，如圭如璧。宽兮绰兮，猗重较兮。善戏谑兮，不为虐兮。

卫武公，前852年生，前758年卒，前812年至前758年在位。《史记·卫世家》："釐侯卒，太子共伯余立为君。共伯弟和有宠于釐侯，多予之赂；和以其赂赂士，以袭攻共伯于墓上，共伯入釐侯羡（墓道）自杀。卫人立和为卫侯，是为武公。"那个后来作《大雅·抑》《小雅·宾之初筵》和这首《淇奥》赞颂的卫武公，初年本以篡弑起家，手上是淋漓的鲜血。这样的人在历史上如何评价，只是归为残酷无情的人吗？这个一生经历了厉王流放、宣王中兴、幽王覆灭、平王东迁的人，用后来的行为表明自己体味了无情的沧桑吗？还是鲜血的折磨，让他不得不学会了与自己的残酷相处？反正，晚年的卫武公似乎变成了值得信赖的那么一种君主："昔卫武公年数九十有五矣，犹箴儆于国曰：'自卿以下至于师长、士，苟在朝者，无谓我老耄而舍我，必恭恪于朝，朝夕以交戒我。闻一二之言，必诵志而纳之，以训道我。'"

《朱子语类》记弟子陈文蔚言："《淇奥》一篇，卫武公进德成德之序，始终可见。一章言切磋琢磨，则学问自修之功精密如此。二章言威仪服饰之盛，有诸中而形诸外者也。三章言如金、锡、圭、璧则锻炼以精，温纯深粹，而德器成矣。前二章皆有'瑟（庄严）、僴（宽大）、赫（威严）、咺（光明）'之词，三章但言'宽（容众）、绰（缓）、戏谑（玩笑）'而已。于此可见不事矜持，而周旋自然中礼之意。""绿竹"由"猗猗（长而美）""青青"而"如箦（郁茂）"，共同体气氛融洽，刚而不猛，柔而不惯，君子于是四方萃聚，以成"如切如磋，如琢如磨"之德。

黄金时代难可再得，"来日大难"，在东周漫长的小国灭亡长廊里，卫国自然难逃愈来愈衰的趋势。更何况，武公逝而庄公继，未能克绍箕裘，"惑于嬖妾，使骄上僭"，贤者君子见几而遽，遂不免有《考槃》之吟——

考槃在涧，硕人之宽。独寐寤言，永矢弗谖。
考槃在阿，硕人之薖。独寐寤歌，永矢弗过。
考槃在陆，硕人之轴。独寐寤宿，永矢弗告。

"考（成）槃（乐）在涧（山夹水）""在阿（曲陵）"

"在陆（平陆）"，"永矢弗谖（忘）""弗过（过从）""弗告
（说）"，避之惟恐不远，遯之惟恐不密。"天地闭而贤人隐"，
《淇奥》中可相与"如切如磋，如琢如磨"之君子，已涣散
而遯退，以求独寐之乐。当此之时，虽有宽（广）、薖（kē，
宽大）之舒徐，却已是"遯世之士无闷于世"的遐裕自适，
并非《淇奥》朝堂之上的"宽兮绰兮"，故于近于市朝之平
陆前轴（盘桓）之不行，自我深密地隔离于城邦，正君子处
遯九四（☷）之象。

遯九四象辞："好遯，君子吉，小人否。"九四阳刚居乾
健之始，如王弼言，"处于外（卦）而应于内（卦），君子好
遯，故能舍之。小人系恋，（不能遯，）是以否（困厄）也"。
没有人故意做错事，小人之系恋不遯，非不欲也，是不能
也，"当祸患未形成之时，可从容而遯也，然知几其神，惟
君子能之"。这个遯退序列里的人，既不是野兽，也不是神
祇，而是君子——他们并非城邦的弃物，而是用一种独特的
形式，成为了共同体的一部分。

五

从整个遯卦的形势来看，是遯得越远越好，下卦三爻
各有其难遯，自九四爻开始，上卦三爻皆为好遯，且愈上愈
好，对九四、九五、上九的遯，《易经》用的词，分别是好、
嘉和肥。九五（☷）象辞曰："嘉遯，贞吉。"如《小雅·白

驹》，便颇有此嘉遁之象——

> 皎皎白驹，食我场苗。絷之维之，以永今朝。
> 所谓伊人，于焉逍遥。
> 皎皎白驹，食我场藿。絷之维之，以永今夕。
> 所谓伊人，于焉嘉客。
> 皎皎白驹，贲然来思。尔公尔侯，逸豫无期。
> 慎尔优游，勉尔遁思。
> 皎皎白驹，在彼空谷。生刍一束，其人如玉。
> 毋金玉尔音，而有遐心。

小序："大夫刺宣王也。"传谓："宣王之末，不能用贤，贤者有乘白驹而去者。"朱熹未肯其说，《诗集传》总第一节大义："为此诗者以贤者之去而不可留也，故托以其所乘之驹食我场（圃）苗而絷（绊其足）维（系其引车前进的皮带）之，庶几以永（延长）今朝，使其人得以于此逍遥而不去，若后人留客而投其辖（车轴两头的金属键，用以挡住车轮，不使脱落）于井中也。"第二节略同第一节，第三节中则直接出现了遁字："言乘此白驹者若其肯来，则以尔为公、以尔为侯，而逸豫无期矣。岂可以过于优游，决于遁思，而终不我顾哉。盖爱之切而不知好爵之不足縻（束缚），留之苦而不恤其志之不得遂也。"第四节则谓："贤者必去而不可留矣，于是叹其乘白驹入空谷，束生刍（饲草）以秣之。而其人之德美如玉也，盖以遐乎其不可亲矣。然犹冀其相闻而无绝也，故语之曰，毋贵重尔之音声，而有远我之心也。"

照朱熹的解释，诗中的贤者遯意已决，无论怎样挽留，都不能让其有所改变，只留下让人追怀的美好风姿。然而，这追怀和挽留的情意，却也并不是白费。王弼注遯九五爻象辞曰："遯而得正，反制于内。小人应命，率正其志，不恶而严，得正之吉，遯之嘉者。"即便已经遯得如此之远，因居于九五之位，仍在人们的怀想中存在，从而可正二爻之志，限制小人的妄为之心，使其"不敢为邪"，起到自己该起的作用。

方玉润则于此诗另有妙解："此王者欲留贤士不得，因放归山林而赐以诗也。其好贤之心可谓切，而留贤之意可谓殷，奈士各有志，难以相强。"此解加入了"王者"二字，并将或仕或遯看成人的性情之别，则其义转密。陈子展《诗三百解题》引邹忠允《诗传阐》之说，进一步把王者和贤者坐实："诗再三说皎皎白驹，殷人尚白，大夫乘驹，这是周武王饯送箕子之诗。"是则结合《尚书大传》之载，把此诗上推到周初："武王胜殷，释箕子之囚。箕子不忍为周之释（释放），走之朝鲜，武王闻之，因以朝鲜封之。"当时的所谓"走之朝鲜"，差不多就是一种特殊形式的遯了。

柏拉图《理想国》写到了初学中的佼佼者，说他们应该学着相信"高贵的谎言"——后人解之曰："'谎言'是说，这个故事未必真有其事，'高贵'是说，这个故事的意图在于让政治共同体走向一种由哲人－立法者来引导的高贵生活"，也即让人们"相信那些对共同体有益，但终归是谎言的陈述"。有些陈述事实的方式，或如卢梭所说："我公开信奉真实，更多建立在正直和公正的基础上，而不是基于事物的真实性。在实践中，我更多遵循的是我良心提供的道德准则，而不是抽象的是非概念。我经常信口编造，但我很少说谎。"

没错，关于此诗与箕子有关的传说流传无序，不怎么可靠，甚至有编造的嫌疑，即便《尚书》所载的箕子传《洪范》，恐怕也未必就是板上钉钉的历史。但从"高贵的谎言"来看，是不是可以说，这一系列行为，颇似圣王与贤仁配合，演了场如假似真的大戏，由此构成了完美的"言辞中的城邦"，让人们比照参考，用以正一国士人之志。苟如此，则所遯虽远，而犹未遯，不正是遯之嘉美者最好的样子？

六

1935年，鲁迅发表《隐士》一文，开章明义："隐士，历来算是一个美名，但有时也当作一个笑柄。最显著的，则有刺陈眉公的'翩然一只云中鹤，飞去飞来宰相衙'的诗，至今也还有人提及。"在鲁迅看来，"登仕，是嗷饭之道，归隐，也是嗷饭之道。假使无法嗷饭，那就连'隐'也隐不成了。'飞去飞来'，正是因为要'隐'，也就是因为要嗷饭；肩出'隐士'的招牌来，挂在'城市山林'里，这就正是所谓'隐'，也就是嗷饭之道"。笔锋直指当时心志浅薄的假隐遯真热衷者，不知道好遯、嘉遯的君子，或如《秦风·蒹葭》中的"所谓伊人"，是不是可以免于这样的嘲讽呢？

　　蒹葭苍苍，白露为霜。所谓伊人，在水一方。
　　溯洄从之，道阻且长。溯游从之，宛在水中央。
　　蒹葭萋萋，白露未晞。所谓伊人，在水之湄。
　　溯洄从之，道阻且跻。溯游从之，宛在水中坻。
　　蒹葭采采，白露未已。所谓伊人，在水之涘。
　　溯洄从之，道阻且右。溯游从之，宛在水中沚。

　　姚际恒《诗经通论》谓："此自是贤人隐居水滨，而人慕而思见之诗。'在水之湄'，此一句已了。重加'溯洄''溯游'两番模拟，所以写其深企愿见之状，于是于'在'字上加一'宛'字，遂觉点睛欲飞，入神之笔。上曰'在水'，下曰'宛在水'，愚以为贤人隐居水滨，亦以此知之也。"相较于上篇的《白驹》，此篇的"伊人"遁得更远、更彻底，连絷之维之的念想也没有了，只见其"在水一方"，"宛在水中央"，或正是遁上九（☶）"肥遁，无不利"之象。《易正义》解象辞谓："《子夏传》曰：'肥，饶裕也。'四、五虽在于外（卦），皆在内有应，犹有反顾之心。惟上九最在外极，无应于内，心无疑顾，是遁之最优，故曰肥遁。遁而得肥，无所不利，故云无不利也。"

　　崔述结合作诗时之形势，辨《白驹》与《蒹葭》"好贤"之别，差不多也是嘉遁与肥遁之别："《白驹》，好贤诗也，曰'絷之维之，以永今朝'，曰'所谓伊人，于焉逍遥'，曰'毋金玉尔音，而有遐心'。《蒹葭》，亦好贤诗也，然但曰'所谓伊人，在水一方'而已，不望其絷维也，不望其逍遥也，亦不恤其有遐心焉否也。何者？《白驹》之时，周道既衰，周礼尚在，特其君不能用贤，其臣不能举贤，故诗人冀其人之出仕，其国之中兴焉。迨至平王东迁，地没于戎，秦虽得而有之，而所听信者寺人（古代宫中的近侍小臣，多以阉人充任），所经营者甲兵征战，而不复以崇礼乐、敦教化为务，人材风俗于是大变。然以地为周之旧也，故犹有守道之君子，能服习先王之教者，见其政变于上，俗移于下，是以深自蹈晦，入山惟恐不深。诗人虽知其贤而亦知其不适于当世之用，是以反覆叹美而不胜惋惜之情。"

那么，人生于世，到底是遯好呢，还是不遯好？《庄子·人间世》编排过一个孔子和颜回的对话，对，可以叫寓言，也可以说是"高贵的谎言"——颜回听说卫国国君"其年壮，其行独，轻用其国而不见其过。轻用民死，死者以国量。乎（几乎）泽（薮泽）若蕉（草芥），民其无如（无可如何）矣"。因此引孔子的话，准备到卫国去协助治理："回尝闻之夫子曰：'治国去之，乱国就之，医门多疾。'愿以所闻思其则，庶几其国有瘳（病愈）乎！"理想可谓远大。孔子开口一笑："嘻，若殆往而刑耳。"你是准备去找死吧，"若殆以不信厚言（深厚之言），必死于暴人之前矣"，完全否定了颜回的请命，并就此讲出了看起来卑之无甚高论的处世方式："无门无毒，一宅而寓于不得已，则几矣。"取消了途径，不张扬治疗，也就避免了毒害，人应完全根据所处局面的"不得已"而行动，在不确定的地方安放自己，或许就差不多了吧。肥遯之伊人，或许已经明白了这个不得已，因而坚决地做出了自己的选择？

七

自九三阳爻往上，遯者离时事越来越远，心情越来越好，似乎已得了大快活。那个遯所从出的混乱局面，似乎早就远离了遯者的视野。只是，即便再有怎样的好心情，恐怕也不会忘记，遯卦是阴长阳消之时，家国的混乱不堪局面，是隐遯者难以抹去的必在背景。或许，《小雅·小旻》所示的，正是长养之地那让人忧心不已的情形之一？

> 旻天疾威，敷于下土。谋犹回遹，何日斯沮。
> 谋臧不从，不臧覆用。我视谋犹，亦孔之邛。
>
> 潝潝訿訿，亦孔之哀。谋之其臧，则具是违。
> 谋之不臧，则具是依。我视谋犹，伊于胡底。
>
> 我龟既厌，不我告犹。谋夫孔多，是用不集。
> 发言盈庭，谁敢执其咎。如匪行迈谋，是用不得
> 于道。
>
> 哀哉为犹，匪先民是程，匪大犹是经。维迩言
> 是听，维迩言是争。如彼筑室于道谋，是用不溃

干成。

国虽靡止，或圣或否。民虽靡膴，或哲或谋，或肃或艾。如彼泉流，无沦胥以败。

不敢暴虎，不敢冯河。人知其一，莫知其它。战战兢兢，如临深渊，如履薄冰。

《诗集传》推定此诗之旨："大夫以王惑于邪谋，不能断以从善，而作此诗。"朱熹之传，于每节首释字词，随点出大义："旻，幽远之意。敷，布。犹，谋。回，邪。遹，辟。沮，止。臧，善。覆，反。邛（qióng），病也。言旻天之疾威布于下土，使王之谋犹邪辟无日而止，谋之善者则不从，而其不善者反用之，故我视其谋犹，亦甚病也。"二章："潝潝，相和也。訿訿，相诋也。具，俱。底，至也。言小人同而不和，其虑深矣。然于谋之善者则违之，其不善者则从之，亦何能有所定乎。"三章："集，成也。卜筮数则渎而龟厌之，故不复告其所图之吉凶。谋夫众则是非相夺，而莫适所从，故所谋终亦不成。盖发言盈庭，各是其是，无肯任其责而决之者，犹不行不迈而坐谋所适，谋之虽审，而亦何得于道路哉。"四章："先民，古之圣贤也。程，法。犹，道。经，常。溃，遂也。言哀哉今之为谋，不以先民为法，不以大道为常，其所听而争者皆浅末之言。以是相持，如将筑室，而与行道之人谋之，人人得为异论，其能有成也哉。"

前四节均讲"谋"，第五节忽然宕开，连言"圣、哲、谋、肃、艾"，出《尚书·洪（大）范（法）》"五事"章：

"一曰貌，二曰言，三曰视，四曰听，五曰思。貌曰恭，言曰从，视曰明，听曰聪，思曰睿。恭作肃，从作义，明作哲，聪作谋，睿作圣。"正义云："貌是容仪，举身之大名也，言是口之所出，视是目之所见，听是耳之所闻，思是心之所虑，一人之上有此五事也。"曾运乾《尚书正读》云："恭、从、明、聪、睿者，五事之德也；肃、义、哲、谋、圣者，五德之用也。"

朱子总此节字词及大旨曰："止，定也。圣，通明也。膴，大也，多也。艾，与乂同，治也。沦，陷。胥，相也。言国论虽不定，然有圣者焉，有否者焉；民虽不多，然有哲者焉，有谋者焉，有肃者焉，有艾者焉。但王不用善，则虽有善者，不能自存，将如泉流之不反，而沦胥以至于败矣。圣、哲、谋、肃、艾，即《洪范》五事之德。岂作此诗者，亦传箕子之学也与。"姚际恒于此节提示："此篇本主谋说，故引用《洪范》五事之谋，而以'圣、哲、谋、肃、艾'连言陪之。读古人书，须窥破其意旨所在，以分主客，毋徒忽略混过也。"意谓本篇主旨在谋，余四事则连类而及。我觉得也不妨这么认为，此诗以"谋"为重点，前四节充分描述谋的情形之后，余四事于此节提及，表明也是相似的情形，仿佛释典里的"亦复如是"，意思是不用再称述一遍，聪睿者当能自行补充。如此，则五事并重，可不分主客乎？

一不小心，又来到了箕子这里，朱熹所谓箕子之学，即《洪范》之学乎？《尚书》序云："武王胜殷，杀受，立武庚，以箕子归。作《洪范》。"正义曰："武王伐殷，既胜，杀受，立其子武庚为殷后，以箕子归镐京，访以天道，箕子为陈天地之大法，叙述其事，作《洪范》。"箕子乃曰："我闻在昔，鲧堙（堵塞）洪水，汩（乱）陈（列）五行，帝乃震怒，不畀（给予）洪范九畴（种），彝伦（常理）攸斁（败坏）。鲧则殛（流放）死，禹乃嗣兴，天乃锡禹洪范九畴，彝伦攸（所以）叙（次序）。"此大法，夏亡而传之商，商亡，箕子存亡续绝，传之于周。当《小旻》之时，又到了周"彝伦攸斁"的时候，谁来传这千古不绝如缕的大法呢？作诗者，其有忧患乎？

或许，传法的人就是诗第六节中的样子？"徒搏曰暴，徒涉曰冯，如冯几然也。战战，恐也。兢兢，戒也。如临深渊，恐坠也。如履薄冰，恐陷也。众人之虑不能及远，暴虎冯河之患近而易见，则知避之。丧国亡家之祸隐于无形，则不知以为忧也。故曰'战战兢兢，如临深渊，如履薄冰'，惧及其祸之词也。"曾子易箦之时，也引用了这一节："召门弟子曰，启予足，启予手。《诗》云：'战战兢兢，如临深渊，如履薄冰。'而今而后，吾知免夫，小子。"曾子一生的临深履薄感，是不是箕子传洪范的心情呢？这心情，是不是遁卦六二（☶☰）"执之用黄牛之革，莫之胜说"所需的固志呢？

遁初阴上消至二，有继续上消之势。六二虽已变阴，然尚有正位时行之德，如此时不加阻止，则遁象崩溃，终将成坤，故君子于此处执之以最坚最韧的黄牛之革，不使脱（说）落，努力撑持局面，所谓固志（坚固心志），使欲遁者不去。九五嘉遯之正志，正与此固志相应，"当位而正，与时行也"。《尚书·微子》"箕子曰，我不顾行遯"，即此之谓乎？或者，《十月之交》里那个感叹"胡憯莫惩"的君子，虽明明知道"无罪无辜，谗口嚣嚣。下民之孽，匪降自天。噂沓背憎（相对谈语，背则相憎），职竞（专事竞逐）由（因为）人"，虽不断感慨"悠悠（忧）我里（居），亦孔之痗（病）。四方有羡（宽裕），我独居忧"，却并没有真的遯去，而是"黾勉从事，不敢告劳"，"民莫不逸，我独不敢休。天命不彻，我不敢效我友自逸"。是的，即便"物皆弃己而遯"，仍"体艮履正，志在辅时，不随物遯，坚如革束"，其箕子之徒乎？其曾子之徒欤？

人生于世，总有不能解决的问题，总有不得不面对的困苦局面，固然可赏尾遯、系遯之果决，可羡好遯、嘉遯、肥遯之优游，但"乘物以游心，托不得已以养中"，以致命遂其志者，不也可敬乎？要之，君子据自己所处的时位不同，各行自己的不得已之事，或出或处，或进或遯，或"执之用黄牛之革"，或"当位而应，与时行也"，均有其与时消息的深意存焉。"用君之心，行君之意"，初不必待郑詹尹之端策拂龟也——"遯之时义，大矣哉！"

《诗经》的图景

一

大约是知慕少艾的时候吧，我有次看到一个女孩儿的眼睛，在斜睨的瞬间放出清澈的光芒，摄人心魄。揽镜自照，自己眼里却没有这种光彩，于是就绝望地羡慕，自此经常性地左顾右盼，期望自己也可以练出那种光芒来。结果当然是失望，但我并不死心，就在每天太阳初升的时候，把眼睛对准太阳看，那时我并不知道这样做有致盲的危险，只希望太阳的光芒会洗去眼中的浊气，给我一双发亮的眼睛。实验了一段时间后，眼前倒是经常有太阳状的亮块，光芒并没出现在我的眼睛里。

不知从初中的什么时候起，我开始看不清板书，觉得教室里始终不够明亮，自此度过了很长一段时间的模糊期，上课全凭听觉，成绩一落千丈。我陷入莫名的焦躁，只隐隐约约地怀揣幻想，希望这是眼睛的周期性歇息，过段时间会自然好起来。这种无知的揣测给了我很大的暗示，每晚早早就上床睡觉，总期望某一天醒来，那双经过充分休息的眼睛，会重新看清眼前的一切。当然，这不过是幻想，我只是眼睛近了视而已。

大约是因为某种类型的"创伤后应激障碍"，对我来说，大学是我忘记了自然感觉，读书找不到门径，却表演了最大努力的四年。偶尔读书有得，从书页参差的缝隙里看到一点此前从未见过的东西，就得意地以为已经看到了世界的全部秘密，跟人宣称自己眼里的光有了不同的层次，并企图用这点心得更新前人的所有认知。直到后来遇见"好学深思，心知其意"的人，我才知道这急切的好笑及其成因——当然，这是后话了。

说起这段经历，我想自己算是对眼睛和眼光十分注意吧，只是这关注显然过于急切了，因而不免经常会像上面说的那样，不是进行危险的练习，就是抱有盲目的期待，甚者得少为足，到处宣扬。我当时不知道禅家习语"只贵子眼正，不说子行履"，否则肯定也会拿来装饰自己的成长。后来我慢慢意识到，这样急切的练习和期待本身，已经是成长的障碍。未得欲得和未得谓得引发的躁急之火，会让人忘记此前人们缓慢累积的经验、审慎提示的路径，迫不及待地说出自己看到的一点角落里的东西（还往往以为那就是整全），即便算不上狂悖，也起码有违节制的美德。

当然，我们怎么舍得一开始就收敛自己"发现的惊喜"呢？那些自以为认识到的前人思维误区，又怎么舍得不大声说出来呢？比如，我有段时间每天以读一首古人注疏的《诗经》为功课，开篇第一首《关雎》，就让我觉得发现了古人的绝大漏洞——窈窕淑女，君子好逑，求之不得，辗转反侧，是我们都曾身经过的啊，不是天经地义的爱情诗吗，即便考虑到后面的钟鼓琴瑟，也不过是求得之后的婚礼场景，为什么非要扯到"后妃之德"上去？非要说什么"风之始也，所以风天下而正夫妇也，故用之乡人焉，用之邦国焉"？

即便没有读过今人专门注解《诗经》的书，我们起码听人说起过此诗的片言只字，偶尔在什么书里看到过一句两句吧？虽然未必能说得出一些字的确切意思，未必知道一些句子历来歧义多端，但脑子里似乎有一个什么东西帮我们完成了理解，让我们觉得自己知道这诗要表达的意思没错吧？或者再说得确切一点，我们几乎不言自明地觉得，不用借助什么注释，一读之下就能进入诗的现场，明确感受到诗的主题不是吗？连这样的诗也要说到宫廷，说到教化，说到国家，太也牵强附会了吧，岂不是古人不懂文学、脑筋古板或者"不学有术""学随术变"的标志？

不过，无论对诗旨的理解如何，这首《关雎》写得好，却历来少有异议——即便是经的地位遭到质疑的明清，对本诗的赞美也往往是直凑单微。明戴君恩《读风臆评》："诗之妙，全在翻空见奇。此诗只'窈窕淑女，君子好逑'便尽了，却翻出未得时一段，写个牢骚扰受光景，又翻出已得时一段欢欣鼓舞光景，无非描写'君子好逑'一句耳。若认作实境，便是梦中说梦。"清牛运震《诗志》："只'关关'二字，分明写出两鸠来。先声后地，有情。若作'河洲雎鸠，其鸣关关'，意味便短。"并解孔子"《关雎》乐而不淫，哀而不伤"云："不伤者，舒而不迫；不淫者，淡而不浓。细读之则有优柔平中之旨，洁净希夷之神。"晚于牛氏百年的方玉润《诗经原始》言："此诗佳处全在首四句，多少和平中正之音，细咏自见。取冠'三百'，真绝唱也。"既如此，那就先把这绝唱抄在下面，读上几遍再说——

> 关关雎鸠，在河之洲。窈窕淑女，君子好逑。
> 参差荇菜，左右流之。窈窕淑女，寤寐求之。
> 求之不得，寤寐思服。悠哉悠哉，辗转反侧。
> 参差荇菜，左右采之。窈窕淑女，琴瑟友之。
> 参差荇菜，左右芼之。窈窕淑女，钟鼓乐之。

二

因为知道一点现代解释学的知识，我们大概会明白，无论什么想法，绝不是从天上掉下来的，也不是自己头脑里固有的，应该是某种先人之见，或用术语来说，是某种我们有意或无意接受的"前理解"（Vorverstäendnis）。照海德格尔的说法："解释从来就不是对某个先行给定的东西所作的无前提的把握……任何解释一开始就必须有这种先人之见，它作为随同解释就已经'被设定了'的东西是先行给定了的，也就是说，是在先有、先见、先把握中先行给定了的。"或如伽达默尔所说："一切诠释学条件中最首要的条件总是前理解……正是这种前理解规定了什么可以作为统一的意义被实现，并从而规定了对完全性的先把握的应用。"前理解或前见（Vorurteil）为理解者或解释者提供给了特殊的视域（Horizont），是一个人从某个立足点出发所能看到的一切，如不对此有自觉的省察，就根本无法脱离。

应该不只是关于《诗经》的解释，一个明显的事实是，在所有的前理解之中，并非古老相传的前理解就自然拥有优势，甚至在某些（时代或思潮的）极端情形当中，传承而来的前理解会被不问情由地激烈抛弃。我有时候猜想，"五四"时代的人，从海外带来或者从书本读来学术、爱情这些词的时候，顿时觉得眼前一片新事物的贼光，再来看自己从小熟悉的经传，大概会觉得古人陈旧得要命，犯错得离谱吧？从这个方向看，"五四"一代人阅读《诗经》时看起来全无束缚，却并非一个"空我"，而是抛弃了经传传统的前理解，直接或间接地把来自西方的某一思路更换为新的前理解而已。

在这个新的前理解里，作为（马克斯·韦伯"诸神之争"意义上）旧神的经传传统被驱逐，整体性的《诗经》涣散为零散的材料，成为现代学科这尊新神的资料库，如胡适在《谈谈〈诗经〉》里所说："从前的人把这部《诗经》都看得非常神圣，说它是一部经典，我们现在要打破这个观念；假如这个观念不能打破，《诗经》简直可以不研究了。因为《诗经》并不是一部圣经，确实是一部古代歌谣的总集，可以做社会史的材料，可以做政治史的材料，可以做文化史的材料。万不可说它是一部神圣的经典。"或如顾颉刚在收入《古史辨》的文章里说的那样，他"要使古书仅为古书而不为现代的知识，要使古史仅为古史而不为现代的政治与伦理，要使古人仅为古人而不为现代思想的权威者"，"于《诗》则破坏其文武周公的圣经的地位而建设其乐歌的地位……辨明齐、鲁、韩、毛、郑诸家《诗》说及《诗》序的不合于'三百篇'"。

当然，"五四"一代人并非一个完全的整体，不同的意见在当时就有了。比如周作人在《谈"谈谈〈诗经〉"》里，就说上面提到的胡适文章"有些地方太新了，正同太旧了一样的有点不自然"，认为"一人的专制（按如胡适这样的求新）与多数的专制（按如传统经传的守旧）等是一专制。守旧的固然是武断，过于求新者也容易流为别的武断"，结尾引英国民间故事里的文句以警世人："要大胆，要大胆，但是不可太大胆！"闻一多在《匡斋尺牍》里，则把传统说法和"五四"以来的新意见，做了次打包清理："汉人功利观念太深，把'三百篇'做了政治的课本；宋人稍好点，又拉着道学不放手——一股头巾气；清人较为客观，但训诂学不是诗；近人囊中满是科学方法，真厉害。无奈历史——唯物史观的与非唯物史观的，离诗还是很远。"

自然，反对旧传统的人没有糊涂到宣称自己的一切思想都从石头里蹦出来，就如同革命性的"文艺复兴"也要借个"复兴"（再生）的名义，人们也往往会在反对传统的同时倒过来从传统中追认自己的先驱（préfiguration rétroactive）。比如在1920年代，顾颉刚就确认了自己的精神先导："我的学术工作，开始就是从郑樵和姚、崔两人来的。崔东壁的书启发我'传、记'不可信，姚际恒的书启发我不但'传、记'不可信，连'经'也不可尽信。郑樵的书启发我做学问要融会贯通，并引起我对《诗经》的怀疑。"作《诗疑》的王柏对他的启发则是，"敢赤裸裸地看《诗经》，使得久已土蚀尘封的古籍显现些真相"。闻一多追述的先驱，则是退去《诗经》"经"的成分，显明"诗"的成分的古人和今人："后来经过明人，经过一部分清人……以至于近人，《诗经》中的诗的成分被发现的似乎愈来愈多。"

射人射马，擒贼擒王，既然要扫除经传传统对《诗经》的解读，开篇的《关雎》或许是最好的下手处。胡适就说："《关雎》完全是一首求爱诗，他求之不得，便寤寐思服，辗转反侧，这是描写他的相思苦情；他用了种种勾引女子的手段，友以琴瑟，乐以钟鼓，这完全是初民时代的社会风俗，并没有什么希奇。"郑振铎则言："《关雎》是男子思慕女子，至于'寤寐求之'，'辗转反侧'。"（郑后来转而主张："《关雎》里有'琴瑟友之''钟鼓乐之'，明是结婚时的歌曲。"）即便表达了不同意见的周作人和闻一多，对《国风》和《关雎》题旨的理解，也没有很大的不同——周作人同意胡适所谓《国风》多数"是男女爱情中流出来的结晶"，闻一多则确认《关雎》的题旨是："女子采荇于河滨，君子见而悦之。"

凯恩斯说过一段富含意味的话："讲求实际的人们，自信在相当程度上可免受任何学理之影响，可是他们往往是某个已故经济学家的思想奴隶。""五四"以还，尽管关于《关雎》的题旨还有种种因社会学、人类学而来的异说，但爱情和婚姻说几乎成为后来谈论此诗的定谳，各类流行注本以至教材里，都用各自的方式确认了这一主题。说到这里，敏感的人大概已经意识到了，那个关于《关雎》看起来天然是爱情诗的想法，或许并非如起初认为的那样纯粹出于自然感受，弄不好只是因为爱情题旨的说法传播得过于广泛，太深入人心，以致我们都忘记了自己曾受到过影响。

无论解释学中的新神代替旧神，还是新解释的追认先驱，都会"改造传统，使旧作品产生新意义，沾上新气息，增添新价值"。与此同时，也带来了钱锺书所说的另外一个问题："旧传统里若干复杂问题，新的批评家也许并非不屑注意，而是根本没想到它们一度存在过。"新解释的拥有者往往会忘记，"一个社会、一个时代各有语言天地，各行各业以至一家一户也都有它的语言田地"，圈外人或外行人往往不甚了了，因为"在这种谈话里，不仅有术语、私房话以至'黑话'，而且由于同伙们相知深切，还隐伏着许多中世纪经院哲学所谓彼此不言而喻的'假定'（suppositio），旁人难于意会"。那么，在"五四"一代《诗经》退经还史和退经还诗的过程中，是不是也会忽视旧传统里的复杂问题，没有注意到对于古人来说不言而喻的"假定"呢？

三

在伽达默尔的诠释学理论中，"理解者和解释者的任务就是扩大自己的视域，使它与其他视域相交融"，这就是他所谓的"视域融合"（Horizontverschmelzung）。理解"其实总是这样一些被误认为是独自存在的视域的融合过程"，即经过了（不断）视域融合的解释者形成了"自己和他者的统一体"，其中"存在着历史的实在以及历史理解的实在"。稍微深入思考，我们就会发现，这个视域融合的过程自觉或不自觉地隐藏着一种进化的思路，就仿佛说，"我们的世纪要晚于其他所有世纪，因而我们也是这所有世纪中最古老的"（佩罗语），所以只要"承认根本不存在什么'现代'，只存在不断更换的未来和过去的视域"，差不多就可以"限制古代的绝对典范性"，人们从而"获得了同历史流传物的更恰当关系，并更好地把握了存在"。

针对这一思路，列奥·施特劳斯在给伽达默尔的信中回应，"若我学到了某些重要的东西，我的视域被扩大了，但是，假如一种对柏拉图学说的修正证明是优于他自己的叙述，却很难讲柏拉图的视域被扩大了"。也就是说，自己和他者以及历史的实在和历史理解的实在之间，存在着不可随意跨越的鸿沟，解释者不应该预设对作者的理解会比作者对自己的理解更好，而是要认识到，"在文本中有些最最重要的东西不为我理解，就是说，我的理解或解释是非常不完备的"。或者如施特劳斯在另外的地方表明的："即使我们真的能比古人更好地理解古典，也只能是在准确地如他们自己理解自身那样理解他们之后才能确信我们的优越。""人们若不严肃对待伟大思想家们的意图，即认识整全之真相的意图，就不可能理解这些思想家。"如果把这个讨论移用到对《诗经》的理解上，是不是可以说——后人进行"视域融合"，要比古人更好地理解《诗经》，也只能在如他们理解自身那样理解他们之后？人们若不严肃地对待经传的意图，即认识《诗经》整全之真相的意图，就不可能理解古人的真正用心？

应该是因为毛诗汉魏之后一家独大，又标各诗题旨自成系统，等于树起了一块再好也没有的靶子，后世无论赞美还是攻击，首当其冲的便是毛诗序。《关雎》之序因为是起首第一篇，不但解本诗题旨，还连带把毛诗对《诗经》的整体理解写在了里面，就更是历来关注甚至聚讼的对象。这个序里的每句话，几乎都牵扯到此后《诗经》学史（甚至现在所称的文学批评史）上的大问题。虽然看起来有点长，其实也不过六百余字——

　　《关雎》，后妃之德也。风之始也，所以风天下而正夫妇也。故用之乡人焉，用之邦国焉。

　　风，风也，教也，风以动之，教以化之。

　　诗者，志之所之也，在心为志，发言为诗，情动于中而形于言，言之不足，故嗟叹之，嗟叹之不足，故咏歌之，咏歌之不足，不知手之舞之足之蹈之也。

情发于声，声成文谓之音，治世之音安以乐，其政和；乱世之音怨以怒，其政乖；亡国之音哀以思，其民困。故正得失，动天地，感鬼神，莫近于诗。先王以是经夫妇，成孝敬，厚人伦，美教化，移风俗。

故诗有六义焉：一曰风，二曰赋，三曰比，四曰兴，五曰雅，六曰颂。

上以风化下，下以风刺上，主文而谲谏，言之者无罪，闻之者足以戒，故曰风。至于王道衰，礼义废，政教失，国异政，家殊俗，而变风变雅作矣。国史明乎得失之迹，伤人伦之废，哀刑政之苛，吟咏情性，以风其上，达于事变而怀其旧俗也。故变风发乎情，止乎礼义。发乎情，民之性也；止乎礼义，先王之泽也。

是以一国之事，系一人之本，谓之风；言天下之事，形四方之风，谓之雅。雅者，正也，言王政之所由废兴也。政有大小，故有小雅焉，有大雅焉。颂者，美盛德之形容，以其成功告于神明者也。是谓四始，诗之至也。

然则《关雎》《麟趾》之化，王者之风，故系之周公。南，言化自北而南也。《鹊巢》《驺虞》之德，诸侯之风也，先王之所以教，故系之召公。

《周南》《召南》，正始之道，王化之基。

是以《关雎》乐得淑女，以配君子，忧在进
贤，不淫其色；哀窈窕，思贤才，而无伤善之心
焉。是《关雎》之义也。

这六百字哪是解释《诗经》，哪是解释本篇，历来有不
同说法，举其要者有二。陆德明《经典释文》引旧说："起
此（首句）至'用之邦国焉'，名《关雎》序，谓之小序。
自'风，风也'讫末，名为大序。"朱熹则截出中间的"诗
者，志之所之也……是谓四始，诗之至也"为大序，拼合首
尾的"《关雎》，后妃之德也……风以动之，教以化之"和
"然则《关雎》《麟趾》之化……是《关雎》之义也"为小
序。造成这分歧的原因，除了上面说的此序既要解《关雎》，
又要谈对《诗经》的总体认识，还要连带把周、召"二南"
的意思说清楚，因而便不免错杂。为了便于分析，我们不妨
先把陆德明称为小序的部分看成《关雎》序，把朱熹作为小
序的"然则《关雎》《麟趾》之化"至"正始之道，王化之
基"看成"二南"序，"是以《关雎》"之后的部分看成全篇
总结，剩余的中间部分看成《诗经》总序，来看是否能梳理
清楚此篇的基本结构。

总序部分，先解"风"为"风教"，言自上风下，"君
上风教，能鼓动万物，如风之偃草也"。随后转入作诗之由，
"诗者，志之所之"，"诗言志"也；"情动于中而形于言"，
"思无邪"也。接着从上言"情发于声"，启下言"声成文谓

之音"，转入讨论音与世道的关系，延续风教之意而明诗之作用："故正得失，动天地，感鬼神，莫近于诗。先王以是经夫妇，成孝敬，厚人伦，美教化，移风俗。"这里所说诗的教化作用，是不是风体独有呢？郑玄注《周礼·春官·大师》之"六诗"（推郑之意，六诗即六义）谓："风，言贤圣治道之遗化。赋之言铺，直铺陈今之政教善恶。比，见今之失，不敢斥言，取比类以言之。兴，见今之美，嫌于媚谀，取善事以喻劝之。雅，正也，言今之正者，以为后世法。颂之言诵也，容也，诵今之德，广以美之。"起码这里的意思，六义无一不与教化有关。推敲起来，其中所论的"赋比兴"，也并非后世认为的创作手法，而是与"风雅颂"相类的三种诗体。如果这意思成立，则序中既已详论"风"之作用，余五取义相近，便不再重复，以"故诗有六义焉"结之。

"上以风化下，下以风刺上"既总前所言自上风下，又启后之由下风上。取义"风化、风刺，皆谓譬喻，不斥言也"，所谓"风训讽也，教也。讽谓微加晓告，教谓殷勤诲示"。焦循《毛诗补疏序》谓："夫《诗》，温柔敦厚者也。不质言之而比兴言之，不言理而言情，不务胜人而务感人。自理道（按指宋明理学）之说起，人各挟其是非以逞其血气。激浊扬清，本非谬戾，而言不本于情性，则听者厌倦，至于倾轧之不已，而忿毒之相寻。"即便于世有所不满，《诗》也并不倖直以自鸣其直，而是一本性情，"主文而谲谏"（朱子谓"主于文词，不以正谏，而托意以谏，若风之被物，彼此无心，而能有所动也"），以思相感，期乎情深气平。其下接言变风、变雅形成的原因，"王道衰，礼义废，政教失，国异政，家殊俗"，当其时也，诗乃"明乎得失之迹，伤人伦之废，哀刑政之苛，吟咏情性，以风其上"——即便是乱世之中，诗仍不绝风咏，所谓"发乎情，止乎礼义"也。

在此基础上，继言"风、小雅、大雅、颂"之间不同的上化下刺关系，如《正义》所言："一国之政事善恶，皆系属于一人之本意，如此而作诗者，谓之风。言道天下之政事，发见四方之风俗，如是而作诗者，谓之雅。王者政教有小大，诗人述之亦有小大，故有小雅焉，有大雅焉。作颂者美盛德之形容，则天子政教有形容也。"风由下及上，雅沟通上下之间的关系，颂由人世及于宗庙（神明），至此，边隅与中心、中心与宗庙，形成一个完整的风教循环系统，这便被称为"四始"。郑玄谓"始者，王道兴衰之所由"，言风、小雅、大雅、颂四者乃"人君兴废之始，故谓之四始"。如此，则可谓"诗之至也"，义谓："《诗》之所以为《诗》者，至是无余蕴矣。后世虽有作者，其孰能加于此乎？"这不正是后世"自从删后更无诗"的意思？

当然，我们排出来的这个看起来完整的序列，并不是人人都这么认为，否则也算不上聚讼纷纭了对吧？即使先不管首尾，只中间这一大段关于《诗经》的总体认识，歧义就非常多，"六义""四始""变风变雅"，在我们以为能够确信的每一个点上，都遍布着误解的陷阱。如果是这样，我们还能那么确信，这是一篇包含着古人整全意图的序（《尔雅》：

"'序，绪也。'字亦作叙。言其善叙事理，次第有序，若丝之绪也。"），而不是一篇拼合杂凑、自相矛盾的混乱文章？

四

照列奥·施特劳斯在《迫害与写作艺术》中的说法，按是否认真对待社会强制或谨慎保护普通读者，可以辨认两类完全不同的作者："一类作者认为他们只是某一古老传统链条上的一环，正因为如此，他们就使用隐喻性、省略性的语言，而这种语言只有在该传统的基础上才能为人所理解；另一类作者认为传统没有任何价值可言，于是他们就使用各种风格手段，尤其是隐喻性、省略性的语言，以期把传统从他们最理想的读者脑子中连根拔除。"如果我的理解没错，施特劳斯的话里隐含着一个意思，即在传统之中，存在着一种有意无意省略诸多前提，只讲自己心得的写作（注疏）方式，"预流"的内行人读了受益无穷，"未入流"的外行看来则味同嚼蜡，甚且认为断烂也未可知，那情境便如释袾弘《竹窗随笔》论禅宗问答："譬之二同邑人，千里久别，忽然邂逅，相对作乡语隐语，旁人听之，无义无味。"

就拿后来称为《诗经》的这部书来说，其所谓天经地义的神圣经典地位，可并不是历来如此，有时甚至会被悬为厉禁。《史记·秦始皇本纪》载李斯语于秦始皇："非博士官所职，天下敢有藏《诗》、《书》、百家语者，悉诣守、尉杂等烧之，有敢偶语《诗》《书》者弃市。"秦火之后，"诗三百"被完整保存，那原因，则或如《汉书·艺文志》所言："遭秦而全者，以其讽诵，不独在竹帛故也。"陆玑《毛诗草木鸟兽虫鱼疏》曾梳理毛诗传授的系谱："孔子删《诗》，授卜商（子夏），商为之序，以授鲁人曾申，申授魏人李克，克授鲁人孟仲子，孟仲子授根牟子，根牟子授赵人荀卿，荀卿授鲁国毛亨，亨作《诂训传》，以授赵国毛苌，时人谓亨为大毛公，苌为小毛公。"《经典释文·序录》则强调了其间传承的艰难："孔子……以授子夏，子夏遂作序焉。口以相传，未有章句。战国之世，专任武力，雅、颂之声为郑卫所乱，废绝亦可知矣。"不难看出，这传授既要面对社会强制，又明显是针对特定对象，肯定会导致一些必然的晦涩，造成很多问题内部人心里清楚而外人莫名其妙——这或许也是对诗大序言人人殊的原因所在。

即如上节所言风、赋、比、兴、雅、颂的"六义"，上面取的是郑玄的用法。在答弟子张逸问"何诗近于比、赋、兴"时，郑进一步完善这一说法："比、赋、兴，吴札观《诗》已不歌。孔子录《诗》，已合风、雅、颂中，难复摘别。篇中义多兴。"照这个思路，比、赋、兴初与风、雅、颂同样，是三种诗体，后渐不歌，孔子删《诗》时合前三于后三。这本来就够复杂了，没想到后面还补了一句"篇中义多兴"，也就是六义中兴体独多，就更让人难以揣摩其中的意思。尽管疏不破注，但孔颖达《毛诗正义》却在此问题上弥缝为难，只好别立"三体三用"说："然则风、雅、颂者，诗篇之异体；赋、比、兴者，诗文之异辞耳，大小不同，而得并为六义者，赋、比、兴是诗之所用，风、雅、颂是诗之成形，用彼三事，成此三事，是故同称为义，非别有篇卷也。"此后程颐、程颢更立新说，谓"六义"是六种手法："曰风者，谓风动之也；曰赋者，谓赋陈其事也；曰比者，直比之；曰兴者，因物而兴起；曰雅者，正言其事；曰颂者，称颂德美。"每一个典型的结论都有其跟随者（大部分还有其先驱），因而"六义"的究竟，就一直陷在纠缠之中。

关于毛诗自身的"四始"说，大序有明文，又加郑玄的注释，歧解不像"六义"那样繁复，唐前多解成《诗经》本身为"王道兴衰之所由"，也即细玩诗文可知王道兴废之由。至唐成伯玙，方据"《关雎》……风之始也，所以风天下而正夫妇也"为言，云："《诗》者有四始，始者，正诗也，谓之正始。周召二南为国风之正始，《鹿鸣》至《菁菁者莪》为小雅之正始，《文王在上》至《卷阿》为大雅之正始，《清庙》至《般》为颂之正始。此诗陈圣人之德，为功用之极，修之则兴，废之则衰，正由此始也。"此说将大序的"兴衰"一拆而二，正始修则王政兴，正始废则王政衰，其兴其衰，确认正始与非正始即可知。如此一来，便很容易推论到"四始"与"正变"相关，如魏源所言："毛诗'四始'之说，即其'正始'之说；'正始'之说，即其'正变'之说。"那么，"四始"与"正变"，究竟是一事还是二事呢？

"正变"之说源于大序"变风变雅"，"正风正雅"则序无明文。这虽然引起了后人的各种揣测，但因郑玄《诗谱序》相对完整地说明了正变次序，此后的解经史上多采此说——周自后稷至于文、武，"使民有政有居"，因而"风有《周南》《召南》，雅有《鹿鸣》《文王》之属"，"及成王，周公致大平，制礼作乐，而有颂声兴焉，盛之至也"。以上"谓之《诗》之正经"。自懿王至于幽厉，"政教尤衰，周室大坏……众国纷然，刺怨相寻"；五霸之末，上无天子，下无方伯，善恶不明，纪纲断绝，"故孔子录懿王、夷王时诗，讫于陈灵公淫乱之事，谓之变风变雅"。其中的一个欠缺是，郑玄没有明说"变风变雅"是否仍是"诗之至也"，孔颖达便来足成其义："夫天下有道，则庶人不议；治平累世，则美刺不兴……太平则无所更美，道绝则无所复讥，人情之常理也，故初变恶俗则民歌之，风、雅正经是也；始得太平则民颂之，《周颂》诸篇是也。若其王纲绝纽，礼义消亡，民皆逃死，政尽纷乱……于此时也，虽有智者，无复讥刺……陈灵公淫乱之后，其恶不复可言，故变风息也。"也就是说，无论正风正雅还是变风变雅，都还属于大序所言的"发乎情，止乎礼义"之诗，因而"四始"之说涵盖"正变"，"诗三百"皆属"诗之至也"。因已详解风之变，大序于雅、颂之变不另说明，只提出其间的区分方式。

写到这里，我忽然意识到，"正变"说有可能大序里已经说得很清楚了——包括所有收集在这本经里的诗篇，其总体作用是"上以风化下，下以风刺上，主文而谲谏，言之者无罪，闻之者足以戒"。然而，有一部分诗作于"王道衰，礼义废、政教失，国异政，家殊俗"之时，其时人伦废、刑政苛，于是"变风变雅作矣"。因为社会不靖，民人难免有哀怨，此所谓"发乎情，民之性也"；然而社会没有完全到"天地闭，贤人隐"的程度，此前的先王典型尚在，所以怨言呼告仍然有所节制，所谓"止乎礼义，先王之泽也"。故此即便是变风变雅，依然"吟咏情性，以风其上，达于事变而怀其旧俗"，仍属"发乎情，止乎礼义"之作。不过，把一个意思说圆并不难，难的是这个意思是不是能放回《诗经》的编排序列，起码是毛诗解说的总体之中呢？或者最起码，按照这个解释，大序中的首尾两部分能说得通吗？

五

在对柏拉图作品的种种现代认识之中，有两种非常重要的思路，一是热衷于从柏拉图的对话中抽象出某种形而上学体系，一是把柏拉图作品看成对苏格拉底生平的记载。从这两个方向看，柏拉图不是标志了哲学早期发展的粗疏，就是因为欠缺忠实而显得有违历史精神，因而总体上属于漫不经心。如果换种眼光，不是如伽达默尔那样，怀疑柏拉图这样的作者"真的详细地知道他在每句话的含义"，而是认识到柏拉图的对话另有其特殊的严密，"不是哲学科学百科全书的一章，或某个哲学系统的一章，更不是什么柏拉图发展某阶段的一个断片"，而是"依据'实情'（deeds）来理解所有柏拉图的角色们的'言说'（speeches）"，而"排在第一位的'实情'是一个个对话里的背景和行为"，如此，"人们就把平面的变成了立体的，或毋宁说，人们就恢复了本来的立体性"。这样看，柏拉图的作品不就有可能成为"悲剧的一个新类，也许是最精致最好的一类"，上述所谓的缺点不恰好表明了柏拉图的卓越（aretê）?

　　并非列奥·施特劳斯第一个把柏拉图的对话理解为戏剧（这甚至是现代以前某个范围的共识），但如上的说法来自于他。除此之外，在《城邦与人》里，施特劳斯还小心翼翼地推测了柏拉图的苏格拉底意图："也许，苏格拉底本来就不想说教传道，而只想教育人们，使他们更好些，更正义些，更优雅些，意识到自己的局限更多些。"由此更进一步，施特劳斯确认了柏拉图作品的虚构质地："在柏拉图的对话中，没有什么是偶然的；任何东西在其发生的地方都是必然的。在对话之外任何可能是偶然的东西，在对话里都是有其意义的。在所有现实的交谈中，偶然拥有相当重的分量：柏拉图的所有对话［因此］都是彻底虚构的。柏拉图对话建基于一种根本的似谬性（falsehood），一种美丽的或说能起美化作用的似谬性，也就是说，建基于对偶然性的否定。"如果这个说法成立，是不是可以推测，毛诗以及所有对《诗经》完善的总体解说，并非陈述已经发生的偶然事实，而是对可能（应该）发生之事的必然性描述？

　　通过上面两节的分析，《诗经》总序的思路差不多已经清晰了——自开始至讲"六义"结束，核心在说诗可以"上以风化下"，所以"先王以是经夫妇，成孝敬，厚人伦，美教化，移风俗"。后面两段一言"正变"，一言"四始"，"正变"从时间言，"四始"从空间言，核心在"下以风刺上"，所以"主文而谲谏，言之者无罪，闻之者足以戒"。如此，一个社会共同体的上和下、边隅和中心，以及其盛衰之间，都容纳进了这个完备的诗教系统。有了这个系统，再来看"二南"的解说，几乎一目了然——《关雎》至《麟趾》是"王者之风，故系之周公"，是谓"周南"；《鹊巢》至《驺虞》是"诸侯之风也，先王之所以教，故系之召公"，是为"召南"。此二者是"正始之道，王化之基"，先王"经夫妇，成孝敬，厚人伦，美教化，移风俗"以此为基础。从这个系统回看《关雎》的小序，是不是可以这么认为，在这个"虚构"的教化系统里，《关雎》作为"风"的开始，应该可以看成"后妃之德"，"风天下而正夫妇"，故此可以"用之乡人焉，用之邦国焉"？

如果真的是这样，我们不妨重新来看这篇序文的结构。开头一段解《关雎》，确认题旨是"后妃之德也"，可以风天下而正夫妇，因此可用之于乡人邦国。接下来的总序就可以看成是解释，为什么《关雎》可以这么读？因为在确立的这个诗教系统中，"上以风化下，下以风刺上"，起首的"二南"是"正始之道，王化之基"。如此，作为"二南"首篇的《关雎》能够被确认为"后妃之德"，从而可以推广为"乐得淑女，以配君子，忧在进贤，不淫其色；哀窈窕，思贤才，而无伤善之心焉。是《关雎》之义也"。照《正义》

的理解，则是："上既总言二南，又说《关雎》篇义，覆述上后妃之德由，言二南皆是正始之道，先美家内之化。是以《关雎》之篇，说后妃心之所乐，乐得此贤善之女，以配己之君子；心之所忧，忧在进举贤女，不自淫恣其色；又哀伤处窈窕幽闲之女未得升进，思得贤才之人与之共事。君子劳神苦思，而无伤害善道之心，此是《关雎》诗篇之义也。"

郑玄大概认为在这个气氛里容不下"哀"这情绪，如《正义》所谓"以后妃之求贤女，直思念之耳，无哀伤之事在其间也"，于是便不惜改字解经："'哀'盖字之误也，当为'衷'。'衷'谓中心恕之，无伤善之心，谓好逑也。"《正义》承此义而谓："谓念恕此窈窕之女，思使之有贤才，言不忌胜己而害贤也。无伤善之心，谓不用伤害善人。经称众妾有逑怨，欲令窈窕之女和谐，不用使之相伤害，故云'谓好逑也'。《论语》云'乐而不淫，哀而不伤'，即此序之义也。"不过，无论上段所引《正义》还是郑玄《论语注》"哀世夫妇不得此人，不为灭伤其爱"，都是哀、衷两解并存。也就是说，要在这首诗的具体情境之中体味出"哀"的意思，需要曲折缴绕地解说，或者如朱熹那样，抽离具体情境而说："淫者，乐之过；伤者，哀之过。独为是诗者得其性情之正，是以哀乐中节，而不至于过耳。"

暂时放下这个问题，再来辨析一下这篇《关雎》序，则开始解说此序时关于分段的假设，不妨看成一种合理的解读方式——开头小序指出本篇题旨，其下总序解释如此确定题旨的原因，接下来用这个确定题旨的方式来定位"二南"在总体中的位置，最后一段照应小序，提示如何会有这样的题旨决定方式，并示范怎样在题旨的基础上举一反三。明确了这个系统，再来看"二南"的小序，"后妃之德"，"后妃之本"，"后妃之志"……"夫人之德"，"夫人不失职"，"大夫妻能以礼自防"……正是对后妃和夫人理想状态的描摹，同时暗含着教化意图，并可以此为标准推广至全国范围，所谓"上以风化下"。自《邶风·柏舟》始称"变风"，小序谓"言仁而不遇也"，"卫庄姜伤己也"，"刺卫宣公也"……所谓"王道衰，礼义废，政教失，国异政，家殊俗"，难免"下以风刺上"，正风自此绝矣。

次之以大小雅之正变："正雅共四十篇，即正小雅二十二篇，正大雅十八篇。凡各分二节，第一节正小雅九篇，正大雅十一篇，当文武受命创业之象。第二节正小雅十三篇，正大雅七篇，当成王反风继命守业之象。成王之胤，世世承之，及七世孙厉王胡，竟失其所守，由厚民之家风，变成监谤而民劳。故召康公之后裔召穆公，作《民劳》以刺厉王，欲厉王之'无纵诡随（欺诈虚伪）'，惜厉王不悟。乃自《民劳》起，为变大雅。""（厉）王崩，子宣王靖立，有中兴之象，复君臣之礼。惜乎，远不及文武之德。故自宣王起，诗曰变小雅，自《六月》至《何草不黄》，凡五十八篇皆是也。"

再次之以颂之正变。变颂概念虽至宋方起，然三颂之不同，起码唐已区以别矣，《正义》云："民安业就，须告神使知，虽社稷山川四岳河海皆以民为主，欲民安乐，故作诗歌其功，遍告神明，所以报神恩也。此解颂者，唯《周颂》

耳，其商、鲁之颂则异于是矣。《商颂》虽是祭祀之歌，祭其先王之庙，述其生时之功，正是死后颂德，非以成功告神，其体异于《周颂》也。《鲁颂》主咏僖公功德才，如变风之美者耳，又与《商颂》异也。"《周颂》"以其成功告于神明"，相应正风正雅；《商颂》"祭生时之功"，《鲁颂》"主僖公功德"，非颂之正体，相应变风变雅。也就是说，不妨将《周颂》三十一篇看成正颂，《鲁颂》《商颂》九篇看成变颂。

我们现在差不多可以看出，这个序关联着古人对教化的总体认识。拿这首《关雎》来说，毛诗秉承一贯的上风下化意图："雎鸠，王雎也，鸟挚而有别（笺云：挚之言至也，谓王雎之鸟，雌雄情意至然而有别）。后妃说乐君子之德，无不和谐，又不淫其色，慎固幽深，若关雎之有别焉，然后可以风化天下。夫妇有别则父子亲，父子亲则君臣敬，君臣敬则朝廷正，朝廷正则王化成。"这解说之中的赞美之情溢于言表，《正义》更是有加无已："不言美后妃者，此诗之作，直是感其德泽，歌其性行，欲以发扬圣化，示语未知，非是褒赏后妃能为此行也。正经例不言美，皆此意也。其变诗，则政教已失，为恶者多，苟能为善，则赏其善事……故序每篇言美也。"把以上解说持以比较《易经·序卦》，则更见其次序井然，差不多可以认识到古人教化思路的一致："有天地，然后有万物。有万物，然后有男女。有男女，然后有夫妇。有夫妇，然后有父子。有父子，然后有君臣。有君臣，然后有上下。有上下，然后礼义有所错。"现在人可能会对上下的提法非常不满，但如果不把上下理解成不平等，而是理解成差别（错），那不满会不会略略减少一些？稍微附会一点，是不是可以说，起首的兴辞"关关雎鸠，在河之洲"，正是《易》所谓天地之间的万物？那么，是不是可以说，《诗》和《易》有着共同的教化思路？

不必具引各篇小序及解释也可以看出，这个后世称为毛诗的传经系统，构成了一幅完整的世界图景。这个很可能是一路传授、一路补充完成的图景，既包括对当时广阔政治空间的理解，也涵盖了汉代和此前人们对有周一代盛衰的认知，然后用"正变""六义"和"四始"等把这图景完整地展现了出来。这个完整的图景虽然跟周朝的历史相关，但并非（或不是）历史事实的陈述，而是借助这段历史创制出一个整体的教化序列，从而超越了单纯的历史纪事，成为可供后人学习的典范。或者可以这么说，毛诗吸收了此前华夏地区对历史、政治和律法的认知积累，加入自己的独特心得，然后把这携带着自我和社会认知的诗教系统，完整地教给了后人——尽管这一传授在近两千年的历史中经受了诸多的质疑和辩难，却一直崎岖起伏地贯彻到了清末。接下来的问题是，对《诗经》的认识只有这样一幅图景吗？如果有不同的图景存在，如何协调其间的矛盾？

六

"就像土壤需要其培育者那样，心灵需要老师"，然而，深层的心灵授受并不必然成立，其间会有不期而然的灾害或显而易见的阻碍。抛开偶然的灾害不说，各种各样的歧途已经让我们穷于应付了是吧？即便幸运一点，好学深思者能够在某种程度上避开这两者，自觉地信靠那些伟大的心灵，以特有的小心研读那些伟大心灵留下的杰作，然而，"如果思考一下刚才提到的做法，这不是一个看起来那么容易的任务。这种做法需要长长的注释。许多生命都已经，并仍将消逝在对这些注释的写作中"；何况，那些"最伟大的心灵在最重要的主题上并不都告诉我们相同的事情；他们的共存状况被彼此的分歧，甚至是极大量的分歧所占据"。就拿《诗经》的注释系统来说，属于今文的三家诗就跟古文的毛诗非常不同，其间的分歧，有时大到可以称得上是南辕北辙或者背道而驰。

在比较毛诗和三家诗的差别之前，不妨先来确认两个问题。一是诗的系年问题，毛诗系统里的经典推断是根据大序。既言"二南"为"正始之道，王化之基"，《诗谱》据此系"二南"于文武之世，"文、武之德，光熙前绪，以集大命于厥身，遂为天下父母，使民有政有居。其时诗，'风'有《周南》《召南》，'雅'有《鹿鸣》《文王》之属"。《正义》因以蔓延："二南之风，实文王之化，而美后妃之德者，以夫妇之性，人伦之重，故夫妇正则父子亲，父子亲则君臣敬，是以诗者歌其性情。阴阳为重，所以诗之为体，多序男女之事。"仔细推敲这些话，大概可以明白，此为诗的编排系年，也就是"虚构"系统的必然，并非确认此诗作于文王之时——非常可能是自发的诗的创作，怎么会自然形成教化系统呢，当然需要用属人的立法技艺（art）来让共同体的各类人都有可能过得幸福不是吗？

另一个需要注意的问题是，毛诗虽系此诗为文王之世，却不能以世之常情推之，认为诗中所写是文王求太姒。皮锡瑞在《经学通论》中有一个洞见："后世说经有二弊：一以世俗之见测古圣贤，一以民间之事律古天子、诸侯……如《关雎》，三家以为世人求淑女以配君子，毛以为后妃求贤以辅君子，皆不以'寤寐反侧'属文王。俗说以为文王求太姒，至于寤寐反侧。浅人信之，以为其说近人情矣。不知独居求偶，非古圣王所为。"书中又言及文王具体的婚姻状况："夫国君十五而生子，文王生武王，年止十四，有何汲汲至寤寐反侧以求夫人？且'娶妻如之何？必告父母'，文王亦非可结婚自由而自求夫人者。"不妨就此推定后世说经第三弊——"以现代之见例古人"。这意思可以提醒我们，把《关雎》作为爱情小调、求欢序曲原无不可，只是不要一有了这思维，就认为天下人同此心、心同此理，要把此心此理反加到古代的圣贤教化序列里，如不得通过，就来嘲笑古人的无知。

当然，我们该记得皮锡瑞的提醒，"解经是朴学，不得用巧思；解经须确凭，不得任臆说"，用不着非得把一个系统解说得天衣无缝。这不，歧见早就等在路上了。无论我们对毛诗的解诗系统有多怀疑，怎么不满意其对"后妃之德"的强调，都不会对此诗属于赞美之列有什么异议吧？这首在《仪礼》中作为"国君与其臣下及四方之宾燕用之合乐"，在毛诗系统中"思得淑女以配君子"的诗，难道还能从中看出讥刺之义不成？很遗憾，真的就有把《关雎》看成刺诗的，而且来头不小，时间在毛诗风行之前，属于三家诗中鲁诗的解经系统。或者因为鲁诗散佚，我们可以怀疑下面这些从古籍中辑录出来的诗说并非鲁诗，但说可能古有如此理解《关雎》的一脉总没错吧？

　　《史记·十二诸侯年表》："周道缺，诗人本之衽席，《关雎》作。"《淮南子·氾论训》："王道缺而《诗》作，周室废、礼义坏而《春秋》作。"《汉书·杜钦传》则借由杜钦的上书把治乱问题跟"女德"联系了起来："后妃之制，夭寿治乱存亡之端也。迹三代之季世，览宗、宣之飨国，察近属之符验，祸败曷常不由女德？是以佩玉晏鸣，《关雎》叹之，知好色之伐性短年，离制度之生无厌，天下将蒙化，陵夷而成俗也。"这意思跟《史记·外戚世家》由夫妻而牵连及外戚差不多，或许司马迁写的时候就想到了吕后和窦太后："自古受命帝王及继体守文之君，非独内德茂也，盖亦有外戚之助焉……故易基乾坤，诗始《关雎》，书美釐降，春秋讥不亲迎。夫妇之际，人道之大伦也。"用不着再列举下去了，这些材料已经能够证明鲁诗——起码是古老相传的一脉——

以《关雎》为刺诗了吧？

对诗之美、刺的决断不同，当然会牵扯到系年的不同，总不能说《关雎》是刺盛世的文王吧？果然系年由此全面改变，并且都指向了周代由盛转衰的康王时期。刘向《列女传》："周之康王夫人晏出朝，《关雎》豫见，思得淑女以配君子。"王充《论衡》："诗家曰，周衰而诗作，盖康王时也。康王缺德于房，大臣刺晏，故诗作。"所谓"缺德于房"，是说"后夫人鸡鸣佩玉去（离开）君所，周康王后不然，故诗人歌而伤之"。当然了，这个说法仍然有其不得不面对的问题：一，成康之世，史称"天下安宁，刑措四十余年不用"，为什么这时候提到了"周衰"？二，君王夫人只是没有在鸡鸣时佩戴玉器锵锵作响地离开，怎么就上升到了康王"缺德"的程度？不必担心，只要把毛诗的教化图景改成警戒，就可以把这问题说圆（或者原本就是历来传诗者的意思）。袁宏《后汉纪》载杨赐上书："昔周康王承文王之盛，一朝晏起，夫人不鸣璜，宫门不击柝，《关雎》之人，见机而作。"东汉张超《诮青衣赋》："周渐将衰，康王晏起。毕公喟然，深思古道。感彼《关雎》，德不双侣。得愿周公，妃以窈窕。防微消渐，讽谕君父。孔氏大之，列冠篇首。"

见机而作，防微消渐，再联系前文的"豫见"，则鲁诗的图景核心是于盛世看到衰征，于乐时看哀兆，其"识微"之义甚明："王后晏起，周道始缺，诗人推本至隐（极隐微处），而作《关雎》。"相比于事情即将发生来思应对，防患于未然当然是更高的要求，如邱浚《大学衍义补》所言：

268

"自古明睿之君正身修德，虽无变异而所以兢惕者，固未尝敢有所怠忽也。惟中才之主适己自文，遇有变异，一切委之天数，而于日月薄蚀尤慢忽焉，诿曰此天数一定之常数，于我何预焉……先儒之论，欲销变于未然，而臣为此说，欲应变于将然。销未然之变，非上知不能；应将然之变，虽中才可勉也。"履霜坚冰至，不必待大寒之来；一阴消初阳，须早明妒之时义，《易·系辞下》所谓"君子见几而作，不俟终日"，其此之谓乎？

不过仍然有个问题，如果这是一首刺诗，那怎么解释我们从中感受到的欢悦气息呢，孔子"乐而不淫"的"乐"怎么解释？皮锡瑞《诗经通论》第六节，不但回应了这个问题，顺带还把我们上面没有确切结论的"哀而不伤"也一起解释了："《关雎》一诗，实为陈古刺今。'乐而不淫'属陈古言，《韩诗外传》云：'人君退朝，入于私宫，后妃御见，去留有度。'此之谓'乐而不淫'。'哀而不伤'属刺今言。班固《离骚序》：《关雎》哀周道而不伤。'冯衍《显志赋》：'美《关雎》之识微兮，愍王道之将崩。''哀'即'哀周道''愍王道'之义，'不伤'谓婉而多讽，不伤激切，此之谓'哀而不伤'……'乐而不淫'，《关雎》诗之义也，可见人君远色之正。'哀而不伤'，作《关雎》诗之义也，可见大臣托讽之深。二义本不相蒙，后人并为一谈，又必专属文王、太姒而言，以致处处窒碍。"此解既给诗中的欢悦气息找到了根据，又不悖三家诗的刺时主旨，真可说是怡然理顺。

辨识出鲁诗见几识微的图景设定，再看其解诗的思路，便有豁然开朗之感。蔡邕《协和婚赋》论《诗经》，提示婚姻及时："《葛覃》恐其失时，《摽梅》求其庶士。惟休和之盛代，男女得乎年齿。婚姻协而莫违，播欣欣之繁祉。"徐干《中论·法象》说诗，特重幽微："人性之所简也，存乎幽微；人情之所忽也，存乎孤独。夫幽微者显之原也，孤独者见之端也，胡可简也，胡可忽也。是故君子敬孤独而慎幽微，虽在隐蔽，鬼神不得见其隙也。《诗》云'肃肃兔罝，施于中林'，处独之谓也。"《琴操》言《鹿鸣》见微之义："《鹿鸣》者，周大臣之所作也。王道衰，君志倾，留心声色，内顾妃后，设旨酒嘉肴，不能厚养贤者，尽礼极欢，形见于色。大臣昭然独见，必知贤士幽隐，小人在位，周道凌迟，必自是始。故弹琴以讽谏，歌以感之，庶几可复。"《淮南子·缪称训》探文王之深忧："文王闻善如不及，宿不善如不祥。非为日不足也，其忧寻（深）推之也。故《诗》曰：'周虽旧邦，其命维新。'"

防微杜渐，则旧邦不妨新命；洞见幽微，则凌迟有时可免。在鲁诗的整体图景之中，对衰世的认识大大提前了，好像在满月之时就看到了阴影的侵袭，用刺的方式提前给出了婉转的警示和对治方案。那么，这个图景给出的警示和方案，包括毛诗的完整教化系统，是只属于古代的陈迹，还是仍然具备现代有效性，对我们来说还有意义呢？

七

1842 年，也即鸦片战争爆发（1840）后的第三年，魏源（1794—1857）于悲愤之中完成 50 卷本《海国图志》，此后续有增补，至 1852 年已成浩繁的 500 卷之帙。魏源于序中自言其志："是书何以作？曰：为以夷攻夷而作，为以夷款夷而作，为师夷长技以制夷而作。"除此书外，魏源另编著有《圣武记》《元史新编》《皇朝经世文编》等，留意边疆问题，揣摩古今政制之变，推其关注点，皆与晚清鸡鸣风雨的局面有关。在此之前，道光（1821—1850 在位）初年，魏源刊其《诗古微》两卷本，道光二十年（1840）增补为二十卷本，承前人而发三家诗千古之覆——这应该不是偶尔心血来潮的产物，而是魏源知识积累的必然选择，也是他敏感于世事的发愤之作。

在清末"三千年未有之大变局"的情势之下，魏源所习长于推求经书中微言大义的今文，显得尤为与时切合。即如《诗经》，魏源据汉儒的"谏书"之说，不惜把历来系年为周的"二南"等诗提前到殷周之际："呜呼！《关雎》《鹿鸣》之作，其当殷之末世，周之盛德耶？……汉儒以'三百五篇'当谏书，二南二十余篇，亦可以当殷周时谏书矣！……四始皆致意于殷周之际，岂独《关雎》《鹿鸣》而已乎？故曰：诗三百篇，皆仁圣贤人发愤之所为作也。"不止如此，因为迫切的"夷夏之辩"问题，《诗古微》特意表彰了楚庄王："故尝谓楚庄之功不亚桓、文，而贤过桓、文。为中夏之桓、文易，为用夏变夷之楚庄难。《春秋》始书荆，继书楚；始书人，继书子，进于中国则中国之，而夫子用世之志，自鲁、卫外，惟思用齐、用楚，圣人之不终夷楚，章章矣。"既然楚能用夏变夷，则夷夏之辩非在地域而在文化，于是虎视眈眈之西方列强，固须在外交上非常警惕，在文化上却不用看成"其心必异"的非我族类，而是如《海国图志》所言："夫蛮狄羌夷之名，专指残虐性情之民，未知王化者言之……诚知夫远客之中，有明礼行义，上通天象，下察地理，旁彻物情，贯穿古今者，是瀛寰之奇士，域外之良友，尚可称之曰夷狄乎？……故怀柔远人，宾礼外国，是王者之大度。旁咨风俗，广览地球，是智士之旷识。"

上面的话让我忍不住推测，在今文经学里，是不是除经世之志不变，每一代人都可以根据所处的具体情境重新解说经传，以期经书在每一时代都新发于硎，而不是已陈刍狗？如果这推测没错，也就不难明白魏源为什么会体察不同时代和地域的人对《诗经》的不同态度，提出"四心"的说法："夫《诗》有作《诗》者之心，而又有采《诗》、编《诗》者之心焉；有说《诗》者之心，而又有赋《诗》、引《诗》者之心焉。"咸丰五年（1855）左右为魏源校订《诗古微》新刻本的龚自珍之子龚橙（1817—1870），在其完稿于道光二十年（1840）的《诗本谊》中，将此"四心"发展为"八谊（义）"，意思更加完足："有作《诗》之谊，有读《诗》之谊，有太师采《诗》瞽矇讽诵之谊，有周公用为乐章之谊，有孔子定《诗》建始之谊,有赋《诗》引《诗》节取章句之谊,有赋《诗》寄托之谊,有引《诗》以就己说之谊。"

皮锡瑞虽对魏源《诗古微》时有微词,但于其推扬三家诗则无间言,其《诗经通论》的标题之一即为:"论三家亡而毛传孤行,人多信毛疑三家,魏源驳辨明快,可为定论。"这个在甲午战败后"梦与人谈西法,谓泰西诸事尽善"的鹿门先生,虽然明明知道"泰西所以崛强者,岂惟其制造工巧而已哉?亦其性理治术实有远过人者",却汲汲于"思殚炳烛之明,用救燔经之祸",意图"用汉人存大体、玩经文之法,勉为汉时通经致用之才",是不是出于跟魏源相似的胸襟抱负?或者具体到《诗经》,是不是可以说,他们之所以推重三家诗,或许是因为三家诗较毛诗更能因应晚清局势,也更容易借此突出强调"四心""八谊"中的某些方面?是不是可以说,通过研究古代那些独特的思想成果,他们超越了具体的时代,"抓住了所有人类事务的本性",并且正是出于这个理由,他们的著作也将成为"所有时代的所有物"?

如果是这样,三家诗中的齐、韩两家,是不是也有可能抓住了人类事务某些方面的本性?皮锡瑞认为三家大同小异:"惟其小异,故须分立三家;若全无异,则立一家已足,而不必分立矣。惟其大同,故可并立三家;若全不同,则如毛诗大异而不可并立矣。"虽然三家诗都没有留下完整著作,但跟鲁诗一样,齐、韩两家留下的材料也不算少,不妨就以其解说"二南"与《关雎》的部分为例,略窥一斑。后世归于齐诗的说法如下:"家室之道修则天下之理得,故《诗》

始《国风》，《礼》本冠、婚。始乎《国风》，原情性而明人伦也；本乎冠、婚，正基兆而防未然也。"（《汉书》匡衡上疏）"人主不正，应门失守，故歌《关雎》以感之。"（《春秋说题辞》）"《关雎》哀周道而不伤。"（班固《离骚序》）归于韩诗的说法如下："今时大人内倾于色，贤人见萌，故咏《关雎》说淑女正容仪以刺时。"（《韩诗章句》）"应门失守，《关雎》刺世。"（《后汉书·明帝纪》）"美《关雎》之识微兮，愍王道之将崩。"（冯衍《显志赋》）

两家的豫防刺时之义与鲁诗略同，只细节上稍异，这就怪不得后世多三家并论，皮锡瑞有大同小异的结论了。不过，大概因为齐诗和韩诗前者早杂谶纬，后者陈义绝高，历代添加附会的不少内容，就自然地放在了它们头上，就仿佛现在有些谈论宗教或神秘知识的网站，一旦疏于管理，就会变成乌烟瘴气的地方一样。尽管如此，从两家留存的文字（其实不妨把前些年出土的《孔子诗论》也包括进去）来看，即便不谈现在看来难解而其时可能是高级知识的天文学，都各有其不可掩盖的光芒。齐诗的"四始五际"说，明显受到卦气图和五行生克思维的影响，从而把地支、五行、周朝的盛衰跟不同的诗排布在一起，构成了完整的认知系统；"原情性而明人伦"，则准确地将人伦建立在性情的基础上，避免了伦理的架空讨论——现在已经有人大体复原出了前者的整体图景，或许推原性情的部分也可以加入这个图景之中？韩诗的"推诗之意"和"推诗人之意"，就有绾合作诗与解诗之义，甚至打通"四心""八谊"的可能。

这些吉光片羽提示我们，三家诗背后可能都有各自独特的世界图景，只可惜散佚太过严重，我们无法完全勾勒出整体，就像我们无法倾听全世界伟大心灵之间的交谈，原因"仅仅是一种不幸的被迫：我们不懂他们的语言，而且我们不可能学习所有的语言"。面对相似的不幸被迫，我们能做的，或许只能是像柏拉图阅读赫拉克利特那样确信（只需要在这句话之中加几个括号）："我已经理解（看到）的部分是卓越而高贵的；我相信我所不能理解（看到）的部分同样是真实的；但为了理解这本著作（这样的整体），一个人肯定需要成为某种专门的潜海采珠者（diver）。"

不管是出于对理论进化的信任还是对思想发展的期望，现代人往往会把过往的思想发展划分为螺旋式提高的几个时期——早期，中期，晚期；萌芽期，发展期，成熟期，如此等等——仿佛人类的思想真的是这样一步步发展出来的。因此，"古人在我们看来是年轻的"，因而难免显得幼稚粗率，如此还有谁愿意成为"某种专门的潜海采珠者"呢，那些具有超越价值的古代思想将就此如土委地了吧？倡导轻松学习的现在，人们大概早就忘记了库朗热（Fustel de Coulangges）在《1862年斯特拉斯堡公开课》中的话："今人的命运多少取决于对古人的理解。"与此同时，人们也忘记了理解古人思维的困难，即在如其所是地复原古代思想之前，"每种择取都是武断的，所秉持的原则只会是现代的偏好"。在轻松的阅读时尚和理解的艰难双重挤压下，一个有心的阅读者，其任务或许应该尝试"像过去的思想家理解自身那样去理解他们，或者是根据他们本人的解释复活（revitalize）他们的思想"，进而思索这些思想历久弥新的力量。大概只有在这个意义上，我们才能有动力"从整体上复原古典教诲，才可能思考从中择取的部分"——这是不是历代重注毛诗，魏源、皮锡瑞等人深入三家诗，也是我们现在阅读《诗经》的原因？

来自远古的眼神

一

1983 年，从沈阳返回西藏的马原途经西安，和时在陕西财经学院教书的韩东同登大雁塔。据韩东后来的回忆，"在半空之中我们曾有一次谈话，是关于出人头地的……属于广义的英雄梦的范围，年轻的我不禁受到感动"。不知道是不是这番关于英雄的话刺激了韩东，反正，在《有关大雁塔》的初稿里，第二节是这样的：

可是

大雁塔在想些什么

他在想，所有的好汉都在那年里死绝了

所有的好汉

杀人如麻

抱起大坛子来饮酒

一晚上能睡十个女人

他们那辈子要压坏多少匹好马

最后，他们到他这里来

放下屠刀，立地成佛了

而如今到这里来的人

他一个也不认识

他想，这些猥琐的人们

是不会懂得那种光荣的

　　这一整段，在定稿时，韩东完全删除了。当年二十二岁的韩东肯定不会想到，这一删除，几乎完成了一次诗歌的鼎革，并让这首诗和他自己一起，被评论者牢牢地锁固在某个特定的历史片段里，慢慢演变为他的象征和图腾，也就渐渐变成一个不断写出新杰作的诗人自己的梦魇和诅咒。

　　韩东 1980 年代初踏上诗歌之途的时候，诗歌掀起的热潮还余波未歇，以北岛为代表的一批诗人，因其对刚刚过去的历史的控诉与反思，几乎与变幻后的时代一起，站上了某个制高点，成为流播众口的时代英雄。北岛们的诗有着雅努斯的面孔，一面看向过去，一面朝着未来——他们既充当着秉笔直书的史官，也扮演着预言新时代的先知。对不久前经受的肉体和精神灾难，北岛们几乎立刻将其历史化，并经由诗歌高亢地表达出来，否定过去的同时，期待着一个反向却前景不明的美丽新世界。无数对时代狂飙胆战心惊却对未来抱持希望的人们，颤抖地分享着那热病样的激情和痉挛性的亢奋。

久远文化中沉寂的大量文化意象，也在刚刚经历过的苦难刺激之下，缓慢地在诗歌里复活。所有关于苦难的书写本来就忧心忡忡，再在其中加进斑斓的历史文化因素，作品便有了显而易见的厚重感。既对准时代的灾难和苦痛，又有历史文化的多样意象护法，北岛们的诗仿佛已经到达了某种不可再至的峰顶，变成了一处显眼的路标，并进而成为此后写作者障碍重重的前提。后来者如果不甘心做纨绔膏粱，就或者沿着这路标四面出击，或者与其背道而驰。四面出击的，把厚重的历史感向后延伸，几乎有野心把中国的整个历史放进诗歌。背道而驰者，则不愿自此回溯，不想用历史文化装饰自己的诗，甚至刻意选择了掉头不顾——抛掉所有的历史包袱，或者，他们更想说的是，那些声名显赫的历史景象，原本就跟他们无关。

就是在这样的背景下，韩东删除了他《有关大雁塔》的第二节，诗变成了现在的样子——

有关大雁塔
我们又能知道些什么
有很多人从远方赶来
为了爬上去
做一次英雄
也有的还来第二次
或者更多

那些不得意的人们

那些发福的人们

统统爬上去

做一做英雄

然后下来

走进下面的大街

转眼不见了

也有有种的往下跳

在台阶上开一朵红花

那就真的成了英雄——

当代英雄

有关大雁塔

我们又能知道些什么

我们爬上去

看看四周的风景

然后再下来

如果你看到的版本跟上面有轻微差别，不用怀疑，这就是删后的《有关大雁塔》，只是因为韩东不断修改自己诗歌的习惯，才让部分诗有了轻微的不同——以下引到的所有诗，都会有这种情况。删后的诗里，英雄和历史都消失不见了，大雁塔曾经的辉煌也好，过往的沧桑也罢，韩东都不管不顾，有意弃绝了可能引起的历史联想，不把思路引向纵深，仅停靠在这一座瞥眼即见的塔上。大雁塔不再是某种被"赋魅"的圣物，不再是某个隐伏着无数指涉的象征，不再是某种别有所指的意象，塔上发生过的所有故事，只不过是身外的历史，并不对在场的人造成影响，也参与不了不断流淌的生活之流——被抛在世的人们，抛弃了被指定的背负之物，孤绝地站立在历史和政治、文化的河流之外。

对政治、历史、文化的承载、反思以至反抗，包括骨子里的参与冲动和英雄情结，是北岛们诗歌最动人的地方，也是其沉重和尖锐的原因。可是这动人的沉重和尖锐，却也给后来者造成"影响的焦虑"，迟到的韩东要开辟新路，就要极力强调自己与上代诗人的不同，表现难免决绝。1988 年，韩东在《三个世俗角色之后》中挑明了自己的用意，说诗人应该摆脱作为稀有的文化动物、卓越的政治动物、深刻的历史动物三种世俗角色，把诗歌还原为一种纯粹的精神活动。韩东要极力摆脱的，正是北岛们的影响，诗歌中携带的政治、文化、历史，以及由此而来的厚重感和对单纯感官的摒弃，是韩东反对的重点。

韩东的针对性非常明显，但他要反抗的，不是苍白的英雄主义和空泛的理想主义，因为反对这些，得到的也不过是反面的苍白空泛。韩东选定的对手，是那个时代最优秀的诗歌，他的"反抗"，是在此前的诗歌已到达一个高度后的独辟蹊径，不是对诗歌低端创作状况的纠缠。正像他后来大方承认的："我们真正的'对手'，或需要加以抵抗的并非其他的什么人和事，它是，仅仅是'今天'的诗歌方式，其标志性人物就是北岛。阅读《今天》和北岛（等）使我走上诗歌的道路，同时，也给了我一个反抗的目标。"

如此反抗自有道理，但韩东这种对历史文化的断弃，从开始就是单方面的，"这种放弃还仅仅是韩东们的一厢情愿，至于文化是否可以断弃，或者说，历史文化是否同意终止它对当代诗人的纠缠，放弃它对当代世界的制约权，那就是另一回事"。与此同时，这看起来一刀两断的决绝，却时而隐晦时而公然地依靠着前代诗歌的背景，其特殊性要在比较意义上才较为明显，《有关大雁塔》将这一处境表现得非常充分——因为对北岛们的反抗姿态以及北岛们关涉的历史文化因素，韩东实际上以反抗形式参与了对那段历史的确认。而在此后不久的《你见过大海》中，韩东的反抗姿态，甚至把自己逼到了自然的景致之外：

你见过大海

你想象过

大海

你想象过大海

然后见到它

你见过了大海

并想象过它

可你不是

一个水手

就是这样

你想象过大海

你见过大海

也许你还喜欢大海

顶多是这样

你见过大海

你也想象过大海

你不情愿

让大海给淹死

就是这样

人人都这样

　　较之《有关大雁塔》，《你见过大海》更确切地标识着人的某种处境——"你虽然见过大海，但因为你不是水手，与大海终隔一层，缺乏贴近的感性经验而无法真正进入大海这个世界，只能远远地凭想象力去打量它"。在这首节奏单调、咒语样的诗里，人的亲身感受之外的一切，都仿佛是康德所谓的"物自体"，处于认识之外，无法用一切理智活动来接近，除了自身的感触，此外的一切，都不可企及。就这样，韩东把自己的诗歌写作逼上了刀锋，他必须在狭窄的自我感受地带上，重新开始。

二

　　就像当年断然删除了《有关大雁塔》的整节诗一样，韩东 1988 年与朱文、鲁羊发起的"断裂",几乎是对他此前诗歌创作的一个后置说明,也确乎是他写作至今坚持的原则——似乎必须把自己与其他作家区分出来,其写作才拥有了合法性。在此后对这一行为的解释中,韩东说得更为圆满,也充满更多的理想色彩——"('断裂')并不在与正统的对抗中获得发展壮大的动力。它说的是:我是我,而不是你。而不是:我是你的敌人,要消灭和取代你。"同时,"断裂"之后也绝不是为了寻求沟通、愈合,"应该是又一次的断裂",从而不断回到自己的文学初心,在"一次次的断裂中,坚持住一个最初的、单纯的文学梦"。

具体到韩东当时的诗歌写作,与"长兄"北岛的"断裂",一方面让他的写作避免走上此前诗人的老路,不拿前代诗人的眼光和感受来代替自己,一方面也让其诗歌独自面对不可预知的风险。从自我感受出发的诗歌,容易把一己的感触推举到独一无二,从而降低写作的难度,把诗歌变成一己轻浅经验的方便器皿,容纳无数未经锤炼的"诗思"。要保持其诗歌质地,韩东的写作,就既要保持属己的独特格调,以免混同于此前的诗歌,又要不断检视个人体验,避免泛滥的感触轻易进入作品。至此,韩东的诗,已不仅仅是对前代诗人的挑战,而是来到了一个用感官开出的狭窄地带,他必须在这个小小的空间里,开始自己新世界的筑造,从一片黑暗开始——

我注意到林子里的黑暗

有差别的黑暗

广场一样的黑暗在树林中

四个人向四个方向走去造成的黑暗

在树木中间但不是树木内部的黑暗

向上升起扩展到整个天空的黑暗

不是地下的岩石不分彼此的黑暗

使千里之外的灯光分散平均

减弱到最低限度的黑暗

经过一万棵树的转折没有消失的黑暗

有一种黑暗在时间中禁止我们入内

如果你伸出一只手搅动它就是

巨大的玻璃杯中的黑暗

我注意到林子里的黑暗虽然我不在林中

在《一种黑暗》里，黑暗不是某种象征，只是写作者的个人所见。因为专注于自己的感觉，原先一片浑昧的黑暗墨分五色，在诗人笔下有了差别——不同方式带来的黑暗，各种地方的黑暗，绵延在时间中的黑暗，深浅不一的黑暗，作为禁忌的黑暗和切身的黑暗……仿佛为了践履自己差不多同时期提出的"诗到语言为止"主张，韩东这首诗语言平淡无奇，没有明显的波澜起伏。用一己感受到的黑暗，韩东在诗里成功达到了去历史、去政治、去文化的目的，把被重重隐喻和影射包裹的"黑暗"淘洗一过，明亮地回到了人可知可感的位置。这样的诗，不许诺盛装自我感受之外的任何附属之物，"初衷仅仅是固定感官冲动，在此过程中语言无条件地服从于写作的意志。概念意义在此只是最后结果，它的价值来自于特殊的生命状况"。

对特殊生命状况的追求，必然指向一种独异的诗歌美学——"既然世界上不存在两片完全相同的树叶，我的写作当然首先是以我个人的差异作为保证的。问题到此似乎已有结论：我们的写作就是为了坚持和扩张这种天然的差异性。甚至于艺术价值的秘密也在于此，即是观测个体差异的可能程度。"这追求差别的美学，把写作从对前人直接或间接的重复中超脱出来，抵达了一个似乎人人熟悉，细读却觉得有些陌生，从而在读后轻微更新自我的感受系统，把人暂时从习见的陈词滥调中洗发出来，偶尔会让人身心振拔——这说不定也是诗歌一点微弱的作用。

认清并写出不同的自我，有一个根本性的要求，即必须极度忠实于自己的感受，且有效地反思过。否则，"如果人人都试图标新立异的话，实际上标新立异也就成了一个定向。我们在一条狭窄的道路上磕磕碰碰，举步维艰，还经常撞车……我固执地认为，沉湎于奇思怪想和个人苦恼的作家是有缺憾的"。一个作家不得不从自身的体验出发，但从自身体验出发又不免会陷入求新求异的逻辑怪圈。这就催促着此一类型的写作者，习惯性地检视自己的特殊状态，并不时经由具体感受达至洞见，从而纠正某些经见的思路，让诗歌显出不凡的质地，如银瓶乍泄，如一道弧光——

> 一个坐着出汗的人，同时看见
>
> 下面店铺内的弧光
>
> 他看见干活的人
>
> 每个动作都在他的思想前面

"弧光"，一种强烈的光。刺激出汗人眼目的弧光，是"干活的人"，动作在思想之先。什么是动作在思想之先？保罗·柯艾略在《阿莱夫》中讲，他孩童时代一度迷恋铁匠工作，经常坐着看铁匠手中的锤子砸向滚烫的钢铁。有一次，铁匠问他："你认为我一直在做同样的事吗？""是的。""你错了。每一次锤子落下的时候，敲击的强度都是不一样的。有些时候重，有些时候轻。我也是在将这个动作重复了很多年之后才学到这一点的。直到有一天，我已经不需要思考了，只是让双手来引导我的工作。"这个故事要说的是，"训练与重复，能让你学习的这门手艺变成你的一种直觉"。韩东的诗里，"坐着出汗"的人看到，熟练动作带来的直觉，先于头脑对行动的指挥，是最快抵达世界的方式。

韩东对自我感受的确认和反思，在这首小诗里表现得非常典型。通常认为，思想对动作有指导作用，动作遵从思想下达的指令。《弧光》写出了熟练的动作对于思想的优先性，从而暗示出一种更为迅捷的抵达世界的方式。在这首诗里，出汗人看到的，是真正属于自己的发现，这发现标志着一次自我调整的开始，也是调整的真实动力。这动力或许也促使一个强调自我感受的诗人，把自己的眼光投向周围，尤其是那些与己亲近的人。

三

十数年前，韩东写过一个题为《交叉跑动》的中篇。李红兵因与无数女性的糜烂关系而以流氓罪被捕入狱，出狱后，经过反省的李红兵想有一次缓慢而纯粹的爱情（有充分的时间接触和了解，不直奔身体）。经朋友介绍，他认识了在校生毛洁。然而，刚刚经历爱情伤痛的毛洁并没有配合李红兵的计划，自第二次相见，李红兵就被毛洁成功拖入了她的两性相处轨道（不用充分的接触和了解，主题是直奔身体的）。悖逆不可避免——在李红兵寻求单纯的身体关系时，毛洁有着自己按部就班的爱情，对方"光是摸我的手就花了三个月的时间"；而当李红兵寻求按部就班的爱情时，对方却因为男友的突然离世而悲痛不已，转而寻求身体的安慰。最终，被迁就拖垮的李红兵选择了突然失踪。

韩东观看周围的人、事，从关系入手，他作品中常见各种各样的关系，而这人世无法避免的"交叉跑动"，或许是韩东看到的世界基本关系形态——两个非同向运动的人，在某个偶然的时刻相遇，在相遇的时间段里，运动速度暂时减缓，但各自的运动方向并未改变。经过不长时间的聚首，两个运动体又各朝自己的目标远去。最早在1987年的《孩子们的合唱》里，韩东便使用过"交叉跑动"的形象，还曾在

1997年把这一形象用为一本诗文合集的书名，并在很多作品中或隐或显地重复确认着这一人世的基本关系。小而言之，"你的手"在一夜之间的伸缩，也可以是一次交叉跑动——

　　你的手搁在我的身上
　　安心睡去
　　我因此而无法入眠
　　轻微的重量
　　逐渐变成铅
　　夜晚又很长
　　你的姿态毫不改变
　　这只手象征着爱情
　　也许还另有深意
　　我不敢推开它
　　或惊醒你
　　等到我习惯并且喜欢
　　你在梦中又突然把手抽回
　　并对一切无从知晓

　　韩东的诗歌，追求的从来不是深厚博大，而是精微准确。他总是从一个生活的细小缝隙入手，并沿此深入钻探，钉子一样慢慢敲入存在的深处或低处，展露出自己对生活的独特认知。就像这首《你的手》，放置在"我"身上的手传达出信任，或许还有任性，而"我"因为这手象征着爱情或别有深意，因体恤或依恋不能推开，直至慢慢习惯，并喜欢上手的放置。而这时，"你的手"却在睡梦中无意间突然抽回，并对"我"的心理变化一无所知。就这样，在夜里，你的手在"我"身上完成了一次交叉跑动。

这交叉跑动的人世境况，大多是短暂的聚合与分离，无法称为人类重大的困境，只是小小的偶然和错位，最多是轻微的荒诞，引起的也不过是对人生的感喟，甚至都谈不上感叹。然而，对困境和荒诞过于突出的强调和过于激烈的表达，正是韩东极力避免的，他所取的，几乎是与此相反的方向："荒诞常在。有富裕无聊导致的荒诞，也有贫穷执著导致的荒诞。有有根有据的荒诞，也有虚妄狂想的荒诞。有退后一步即能看清的荒诞，亦有身在其中而不自知的荒诞。人的生活就是荒诞，体现在他的工作和追求中。"这渗入人生的小荒诞，是我们每个人都要经受的，如常见的甲乙那般——

> 甲乙二人分别从床的两边下床
> 甲在系鞋带。背对着他的乙也在系鞋带
> 甲的前面是一扇窗户，因此他看见了街景
> 和一根横过来的树枝。树身被墙挡住了
> 因此他只好从刚要被挡住的地方往回看
> 树枝，越来越细，直到末梢
> 离另一边的墙，还有好大一截
> 空着，什么也没有，没有树枝、街景

也许仅仅是天空。甲再（第二次）往回看
头向左移了五厘米，或向前
也移了五厘米，或向左的同时也向前
移了五厘米，总之是为了看得更多
更多的树枝，更少的空白。左眼比右眼
看得更多。它们之间的距离是三厘米
但多看见的树枝都不止三厘米
他（甲）以这样的差距再看街景
闭上左眼，然后闭上右眼睁开左眼
然后再闭上左眼。到目前为止两只眼睛
都已闭上。甲什么也不看。甲系鞋带的时候
不用看，不用看自己的脚，先左后右
两只都已系好了。四岁时就已经学会
五岁时受到表扬，六岁已很熟练
七岁感到厌倦，七岁以后还是厌倦
这是甲七岁以后的某一天，三十岁的某一天或
七十岁的某一天，他仍能弯腰系自己的鞋带
只是把乙忽略得太久了。这是我们
（首先是我们）与甲一起犯下的错误
她（乙）从另一边下床，面对一只碗柜
隔着玻璃或纱窗看见了甲所没有看见的餐具
当乙系好鞋带起立，流下了本属于甲的精液

这首以《甲乙》命名的诗，我们能看到的，却主要是甲

的活动和他视野之内的事物，甚至要跟随他的眼光经历他的琐屑和显然无聊的回忆。如果去掉首尾，这首诗几乎是写甲特殊的生命状态。但"甲乙二人"开始就出现了，两个人就产生了关系，从头尾的话来看，关系还非常亲密。甲并没有因为亲密就更多地关注对方（乙），他在意的，始终是自己，作为对等方的乙，显然被忽略了。经作者有意提醒［"只是把乙忽略得太久了。这是我们／（首先是我们）与甲一起犯下的错误"］，我们知道，对甲的过于关注，是因为诗人把更多的笔墨花在甲身上，而他也有意引导读者建立这种共谋关系。这一共谋，可以解读为男性过分的自我关注，对女性不经意的忽略，甚至可以引申到更复杂的人与人之间的非平等状态。但对"到语言为止"的韩东的诗，最好不做如此引申，也不用去设想，如果作者把更多的篇幅花在乙身上，她除了看到碗柜和餐具，还会看到些什么、想到些什么。我们只要知道，通过这首诗，韩东写出了一种显而易见的常见生活状态，而这状态一经写出，便让人内心悚然一紧，意识到我们在日常中，大概曾经忽略了什么重要的东西。

没错，这就是韩东看到的生活，也是他写生活的意义。但不是有无数的人在写生活吗，韩东写下的有何不同？——不同在于，韩东写的生活，是人面临的最基本的事实："我们的发明仅在于某种定向：身边的、每日如此的、视而不见的、日常的。"用韩东自己的话说，这里所称的生活，不是带有时代特征的时髦事物，不是具体的知识和生活常识，不是别人拥有的生活，也不是"更多的生活"，它是常恒的、本质的，而非转瞬即逝的，它不主要是那些给人方便的知识，也不是人们主动追求的，而是你不得不接受的、每个人都必须经受的命运。悖论随之而来，转瞬即逝的偶然，带来的是亘古如常的琐碎的每一天，面对如斯流转的世界，人要如何克服存身其中的虚无感？

四

不得不接受恒常的生活，在这生活中只信任自身的感受，偶在的人便容易"不知道他想要什么——他再也不相信自己能够知道什么是好的，什么是坏的；什么是对的，什么是错的"，也无法"提供通向人类完美或幸福的路径；它只是提出远远更为有限、更为清醒的主张作为不可或缺的手段，以保护每个个体'追求幸福'的个人自由或私人自由——无论那个幻影般的目标呈现为什么样子——随他或她所愿"。人生相对，价值模糊，个人从生存的丛林中挤出的，不过是一条处于雾霭中的小路。人人各行其是，失去依持的人，难免滑入虚无的深渊。对韩东来说，也确实如此："作为一个作家我们只有一条真实的道路，那就是指向虚无。"

然而，我们不能就此轻率地断定韩东是虚无主义者。对韩东来说，与其说他因人世的相对而指向了虚无，不如说他是一个明确意义上的绝对主义者。他曾经说，"我只有在无限和绝对的感召下才能感受和创造有限的美"，并在一次争论中宣称："最理想的状况，创造者本人就是这样一根接通终极绝对和其作品的管道。"如何解决虚无和绝对之间的矛盾？有限的人又如何接通绝对呢？

> 今天，达到了最佳的舒适度
> 阳光普照，不冷不热
> 行走的人和疾驶的车都井然有序
> 大树静止不动，小草微微而晃
> 我迈步向前，两条腿
> 一前一后
> 轻快有力
>
> 今天，此刻，是值得生活于世的一天、一刻
> 和所有的人的所有的努力无关，仿佛
> 在此之前的一切都在调整、尝试
> 突然就抵达了
> 自由的感觉如鱼得水
>
> 愿这光景常在，我证实其有
> 和所有的人的所有努力无关

《在世的一天》，一刻，是值得生活于世的，不知所来而来，也不与任何人的任何努力有关，更无法用什么方式向别人确证，但它"突然就抵达了"，"我证实其有"，体验到这

在世的一天"达到了最佳的舒适度"。自证其有的人，获得了亲证的报偿，他双腿变得"轻快有力"，"自由的感觉如鱼得水"。这直接体验的方式，拒绝了对传统和历史文化的借用，却仿佛在偶在的飘荡中接通了终极的绝对，从而反证了自身的非虚无状态。

不妨说，很多人在韩东作品中感受到的虚无，甚至韩东自己所说的虚无，都应该恰当地理解为韩东正视虚无的勇气——他的"写作并不是价值意义的取消，而是它的悬置。它不相信任何先入为主的东西，不相信任何廉价得来的慰藉，不以任何常识作为前提，它的严肃性不在于它有无结论，而在于自始至终的疑问方式"。即使怀疑的终极是虚无，韩东也绝不退归到历史、政治和文化的庇佑里去，而是以其自始至终的疑问方式，清空过于芜杂的世界，直面空无而平等的生命，让自己的心灵诚实地与清空的世界相遇："惟一的评判是你有没有你自己的依据，你是否遵循了自己，是否集中了足够的精力，足够诚实，以及你的怪癖是否得到了执行或者有表达的机会。"这个集中精力的写作者，要不断反省自己，不断地练习，就像那首《铁匠》——

> 他是铁匠师傅的徒弟
> 年轻的肺鼓动着风箱
> 他呼吸，火焰也随之抖动
> 待师傅用火钳钳住他的心
> 放在了膝盖的铁石上

"还是一块废铁，
看不出未来的形状。"
徒弟离开风箱，提起大锤
师傅的小锤也从不离手
轻点在大锤将要落下的地方

徒弟精力弥满，呼吸足以吹动火焰。但这青春本具的
光彩，并不天然是成才的保证。富有经验的老铁匠冷静而理
智，他的话既是对真实的铁块，也巧妙地指向徒弟。目前徒
弟跟一块废铁相似，他的未来要从跟随师傅的小锤落下大锤
的训练开始，在锻造过程中渐渐呈现。师徒的表现，只暗示
一种可能，不许诺，也不否定，而成长的样子，就藏在一次
次轻重不同的敲击动作中，就藏在一次次的《重新做人》之
中——

无数次经过一个地方
那地方就变小了
街边的墙变成了家里的墙
树木像巨大的盆景

第一次是一个例外
曾目睹生活的洪流
在回忆中它变轻变薄

如一张飘扬的纸片

所以你要走遍这个世界
在景物变得陈旧以前
所以你要及时离开
学习重新做人

　　谁都曾有过这样的经验吧，小时候觉得高大的墙、参天的树，随着自己慢慢长大，忽然发现不再高也不再参天，甚至因为看得太多，墙和树都蒙上了岁月的旧纱，没了当年的巍然和苍翠；很多曾经让自己惊心动魄的往事，隔了些年月回看，让人惊动的幅度减轻了，变得淡淡的；一个开始给人无限震动的景致，看的时间长了，渐渐能看出其中的破败……对这常见的景象，或会有人感叹时间的无情和人心的思变吧，但在这景象中看到生生不息的人，不会在感叹中停留，也不会在以往的任何经验中停留，而是将其普遍化为一种共同可感的成长图景，保持自己向上的态势——"所以你要走遍这个世界／在景物变得陈旧以前／所以你要及时离开／学习重新做人"。

　　2003 年，韩东再次谈到诗歌的语言问题："语言并非世界，乃是世界之光。在光照之下，世界得以呈现、被看见。"在这两首诗里，语言成为光，成长这样的抽象情景，在两首诗里生动地呈现，显示为一种绝对的样貌。韩东自己的诗，因为要在纷繁复杂的关系之中不停检验自我的感受，让自己的写作也处于不断的"断裂"和更新之中，不能有任何意义上的因循守旧，故此，他或许就是在师傅的小锤轻点和自己的大锤锻炼之下，不断"重新做人"，"顺着偶然出现的路标，被带向人迹罕至处"。

五

　　清除政治、历史、文化的负载，写自己特殊的生命状态，感受每个人不得不经受的命运，甚至亲证某种绝对，是韩东诗歌常见的四种形态。这四种不同的形态，在韩东的诗中交替出现，虽然后来的作品较之前更显邃密，但其间的逻辑是一贯的。这也导致他的诗歌很难简单地以时间划分，也是文中没有刻意指出每首诗的写作时间的原因。

　　不妨强调一下，如此的诗歌方式，其相应的逻辑起点，必然是自身，尤其是自我的心灵，那新的，也是古老的心灵——"心灵是古老的（少说也有两百万年的历史），它（心灵）进化得很慢"。面对亘古如斯却日新又新的生活，用心灵感受的韩东，喜欢走到源头上去，似乎"有一种对源头或者前文明的热衷"，"作为独特的不可复制的生命个体，一定有其文化或者文明之外的'前身'……对源头的眺望并不是要写出比如《诗经》里那样的诗，而是要看见草创时期陈规的稀薄之处生命的本真及其如何创建"。与古老心灵的相契，对源头的眺望，会让一个人的作品变得不同，就像那个《时尚摄影师》——

　　感觉就像一个野人
　　又黑又瘦又小
　　只穿一件衣服
　　像块布
　　赤脚亲近草地
　　爬梯子就像爬树
　　手中的机器属于现代文明
　　眼神却来自远古
　　因此才有了和你们不一样的作品！

　　前六句所写的摄影师，尽管外形奇特，不衫不履，但仍可以辨认出，他就是我们日常能够看到的摄影师形象。最后三句，忽然笔头掉转，写摄影师手中的机器。这机器是现代文明的馈赠，使用者也有相应的操作技艺，与常人不同的是，他有来自远古的眼神，有那颗与古圣先贤一样古老的心灵。诗虽写的是摄影师，却也不妨看作韩东的自况，有了这来自远古的眼神，忠实于自己的心灵会与事先清空的世界相遇，尽管使用的是属于现代文明的机器或语言，仍会创作出与他人不一样的作品，诗歌中才会出现不同的人世景观，而那个与古老心灵沟通的自己，眼睛也将出现神奇的变化——

　　我的眼睛在退化，也在进化，

一只用来看近，一只负责看远。
看近的那只看远模糊一片，
看远的那只看近了无所得。

隐约中启动了第三只眼，
能在黑暗中看见黑暗的人心。
方法是向内看，穿过
贪婪的欲望和可悲的自怜。

据说还有第四只上帝的眼睛，
可以看见他人如己、
血泪之畔展开无边福祉。
我的眼睛在退化，也在进化。

　　这首《我的眼睛》从开始就让人生疑，为什么"我的眼睛在退化，也在进化"？即使因为年龄增长，眼睛看远看近有所区别，不也是两只眼睛同时的吗？可现在诗中的两只眼睛，居然"一只用来看近，一只负责看远"，究竟是怎么回事？更让人疑窦丛生的是，"我"还"隐约中启动了第三只眼"。至此我们大概明白了，那个看远看近分开的左右眼，是一种接近于现实的抽象，指"我"能看现实的眼睛，退化到既近视又远视。隐约中开启的第三只眼睛，则是进化出的灵魂之眼，能超脱现实之眼的局限，认出人的本心。但这属人的第三只眼，尽管可以"向内看"，穿过"贪婪的欲望和可悲的自怜",可在黑暗中能看见的,仍不过是"黑暗的人心",不免让人气沮。幸而有第四只,"上帝的眼睛",这属神的眼睛,"可以看见他人如己、/血泪之畔展开无边福祉"。这双眼睛看见属人的欲望和自怜如看见自己,能在黑暗和血泪旁展开福祉。末句"我的眼睛在退化,也在进化"回到了开头,但最终的却不是最初的,最初退化的只是现实之眼,进化的是灵魂之眼;最终退化的是现实之眼和灵魂之眼,进化的是上帝之眼,或者也可以说,是灵魂之眼的进化,才知道有一只上帝之眼。

这不断进化的眼睛,差不多可以隐喻韩东诗歌的进步之路。在2008年的《中国诗歌到汉语为止(修改版)》中,韩东说:"我所理解的汉语并非'纯正永恒'的古代汉语,而是现实汉语,是人们正在使用的处于变化之中的现代汉语。这便是我们所处的惟一的语言现实,虽然惟一但内容丰富、因素多样。它的庞杂、活跃和变动不居提供了当代诗歌创造性的前提。因此,任何一劳永逸的方案都是不存在的。因此语言问题说到底还是一个现实问题。对现实语言的热情和信任即是对现实的热情和信任。诗人爱现实应胜于爱任何理想,无论是历史纵深处的传统理想,还是面对未来的'全球化'的理想。诗歌是对现实的超越,而非任何理想之表达。"

这一要求,让韩东的诗歌始终置于不断变化的现实之中,没有任何意义上的固步自封。这或许是韩东自写作以来一直面临的情景,他要不停地试炼新内容,不断地更新写作语言,在写作的任何一个方向上都不停地进化,直到长成一棵树，一棵没有叶子的树，像他《西蒙娜·薇依》写的那样——

> 要长成一棵没有叶子的树
> 为了向上，不浪费精力
> 为了最后的果实而不开花
> 为了开花不要结被动物吃掉的果子
> 不要强壮，要向上长
> 弯曲和枝杈都是毫无必要的
> 这是一棵多么可怕的树呀
> 没有鸟儿筑巢，也没有虫蚁
> 它否定了树
> 却成了一根不朽之木

韩东在精神上最亲近西蒙娜·薇依，为她写过两首诗，这是第二首。对韩东来说，薇依几乎可以对应他精神生活的起点和终点，他对既有世界任何一处的怀疑，对自我感受的绝对忠诚，对人世关系的复杂认知，几乎都能在薇依的著作中找到契合点，而最让他服膺的，是薇依抵达的绝对："薇依的著作所达到的精神高度是绝对。在我看来，它不仅触及了真理，可以说就是真理本身。"就是这样的薇依，"要长成一棵没有叶子的树"。这棵树为了最后的果实而不开花，为了向上生长而不要强壮，甚至没有鸟儿愿意结巢其上，没有虫蚁喜欢聚居其下。最终，"它否定了树"，却活到了变动不居的世界之外，变成了"一根不朽之木"，像任何不朽一样，得以免于时间飞镰的不停砍削。

我们当然不会混淆，这是韩东对薇依的赞颂，不是对自己的描述，但也不妨从这个方向确认韩东的志向——不是每个人都愿意长成这样一棵没有叶子的树，也没有人能预先知道自己能否长成一根不朽之木。一个韩东这样不断否定着既有世界，又在自己的生命感受中生长的诗人，会始终自觉地不停向上，"为了向上，不浪费精力"，因为他早就知道，自己"要长成一棵没有叶子的树"。

开启古典诗歌的可能性

黄德海： 为什么要读古典诗歌呢？我们不幸没有生活在轴心时代，只好被迫与书一起生活。如列奥·施特劳斯所言，"生命太短暂了，以至于我们只能选择和那些伟大的书生活在一起"。古典诗歌的优秀者是这些伟大的书的一部分，我们也被迫选择其中一些和我们生活在一起。这些古典诗歌呢，又必须以适当的方式研读，那么，这个适当的方式是什么？因为时空的阻隔，古诗不是在尘灰中，就是被加了封印，要感受其中活生生的东西，需要一点力量，甚至还需要有人引导。对现在的人们来说，最容易接受的引导，似乎是个人情感层面，千载而下，人同此心，心同此理。现在要谈论古典诗，我们必须得面对一个问题，即那些在尘灰中甚至是加了封印的古典诗，是如何和我们当下的生活建立联系的，应该以何种适当的方式开启？

张定浩： 诗似乎是不可谈论的，但至少每一首好诗都经得起反复地读。而我们今天的很多人，尤其是在离开学校之后，有时候会疑惑于为什么还要读诗，其价值何在。对我而言，单纯的审美或陶冶性灵之类的理由，是远远不够的，也没有力量，因为任何的愿望，一旦仅仅出于某种理由，它就一定可以因为另外更重大的理由而被抛弃。而一个人最终不可抛弃也无法抛弃的，是他还没有获得之物。某种程度上，诗对我而言就是这样一种尚未获得、始终在前方的存在。我之所以写一本以古典诗为题材的小书，并不是要表达已经了解的一切，相反，是想明白自己还有多少未曾获得的事物，才这么带着问题和爱欲，去读那些过去的诗。而那些过去的诗也得以在这样的阅读中转化成即将到来的诗。从而，让写作本身，成为一种更为积极的阅读，成为一种对于"为什么要读诗"的回答。

唯有如此，读古诗才不至于沦为一种玩弄风雅之事，不至于成为一种逃避，一种对我们的现代生活而言可有可无之物。

黄德海：风雅开启不了古诗，那些古诗也自有本身严峻的一面。若要开启性地阅读古典诗歌，我们就必须回到那些诗歌写作的当时，体味一些我们平常不大体会的情感状态，知道哪些是古人心思，意识到一些我们已不具备或很少意识到的情感角落，纠正我们自我认知的偏差。比如，自从"现代"来了之后，人们已经习惯于把黑暗作为写作的主要对象，以此显示自己与他人的明显差异。这样的写作有个副作用，因为黑暗是一种能量，会把人内心一些不好的东西调动起来，却又无法安顿抚慰，难免变怪百出。而在古典诗里，有一些干净明亮的东西，可以洗清我们内心的黑暗。

张定浩：举个例子。元稹的《遣悲怀》："惟将终夜长开眼，报答平生未展眉。"这个意境极深曲，但终究还不够有力量，因为古典诗里还有更强有力的境界。比如说古歌谣里的"卿云烂兮，糺缦缦兮，日月光华，旦复旦兮"。它不是要转身和黑暗缠斗，因为这样的缠斗并无胜利可言；它不是不要面对烦恼，不是要逃避，而是明白生活里还有一些更重要的事情要做；它要你不断往前走，向上走，慢慢地，你会发现那些曾经的烦恼都变得不那么重要。

黄德海："卿云烂兮，糺缦缦兮，日月光华，旦复旦兮"，其气象在情感之外，有非情感所能涵盖的东西。意会这些非情感的东西，深入体会古典诗歌，要对古人建立一种基本的信任，相信他们"既明且哲"，温柔敦厚。有这个基本信任，我们才有可能慢慢亲近古诗，进而看到古人的委婉曲折，细密深曲。我们刚开始接触古典诗的时候，不可能对每一个文学史上的名家都有了解，那怎么办？只能从一首诗开始，从诗里的一句话开始，甚至从其中的一个字开始，慢慢把那些尘封打开。哪怕我们对此的理解还有问题，还理会不了作者的深心，但在打开尘封的时刻，我们已经有属于自己的收获了。

张定浩：属于自己的收获，这很重要。倘若单纯从鉴赏审美的角度去看一首诗，就好像在博物馆里看一幅画，其中的典故风物人情，以及用笔着色的曲折有度，都可以做很多社会学和文化史乃至艺术史的解释，这些本身都是知识，也很好，但最后，和我们自己没有关系。我理解的古典诗，恰恰不是知识，不是百度上能够搜索到的答案。若是谈到古典修养，在我看来，能够背多少古诗并不重要，重要的是，你最后究竟是被什么东西所打动的。

威廉·布莱克有一首写弥尔顿的诗，里面有几句是这样的："但是弥尔顿钻进了我的脚；我看见……/但我不知道他是弥尔顿，因为人不能知道/穿过他身体的是什么，直到空间和时间/揭示出永恒的秘密。"

一个人被什么东西所打动，所穿过，其实自己最初是不知道的。而类似诗歌鉴赏辞典之类的存在，抑或某些诗歌赏析文章，是预设自己从一开始就什么都知道了，这种预设在我看来稍微有点问题。那些能够被感受但不能自知的东西，都和自己生活有关；而那些自以为知道的，其实只是和自己无关的知识。把那些穿过自己身体的东西，重新在回忆中审视，并且慢慢地尝试去理解它，《诗经》里所谓"日就月将，学有缉熙于光明"，这些天地自然的光，如何一点点成就到人的身上，在我看来，这个过程才是诗。而这种穿过身体之物，在不同年龄段是不一样的。比如十五六岁的时候，或许是"骑马倚斜桥，满楼红袖招"，到了三四十岁，也许就换作"生年不满百，常怀千岁忧"。

黄德海：什么打动我们很重要，但要借古诗理解我们自身，其中的典故风物大概也有其重要的一面。沈从文写过一篇《"商山四皓"和"悠然见南山"》的小文章，举两件文物为证，说明古书里的"商山四皓"应是"南山四皓"的误写。他由此联想到，陶渊明的"采菊东篱下，悠然见南山"，或许并不是原先以为的说明陶渊明"生活态度多么从容不迫，不以得失萦怀累心"，倒可能是想起了隐居南山的四位辅政老人（南山四皓）。如此一来，这首看起来闲适的诗，却可以和他金刚怒目的"刑天舞干戚，猛志固常在"发生联系。这个发现固然未必能为朱光潜和鲁迅关于陶渊明"静穆"还是"金刚怒目"的争论定谳，却可以加深对陶渊明的了解。多了解一些古诗的深曲，能把我们从对古人的单线理解中释放出来，他们会更为直接地进入我们的生活世界，甚至和我们把酒言欢。

张定浩：旧时常有一句谈诗的话，就是"诗言志"。那么，志是什么？志在古时有三义。一是志向，关乎政教和未来，如《论语》中颜渊、子路和孔子各言其志，勿论小大，都是怀抱天下；二是识记，与历史、记忆有关，如艺文志、地方志，是这个世界已经发生和存在过的事情；但还有不太为人提及的，在我看来最为重要的一层意思，那就是"意之所存"，是一个人内心此时此刻深藏的想法。

黄德海：前面讲到的"采菊东篱下，悠然见南山"，可以算是言志的好典型。士心为志，读书人的心是志。但这个志是放纵的、外发的，所谓"自反而缩，虽千万人吾往矣"。一旦这个志发言为诗，则要注意收敛，所以诗又通"持"。如果没有控制，一味放纵，气就散了，志的表达也就失去了浑厚之感。这样来看陶渊明上面的两句诗，就觉得收敛得极好，以至于要辨认不出其中包含的深心。但这份深心用收敛的方式传达给我们，我们也用相应的仔细阅读领会了之后，能感受到沉雄回环的力量，比直接说出这层意思多了些什么。这多出些什么，是我们最郑重的收获。

张定浩：在陶渊明这里，究竟是"悠然见南山"还是"悠然望南山"，还有一个总让人津津乐道的公案。有的人说"见"字好，有的人则说"望"字好，更有学者则力图证明"见"字是后人誊抄时的修改版，代表后世的审美观。在我看来，且不说这些证明中有多少附会和想象的成分，单就这个"见"和"望"的字词选择而言，其本身虽堪寻味，但更为重要的，是见和望的对象，一个诗人最终见到或望到了什么，是他的心事在哪里。在一首诗中，那个写诗的人在哪里，他看到了什么，这个会比他在某个瞬间选取什么姿态更为重要。在中国古典理想中，最好的艺术品始终是人。至少在汉魏以前，一个写诗者，是不会以一个诗人或文辞创造者的身份而自得的，他们写诗大多是不得已而为之，都是退而求其次，是"静言思之"，用文字调伏其心。

黄德海：说到切身，我想到一件事。有一次跟朋友去外地玩，从居住的院落走出来，路旁有几棵树，朋友指着树说，我们到大自然里坐坐。我听了心里一紧。我认识的对自然风物熟悉的人，他们会说，我们到那棵杨树下坐坐吧，我们到那棵柳树下坐坐吧，最多说，我们到那棵树下坐坐吧，不大会想到说大自然这个词。

《诗经·卫风·硕人》里有几句："手如柔荑，肤如凝脂，领如蝤蛴，齿如瓠犀，螓首蛾眉，巧笑倩兮，美目盼兮。"

除了最后两句，前曲的句子近代已还颇招来些嘲笑——手像茅草芽，皮肤像油脂，脖子像天牛的幼虫，牙齿像瓠瓜子，类似蝉的方额头，蚕蛾触角样的眉毛，哪里美了？嘲笑的人大概忘记了，这些比拟跟当时人的日常有关，他们熟悉这些事物，用来比喻也觉得切身，人人可以领会。我们无法领会这些美，很可能是我们对自然事物的感知退化了。比如凝脂这个比方，笺释中经常说是形容皮肤白，其实凝练的油脂因为没有间隙，还有紧致的意思，这个比喻里含着对女性年轻的赞美。比如蝤首，蝤的头宽广方正，头宽，则眉心间距大，这个特征的人，往往心胸开阔。联系小序所谓："闵庄姜也。庄公惑于嬖妾，使骄上僭，庄姜贤而不答。"可见蝤首牵连着庄姜的心胸。回过头来看"巧笑倩兮，美目盼兮"，"倩"是含笑的样子。"盼"，有解释为流盼，有解释为黑白分明。有人说流盼好，因为写出了"流动的美"。联系到庄姜的身份，美目流盼有没有略显得有些媚，是不是黑白分明显得更加庄重一些？

张定浩：这也是为什么说，谈论古典诗歌要具体化，要具体到一个一个时代、一首首诗乃至一个个字词上去，不能一以概之。唯有具体，才能切身，也才谈得上所谓的学问。说句题外话，有些年长一点的当代汉语新诗作者，对于古典诗，普遍存在一种源自无知的极其轻薄的态度，且以一种大而无当的方式笼统地谈论着。比如说，我看到有的写新诗的知名作者，连旧体诗和古体诗都分不清，就在媒体上大放厥词；还有的新诗作者，写文章替古人扼腕，悲叹中国古代两千年来的优秀诗人把心力全都用于平仄的游戏；诸如此类，让人好气又好笑，也让我对他们的新诗成就深表怀疑。严羽《沧浪诗话》里有名的句子："诗有别才，非关书也。诗有别趣，非关理也。"我们今天的诗人常常会津津乐道于此，却忘了这只是半截话，郎廷槐《师友诗传录》录张笃庆语可以作为补充："读书破万卷，下笔如有神；贯穿百万众，出入由咫尺。此得于后天者，学力也。非才无以广学，非学无以运才，两者均不可废。有才而无学，是绝代佳人唱《莲花落》也；有学而无才，是长安乞儿着宫锦袍也。"

黄德海：具体到读古诗，还有个更好玩的地方，就是可以借此理解更多人的情感，从而在参差错落的情感系统里把自己的情感和欲望想清楚，进而认知自己的内心。如果把这更多人的情感把玩熟悉，我们也会把自己置身的这个社会的情感系统看得更清楚一点。

《论语》上有一段对话——子贡曰："贫而无谄，富而无骄，何如？"子曰："可也。未若贫而乐，富而好礼者也。"子贡曰："《诗》云：'如切如磋，如琢如磨'，其斯之谓与？"子曰："赐也，始可与言《诗》已矣。告诸往而知来者。"子贡引用的这段诗，出自《诗经·卫风·淇奥》。师徒二人的对话非常精妙，一层一层深入，到子贡引《诗》，似乎问答有力尽的样子了，没想到孔子又翻出一层，说出了学《诗》的一条总原则，"告诸往而知来者"。对我们来说，学习古诗，不是为了走向过去，而是知道来者，这，或许也是学习一切好作品的原则。

张定浩：过去、现在和未来，其实都在同一条名叫时间的河流里同时存在着。好的诗，乃至好的文学，最终都和时间有关，都要从具体狭窄的特定空间，走向更广阔的时间领域。

人如何通过狭窄的竖琴

黄德海：从我们七八年前认识开始，陆续看到你翻译和绎读的《俄耳甫斯教辑语》《俄耳甫斯教祷歌》，赫西俄德《神谱笺释》《劳作与时日笺释》，卢梭《文学与道德杂篇》《致博蒙书》等，觉得你的主要精力在西方古典学问。但很多次交谈让我意识到，你在倾心古典学问之前，应该有一段很长的精神成长期，这个时期更多是关注文学的。有兴趣谈谈这个成长期吗？

吴雅凌：你说得很对。我在学校里一直学的是文学，兴趣也是文学的。在法国念书受的是所谓"比较文学"的方法训练，认知的视野停留在 20 世纪，往前至远到 16 世纪。后来因机缘巧合开始接触一些西方文明源头的东西，始知学问尚有深浅。不过，即便在努力尝试亲近你提到的这些经典作品的过程中，我想我也没有跨出文学的界限。

黄德海：从你自己能深入阅读法语作品开始，在这个语言打开的世界中，看到了哪些异质的精神性因素？这些因素哪些是在汉语中是绝难看到的？它们在你的精神构成中起了怎样的作用？

吴雅凌：我是在心智迈向成熟的年龄接触到一种新的语言，一种迥异的思考和生活方式。作为一个年少无知的外乡人，我想我首先收获的是美的敏感。那种颠覆是根本性的。在很长时间里，我看欧洲就如一个不懂画的人赞叹一幅画，不知深浅，却不影响为之着迷。在不自知中模仿它的美的各种表象，从文字绘画电影戏剧诸种形式的叙事细节中的感动，到日常公共生活行为规范的切身教训，从语言的呼吸顿挫、眉目传神，到一顿阳光下露天午餐的面包和酒。我身在其中而不知这美的深浅，包括在索邦楼里听过的那些课，遇见的那些人，借过读过的那些书。我在离开以后几乎又花了同样多的时间才慢慢理解这一切。按照柏拉图的说法，随着时光，我们慢慢为自己争取到年长的有情人的资格，慢慢看清当年那个"心爱的少年"的模样。

黄德海：如果我的理解没错，我觉得你所说的文学，更像是带有原初意味的"秘索思"（mythos）——"内容是虚构的，展开的氛围是假设的，表述的方式是诗意的，指对的接收'机制'是人的想象和宗教热情，而非分析、判断和高精度的抽象"，其表现载体则是诗、神话、寓言、故事等等。你翻译和写作的大宗，我觉得都跟这个秘索思有关，除了俄耳甫斯教祷歌、辑语以及赫西俄德的作品，你翻译的《赫西俄德：神话之艺》《柏拉图与神话之镜：从黄金时代到大西岛》，甚至西蒙娜·薇依的《柏拉图对话中的神》，以及你刚刚编定的新书《黑暗中的女人——作为古典肃剧英雄的女人类型》，都跟这个秘索思有关，或者更确切地说，跟神话有关。你是如何走向神话的？神话给了你一些怎样的启示？

吴雅凌：在西文词源里，文学衍生自文字，比如法语中Littérature（文学）与 Lettre（文字）同根。文学一开始指与文字相关的认知的整体，不妨说，文学相当于各种文明里的经典，18 世纪以来，文学则专指与审美有关的书写、认知乃至言行，逐渐也就形成现代学科划分里所谓狭义的文学。我与文学的相遇恰好是从狭义向广义、从今向古的过程。这个初遇如刚才所说与美的敏感有关。此外，我们大多数人在今天一开始接触文学时没有机会获得某种广义的古典视野。我想这不是个人的事，而是一个时代问题，否则也不值得我们在这里讨论。

在文学的路上，我很有幸在某个时刻遇见神话。我从翻译整理神话开始，慢慢以神话作为某种思考的参照点，尝试理解古希腊诗歌（包括最早的神话诗和稍后的悲剧）、柏拉图对话乃至后世的作者作品。我对西方文明史上不同时代的人们如何看待神话总是充满兴趣。这就如一个以文学为名的认知过程，柏拉图在《会饮》中提到六个"美的阶梯"：一个美的身体、两个美的身体、所有美的身体、美的生活方式、各种美的知识、美本身的知识。打个也许不太恰当的比方，神话以其贯穿古今的存在和变幻让我大开眼界，帮助我理解何谓"从美的身体到美的生活方式的追求"。

黄德海：你的翻译和写作范围，除了古典和神话，还有近世以来的不少文学作品，像《卡米耶·克洛代尔书信》，菲利普·勒吉尤《卢瓦河畔的午餐》等。这些作品，是否也贯穿着从美的身体到美的生活方式的追求？

吴雅凌： 这两本小书在我拿在手上的第一时间都深深吸引了我。一个与雕塑技艺的现代性转折有关，另一个与超现实主义运动有关。这是往大里说，其实着眼点都极其细微，一些书信，一次拜访，我们从中得以亲近生活在那段历史中的人。我想有一点是共通的。这两本小书分别置身于我们刚才谈到的欧洲文明的美的传统之中。这美是活的，用各种可能上身的方式向你扑面而来，只要你是准备好的。欧洲文明几乎没有断裂，所以迄今依稀有少年的模样。当然，美人迟暮是不争的事实。这愈发让人心里疼惜。虽然就文明秩序而言这似乎是某种必然。但我愿意在心里保留这疼惜感，前提是不像从前那样不知深浅。

黄德海： 在这扑面而来之中，最让人心动的部分是什么？

吴雅凌： 美的惊鸿一现。这最动人，也最要命。每次去奥赛美术馆，我总会去看一幅挂在角落里的不起眼的画。它名叫《经过者》，即便在画家维亚尔（Edouard Vuillard）本人的作品里也不算起眼。画中的约纳河水静静流淌，岸边一丛杨树，秋日金子般的光照，水中的倒影完美无缺。有个男人划舟经过，放下摇橹，点一支烟，被眼前的美景吸引。他忍不住多看了一眼。就在转头多看一眼的瞬间，他已经过神样的风景。里尔克有句诗："神才有这能力，但请告诉我，人如何通过狭窄的竖琴跟他走？"诗里借用的是古诗人俄耳甫斯的神话譬喻。属人的，如何永久居住在彼岸的美景中？这个问题从古至今困扰我们。就像画中人，在遭遇世界之美的同时也远离这份美。

黄德海：那些必然遭遇和远离这美，让人留恋徘徊。而已经遭遇的这些，对现在的你来说，是如灯下对古人，口不能言，心下快活自省，还是你一直在尝试用你的文字，来慢慢表达这美？

吴雅凌：严格说来，我想我也只是看到一些"美的表象"。这里头的最大魅力就是无法分享。就像那画中人所经历的。在那样的瞬间，有可能遭遇柏拉图在《斐德若》中描绘的"灵魂遭遇美的阵痛"，并且那个过程必然是孤身一人的。那幅画为古典精神在人性与神性之间的挣扎做出精确的诠释。正因为这样，它令人在感动之余心生一丝莫名而真切的疼痛。基于同样的原因，这个无法分享的过程在某些时刻又不是没有释怀的可能，比如在阅读经典收获感动和疼痛的时时刻刻，比如我们由此展开的谈话。

黄德海：是不是因为你看到了日常之下那些黄金的质地，才有这疼惜感？这疼惜感是我们作为有朽的人的必然吧？我觉得这疼惜感，也表现在你对各种作品的分析中，通过对这些作品的分析，你把你的疼惜感写得分明。有了这样的传达，我们才会对古典的也好，现代的也好，对那些卓越的心灵创造的一切充满爱意，也才给我们一些温暖的对世界的善意吧？这个无法释怀，是否也是你愿意写作和谈论某些事情的初衷？

吴雅凌：柏拉图在谈爱欲时说，灵魂一旦遇见美就会惊颤，折了的翅膀就要重新发芽，长出羽毛。整个过程刺痛难耐，让人癫狂。生而为人大都有过类似体会。爱欲的滋润让人在极度苦楚中品尝纯粹的欢乐。我一直在引用柏拉图，因为在这些问题上我不知还有谁比他说得更好。美的认知必然引发爱的问题。作为起步，疼痛是不可或缺的。只不过，我们似乎有一个认知误区，就是把疼痛当成终极结果。所谓苦难的光环，因此而遮蔽认知本身，这从某种程度而言也是一种现代性疾病吧。

黄德海：这个疾病的根源，或许来自人的僭越，也即人自我定义了超越和抵达，只在这中间加上了苦难的光环，并把自我定义的光环作为苦难本身。人是不是自负到忘记了，"首先，人类在门前无论做何种努力都是徒然。其次，门不会因人的意愿而开，门内的世界也不以人的意愿为转移"。在你关于薇依《门》的文章里，是不是有某种决绝，一种生而为人的卓绝向上努力的决绝，却并不因此企求高于人自身的某种报偿？

吴雅凌：自负和僭越是属人的本性，古希腊文学提供了最好的范例，英雄的受难经历无不是在反思属人的僭越和界限。他们切身体会并见证"如何通过狭窄的竖琴跟随神"这个问句里的困难。所以我想我们还是有必要区分，这里说的疾病并不在古希腊文学本身。薇依是这方面的解释高手。你说到决绝，让我想到她在解释洞穴神话时说过的一句话：

"再微小的贪恋也会妨碍灵魂的转变。"

黄德海：你说疼痛是爱的起步，让我想起薇依的一段话：

> 有一种让事情变容易的做法。如果那个解除禁锢的人讲述外面的世界的种种奇观，植被、树木、天空、太阳，囚徒只需保持一动不动，闭上双眼，想象自己爬出洞穴，亲眼看见所有这些景象。他还可以想象自己在这次旅行中遭遇了一些磨难，好让想象更加生动逼真。
>
> 这个做法会让人生舒适无比，自尊得到极大满足，不费吹灰之力就拥有一切。
>
> 每当人们以为皈依产生，却没有伴随一些最起码的暴力和苦楚，那只能说皈依还没有真的产生。禁锢解除了，人却依旧静止，移动只是虚拟。

爱跟这里说到的皈依是否有某些相似之处？是不是可以认为，没有伴随疼痛的爱未经检验，没有苦楚伴随的皈依，也未经反省，因而也经不起推敲？

吴雅凌：就我所能够的理解，这是一个有关认知过程的譬喻。柏拉图的用语是洞穴或爱欲，薇依则说是秘仪或皈依。殊途同归。你提到的这段引文是薇依给我的许多警醒之一。我想，作为与智识打交道的人群，我们恰恰最容易犯类似自以为是的错误，不是吗？首先，我们很可能混淆真实与似真并以此影响自己和他人。其次，我们很可能在不自觉中过分轻易地思考和谈论我们并不置身其中的苦难。我觉得有必要提醒自己，特别是当我们从事与公开言说有关的行业的时时刻刻。

黄德海：这几年，我身边很多朋友被薇依吸引，不少人在不同的场合提起她，我们也非常集中地谈论过。我觉得你在某种意义上是沉浸在薇依的世界里的。你翻译了薇依不少作品，能说说翻译和理解薇依的感受吗？

吴雅凌：作为一名早慧的作者，薇依没留下什么完整作品。她似乎总在匆忙中写作，留下一段段笔记和残篇，就如她进工厂在流水线上制作一个个待加工的零部件。单是这样的写作者身份，我想就很有趣。进一步说，这种写作样貌与她本人的思想品性契合。在压力下写作，没有时间地写作，在头痛时写作，饥饿地写作。但凡写作者难免有留下作品传世的执念，而她自愿站在一无所有的人的阵营。再进一步说，这些看似残缺的作品在她去世后持续激发着活水般的思想流动。到目前为止，这是一位时时带给我惊奇的作者。所有表面看似不可解的矛盾都是认知的机缘。同样的，在她的言说里出现的那些看似矛盾的"缺口"也都是机缘，有可能帮助我们探究我们还不知道的领域。

黄德海：对我来说，那个我们还不知道的领域，才是最珍贵的。我觉得你最近翻译的薇依《被拯救的威尼斯》，就是一部写出了我们还不知道的东西的作品，光彩熠熠。你引薇依笔记中的话，"加斐尔。在戏中某个时候要让他感觉，善才是不正常的。事实上，在现实世界本亦如此。人们没有意识到而已。艺术要呈现这一点"。这是不是说，要表达那不可表达的，只能用戏剧（文学）的方式？

吴雅凌：在我的理解里，这是她对文学提出一个终极挑战。文学若是成功的，必然为它所呈现的世界戴上某种光环。成功的文学如索福克勒斯悲剧，必然令我们在光环中看俄狄浦斯，成功的文学如福音书中的耶稣受难叙事同样如此，以至屈辱不成其为屈辱，苦难不成其为苦难。薇依在《被拯救的威尼斯》里做的就是剥掉英雄的光环，去除正义的声名。她想要呈现某种没有贪恋的真相。她指出文学的要害，或者说哲人把诗人赶出城邦的理由。我想应该把柏拉图的努力理解为一种进行时态，通过一种戏剧对话形式来表达对诗歌之美的爱和对美人迟暮的疼惜。薇依的悲剧尝试也是如此，通过某种反古希腊悲剧的方式去重拾悲剧传统。我想有一点值得反复强调，就是这里头的去舍是很复杂微妙的，非如此不足以形成一种"争战"。这是给予对手最高级别的敬意。柏拉图对诗歌的态度也许能够给予我们某种努力方向的启示，通过古典学问让我们今天对文学有类似的感情。

黄德海：是不是可以说，现代人要承接古典，或者与那些过往的伟大心灵有关，其实已经没有一条可以模仿（重复）的路走了，而是只好通过某种反（不同于）古典的方式来重拾这传统？薇依如此，你讨论的写《安提戈涅》的阿努依也如此？

吴雅凌：在索福克勒斯的安提戈涅身上已然集中体现了那个时代与其传统的挣扎和张力。阿努依的回归是还原张力本身。在认知过程中与一种精神遥相呼应，而不是简单重复某个古代世界，那既不可能也无意义。又比如，薇依认为，柏拉图做的没有别的，就是在遵循某种比他更古远的传统。

黄德海：如果从单纯还原的方向去做，永远不可能，因为再好的模仿，都是仿制品，在这个时代状况下，人只能尽这个时代的力，做这个时代的事，用这个时代的样式写作。而所谓精神的遥相呼应，其实是一种感召，进而言之，是一种竞争——用创造力和敬意完成的竞争。柏拉图对诗歌，是否就是这样一种用创造力和敬意进行的竞争？而你希望通过古典学问让我们对现今文学有类似的感情，就是让我们一起用竞争性的方式"回忆"（柏拉图意义上的）起整个古典世界？

吴雅凌：就我个人而言，好文学与古典学问是两个并行不悖的说法，并且不仅仅适用于某个特定时期的作品。你提到我们这个时代的问题，是不是就如我们已经说过，一开始我是不知深浅的，而这似乎不只是个别现象？我是指我念"比较文学"的阶段，那时接触的全是现代意义的文学，后来有了所谓"古典学问"的参照，这并没有让我把以前知道的摒弃在外，而是让我明白以前知道的是多么有限范畴里的东西。

黄德海：这个并行不悖你怎么理解的？不只适用于某个特定时期的作品，是不是适用于一切好作品？这些好作品的范围是什么？你的大部分翻译和写作，看起来是站在古学一边的。这些作品给阅读者提供了很好的借鉴，免得人们只知道自己站立的这块土地，自己所处的这个时代。一个跟随而来的问题是，你是否反省过自己的古学立场？

吴雅凌：我倾向于避免轻易地谈论立场，这是基于我本人无论古学今学都一样浅薄这个事实。不过我想，一部好作品的必备条件之一不就是以自身的纷繁性呼应真相之难以言说吗？比起坚定不移的理念和宣言，更多强调求真过程中自身的困惑和限度，从某种程度而言，这也许更好地呼应古典精神里的均衡特质。此外我想，但凡具有诸如古今问题意识这样相对丰盈的认知视域的，并且，就我们刚才说到的洞穴譬喻而言，不是在自身没有付出任何疼痛代价的前提下就公然提供示范的，都有可能是好作品。

黄德海：谈到付出疼痛代价，其实就遇到一个问题，即写作与信的关系——这里的信，可以不是宗教意义上的，但也不跟宗教意义上的信完全区别——我们写下的一切，自己信吗？进而言之，我们是否会根据自己写下的，校正自己的身心和日常？

吴雅凌：作者比作品高明的情况假设存在也只能被历史湮没无从考证。问题也许不在于信不信，而在于有没有能力把信不信书写下来。这也是为什么，柏拉图从苏格拉底的对话术发展出一种戏剧方式的书写。人的思想如海潮般，单个声音的言说总是有限，只能抓住一朵浪花，多种声音的交织才有可能容纳变幻无穷的浪花。基尔克果的假名写作与此遥相呼应。不同文明里的古老文本都不约而同采用类似的书写方式。《论语》如此。旧约里的先知书如此。福音书同样如此。我想，好文学有上身附体的力量，能够影响人的日常。

黄德海：我觉得，你在对待薇依上，就是这种信的表现。我还想问的是，你翻译俄耳甫斯祷歌，绎读的赫西俄德、卢梭……是否也表现出这种信？

吴雅凌：我自以为是信的，或者努力走在信的路上。如果不看出他们的好并努力让这些好变成自己的，在这个过程中获取一些无法和别人分享的自得其乐的瞬间，我们大概会丧失这份微不足道的工作的最后一点意义。

黄德海：我们对这份微不足道的工作的坚持，大概也是因为这个。那么，在上面三者中，有哪些让你觉得特别振奋的地方？从赫西俄德开始？

吴雅凌：如果你每天醒来只面对一个作者的十行诗，除此以外没有别的，甚至没有心神再去翻开别的任何一本书。如此几年，朝夕相处，这个作者哪怕是三千年前的古人，也会变成亲人。我从赫西俄德那里开始理解神话。他最早定义希腊古人眼里的诸神世界，赫拉克利特称他为"众人的教师"，古希腊的小孩子通过诵读《神谱》学习认识他们的神。我还从赫西俄德那里体味世故人情。他最早告诉我们辛苦是生活的真相，并且言传身教不对诸种虚妄妥协。你刚才说到信的问题，我想至少有一点我们不得不信，他说的"宙斯的公正"历经三千年不变，只是换了不同的称谓，比如我们也说"天地无情"。

黄德海：天地无情的表现方式，是兴致勃勃的活力。在你关于赫西俄德的文章里，我能看到一种显而易见的活力，我觉得他自身的技艺，以及他要传达的东西，经你之手，来到了我们置身的当下。这个活力，是否正是你从这位逝去了两千多年的亲人身上体味出来的？或者，他们其实一直不曾老去，只是因为我们过于轻易的遗忘，才把他们归入了逝者的行列？

吴雅凌：他们都留下了不死的东西，这是毋庸置疑的，这个东西自有生命力，只要有机会就能附体托生，焕发动人的光彩。这个东西只有在写作过程中才与写者有交集。过去了就不属于写者。我不知道你有没有这样的经验，写作是一个等待的过程，当然要有相应的各种准备，但是文字涌现的时刻不由我们决定。

黄德海：的确，写作是一个等待的过程。这也让我想到了某种虔敬，就像你较早翻译的《俄耳甫斯教祷歌》还是《俄耳甫斯教辑语》中有人引的 West 的话："某一个私人文化团体的成员夜聚屋内，借着烛火，在八种焚香的气息萦绕中向他们想到的神祷告，唱这些祷歌。"这种气氛，让我觉得像你刚才说的这个等待过程，也像是你说的不由我们决定的时刻，仿佛是属神的时刻。我很想知道，你当时怎么决定翻译这些零篇散章的？在翻译这些的过程中，你自己的收获又是什么？

吴雅凌：我很想说不是我找到它们，而是它们来找我。但事实是我很幸运，一直有高明的人指点，使我少走弯路，在不自知时就已受益。翻译俄耳甫斯教诗文（正如赫西俄德诗文）让我认识神话，而神话又帮助我完善对我所置身其中的这个世界的看法。如果是今天做俄耳甫斯教义献，可能会有点不同。比如说，那些祷歌在今天会让我想起泉州乡下的祭神，那些弥漫在空气中和脑海里的香火。我可能会多添入一点活泼和世故的质感。

黄德海：卢梭呢？这个让人觉得熟悉又陌生的哲人，你如何接近的？容易吗？

吴雅凌：你的描述很准确。就纷繁性而言，卢梭确乎是最让人赞叹的例子。因为语言更亲近的原因，我能够比较清晰地看见他的模样。但是，和卢梭相处的过程并不总是愉快的。有些作者让我们无比亲近，乃至在某些时刻把自我假想为他或她。但卢梭有如此强大的存在感，让人永远只能把他视为大写的他者。另外一个层面则是，卢梭问题远远不只是个人求索的问题。这方面尚有大量的工作有待努力。

黄德海：非个人求索的部分，是指对社会整体的思考吗？是不是对你来说，更关注的是某种对个人更有启发的东西，而不是社会或政制问题？

吴雅凌：恐怕这两方面是无法脱离开的。事实上，两者之间的张力不也是各种值得关注的问题的根本所在吗？

黄德海：谈到这个问题，有我一个私人的疑惑在里面。说到古典学，尤其是列奥·施特劳斯为代表的古典学，我始终有个疑问，即，他们在讨论完苏格拉底的转向之后，自身的问题是如何解决的？对施特劳斯来说，他如何安顿这个有朽的人身？后来看到他的一段话，暂时缓解了我的疑惑——"我的座右铭过去是，现在仍然是伊本·卢德（阿威洛伊）

的名言：我的灵魂一朝死去，也如众哲人之死。"在我看来，如苏格拉底式的认知灵魂的方式，大概可以安顿自己的身心。不知道你在研究这些问题时，是不是会有相似的疑惑？

吴雅凌：我倾向于认为，问学过程就是努力解决自身问题的过程。蒙田的思考开端语是："从事哲学就是学习死亡。"在柏拉图传世的三十几篇对话中，我们看到一个完整的苏格拉底传，其中心思想不就是在关注灵魂的安顿吗？《会饮》和《斐德若》谈论灵魂的德性问题，《斐多》谈论死亡，《理想国》作为一种譬喻，既适用于外在的城邦共同体，也适用于个人教养。

黄德海：蒙田的这句话，恐怕就是化自《斐多》中苏格拉底的话："那些真正献身哲学的人所学的无非是赴死和死亡。"嗯，现在的情势下，大概得强调一下，苏格拉底明确反对自杀。既然探索学术问题的过程就是努力解决自身问题的过程，也就是，对你来说，阅读和写作本身就是解决自身问题的过程，而你一直对创作的问题着迷，《黑暗中的女人》中很多地方也涉及了创作或灵魂的"孕生"问题。是否正是这灵魂孕生的秘密，让你把古典和近世作品贯穿了起来？

吴雅凌：灵魂的孕生问题包含在狄俄提玛给予苏格拉底的最高教诲之中。《会饮》比较了两种生育。一种是身体方面的，即女人受孕繁衍，通过传承血脉实现永生。一种是灵魂方面的孕生，通过生成美好的作品、法律和德性，实现精神的不死。这两种孕生模仿神的创世行为，因而让人最有可能与神接近。美的认知引发爱欲问题，爱的追寻引发生育问题，这是属人的可能，从古有之。其实我们的讨论不也是围绕这个话题吗？它让人着迷，因为它贯穿人的历史，无处不在，从高古的神话到眼前的日常生活。里尔克曾经在青年时代尝试在罗丹和塞尚身上寻找"神样的创作者"原型，他写下评论这两位艺术家的动人文字，他本人后来也成就为某一类型的写作者神话。

黄德海： 这个灵魂孕生的过程，虽然艰难，却是写作被给予的好报偿——在辛勤的劳作里过去的每一个时日，让我们不致绝望。

吴雅凌： 这是魅力所在。过分轻松的完成过程本身是一种欠缺。在《创世记》里，神一连做了六日造物的工，第七日才停歇。六分辛劳对应一分闲暇。这里头含带着一种张弛和均衡。罗丹说过一句话，雕塑时不要让泥土闲着，泥土若有知觉，要让它们感觉疲累不堪（Fatigez la terre）。

黄德海： 这个孕生的过程，是对身体限度的挑战，也是对心灵承受度的挑战，对女性来说，或许有更多、更复杂的意味。你在一篇文章中说过，"如果我们没有错解柏拉图的话，那么赫西俄德不是一味轻视女人，而是拒斥女人所代表的繁衍方式的有效性"，并且认为，"赫西俄德和尼采笔下的女人神话，目的不在于追究女人与男人的关系，而在于探讨'灵魂的孕育者'，也就是诗人的身份问题。诗人孕育自身的灵魂之树，也是在孕育着流传后世、属于所有人的果实"。你一直关心灵魂的孕生问题，这个问题是不是也在跟你一起完成对女性的认知，"帮助我们带着与生俱来的心病尽可能走得更远"?

吴雅凌：所有的认知最终归向"认识你自己"。女性兼具两种孕生可能。在传统分配与启蒙以后的诉求之间必然有所撕裂。孕生是一种说法，归根到底是一整套共同体内的政治生活方式。我们从古希腊三大悲剧诗人笔下的女人群落就看得很分明。我一直很感兴趣那些在不同时代把创作（灵魂孕生）视为自我完成过程的女性。她们很像索福克勒斯笔下的女人类型。启蒙从他开始，撕裂也从他开始。女人身份与创作者身份的撕裂，归根到底是身体本能（沉重下坠）与灵魂诉求（向上攀升）的撕裂，这样一种人性的、太人性的存在之难反过来也远远超越了女性问题。

黄德海：这撕裂是一条不能弥合的缝隙。这条缝隙，或许透露出人的某种迫不得已却又不可替代的东西，是否也让写作在某种意义上引领着我们走上属人的上升之路？或者，这也就是人通过狭窄的竖琴跟随"他"的方式？

吴雅凌：这条缝隙就是身为写作者的全部生存空间，进一步说是每个人的洞穴。有趣的是，里尔克在那首诗里紧接着也是在说属人的撕裂，"在两条心路的交汇处没有阿波罗神庙"。古代神谕设在岔路口，为迷途者指点迷津。通神者即是最早的诗人。"在真实中歌唱"。文学早早地在那里了，也包括在每个古今交会的岔路口。

图书在版编目（CIP）数据

诗经消息 / 黄德海著 . -- 北京：作家出版社，2018.8
ISBN 978 - 7 - 5212 - 0065 - 2

Ⅰ. ①诗… Ⅱ. ①黄… Ⅲ. ①随笔 - 作品集 - 中国 -
当代 Ⅳ. ①I267.1

中国版本图书馆 CIP 数据核字（2018）第 128522 号

诗经消息

作　　者：黄德海
责任编辑：李宏伟　杨新月
装帧设计：合和工作室
出版发行：作家出版社
社　　址：北京农展馆南里 10 号　　　邮　　编：100125
电话传真：86 - 10 - 65930756（出版发行部）
　　　　　86 - 10 - 65004079（总编室）
　　　　　86 - 10 - 65015116（邮购部）
E - mail: zuojia@zuojia.net.cn
http://www.haozuojia.com（作家在线）
印　　刷：三河市紫恒印装有限公司
成品尺寸：130 × 185
字　　数：209 千
印　　张：10.625
版　　次：2018 年 8 月第 1 版
印　　次：2018 年 8 月第 1 次印刷
ISBN 978 - 7 - 5212 - 0065 - 2
定　　价：48.00 元

ISBN 978-7-5212-0065-2

9 787521 200652 >